Das Eis, das bricht

Sabine Friedrich

Das Eis, das bricht

Eichborn.

Für Matthias

1 2 3 4 04 03 02

Umschlaggestaltung: Christina Hucke
Foto: Carsten Witte © Stone
Lektorat: Doris Engelke
Satz: Fuldaer Verlagsagentur, Fulda
Druck und Bindung: Clausen & Bosse, Leck
ISBN 3-8218-0912-4

Verlagsverzeichnis schickt gern:
Eichborn Verlag, Kaiserstr. 66, 60329 Frankfurt am Main
www.eichborn.de

Der Junge tauchte plötzlich vor ihm aus dem Wald auf. In einer Kurve, das Licht der Scheinwerfer griff nach ihm, verlor ihn. Packte ihn gleich darauf noch einmal, direkt vor dem Auto, *No! I am not Prince Hamlet, nor was meant to be,* er trat auf die Bremse, fluchend. Schleudernd, brachte den Wagen zum Stehen, der Junge taumelte auf ihn zu. Lang, mager, gefangen im Scheinwerferlicht. Ein Winterinsekt. Ohne Jacke. Neun Grad unter Null! Keine Jacke. Zerrissenes Hemd, im Arm ein Bündel, *For I have known them all already, known them all. Have known the evenings, mornings, afternoons, have measured out my life with coffee spoons,* T.S. Eliot. Geschenk von Julia, er schaltete den Recorder ab. Beugte sich hinüber zur Beifahrertür, stieß sie auf, der Junge stürzte auf den Sitz, keuchend. Er war älter, als es zuerst den Anschein gehabt hatte. Ein junger Mann, Mitte Zwanzig vielleicht: aber schlaksig wie ein Halbwüchsiger, *Was ist denn passiert? Hattest du einen Unfall?*

Aber es war kein Auto zu sehen. Irgendwo in den nordöstlichen Ausläufern der Appalachen, in einer Februarnacht, die reglos war vor Frost, das Gesicht des Jungen war grau. Die Nase blutig, offensichtlich gebrochen. Die Lippen aufgeplatzt, das Bündel in seinem Arm war ein Baby.

Er griff danach, reflexhaft, das Kind schien unverletzt. Wimmerte aber: das Wimmern eines Kindes, das schon zu lange geschrien hat, er fischte seine Jacke vom Rücksitz, um es darin einzuwickeln, *So rede doch endlich, was ist denn passiert!*

Die Augen des Jungen riesig, leer. Das Kastagnettengeklapper seiner Zähne, *Also, ich fahre euch jetzt ins nächste Krankenhaus,* er ließ den Motor an. Der Junge schrie auf, rauh. Packte ihn am Arm, *Sie ist noch da draußen! Ist noch da draußen,*

Wer? Wer ist da draußen, wo? Wer?

Ich habe sie draußen verloren, im Schnee, sie stirbt, sie stirbt!

Anfangs war er sich der Kälte gar nicht bewußt, die durch seinen Pullover drang. Er fror nicht. Er hatte nicht daran gedacht, seine Jacke mitzunehmen, er rannte. Suchte nach Spuren im Schnee. Der an den Straßenrändern fast hüfthoch lag, unter den Bäumen war es etwas besser, der Schnee ging ihm hier bis zum Knie, manchmal nur bis zu den Knöcheln. Die Kälte umhüllte ihn. Sie umgab ihn völlig, ohne in ihn einzudringen, wie Wasser vielleicht, wo war seine Jacke? Im Auto. Um das Kind gewickelt, er folgte Spuren, in den Wald hinein. Die Kälte drang in seine Nase ein, seine Lungen. Er mußte umkehren und seine Jacke holen! Außerhalb des Lichtkegels seiner Taschenlampe war es stockdunkel.

Der Schnee zu seinen Füßen war dunkel. Blut. Blutspuren in zertrampeltem Schnee, die nach rechts führten, tiefer hinein in den Wald, um ein Gebüsch herum, das Licht der Taschenlampe fiel zuerst auf ihren Fuß. Kein Schuh. Kein Strumpf. Das andere Bein war verdreht, lag in einem unmöglichen Winkel zu ihrer Hüfte, der Rock bis zur Hüfte hochgeschoben, um den Kopf war der Schnee voll Blut. Sie hatte eine Kopfwunde, oberhalb der rechten Schläfe. War die Schlagader verletzt? Er wußte es nicht. Er war kein Arzt. Kauerte im Schnee, fühlte nach ihrem Herzschlag. Fühlte ihren Atem an seiner Wange: flach, lauwarm, sie lebte. Sie erfror natürlich, konnte er sie tragen, zum Wagen zurück? Das Blut in ihrem Haar begann zu gefrieren, er konnte sie nicht tragen. Nicht mit diesem Bein, er hatte ein Handy! Ein amerikanisches Cell phone, es lag im Wagen. Er mußte sie allein lassen. Er zog seinen Pullover aus, breitete ihn über sie. Hastete los, zurück durch den Wald in seinen eigenen Spuren, der Schnee in seinen Schuhen war jetzt geschmolzen. Er hörte das Knirschen seiner Schritte im Schnee, er fror noch immer nicht. In seinen Lungen fühlte die Kälte sich heiß an. Feuerheiß, schmerzhaft, er sog die Kälte ein, stieß sie wieder aus: *tschh-h, tschh-h*, er war ein Taucher. Der um Atem rang, erstickte tief unten in einem Kältemeer, er rannte jetzt die Straße entlang, parallel zum Scheinwerferlicht. Riß die Tür auf. Durchstieß endlich die Oberfläche der Kälte, schnappte nach Luft, das Handy lag vorn im Handschuhfach. Er wählte. Wählte 110, konnte nicht fassen, was er da tat: rief die Notfallnummer des deutschen Festnetzes an, mitten in Amerika. Er fluchte, drückte die rote Taste, Menütaste, grüne Taste. Während es klingelte, sah er sich im Auto um, war hier irgend etwas Nützliches? Seine Tasche stand da. Er zerrte Wäschestücke heraus, während er in den Hörer sprach, wo war der zweite Pullover? Weg. Ein Hemd war da. Ein Slip, ein Schal, sonst gab es nichts. Nichts war da, er stieg aus, rannte schon wieder die Straße entlang, während er sprach, erklärte, *Robert Brauer! Mein Name ist Robert Brauer, beeilen Sie sich, sie stirbt, sie stirbt!*

Sie lag da, wie er sie verlassen hatte. Er knöpfte sein Hemd auf. Legte sich neben sie in den Schnee, zog sie an sich. Rollte sich dann auf den Rücken, die Arme um sie, vorsichtig, vorsichtig, der Metallgeruch ihres Bluts. Der Geruch von Erbrochenem, atmete sie noch? Schwach, an seiner Schulter, er wickelte das saubere Hemd um ihren Rücken, das Hemd, das er trug, um ihre Seiten. Schlang seine Arme um sie, die auf seinem Bauch lag: dem weichen, zu wohlgenährten Bauch eines Mannes Mitte Vierzig, ihm wurde klar, daß er redete. Daß er mit ihr sprach, auf deutsch, *Hab keine Angst, wir schaffen es. Wir schaffen es, sie müssen gleich da sein, du schaffst es. Du stirbst mir nicht weg hier,* waren das seine Zähne, die aufeinanderschlugen? Er hatte nicht gewußt, daß man so frieren konnte. Daß die Kälte ein Schmerz sein konnte, der auf seinem Weg in die Knochen hinein das Fleisch betäubte. Weinte er, während er sprach? Möglich. Sie war eine Fremde. Die ihn nichts anging, ihr Tod würde kein Loch hinterlassen in seinem Leben, was tat er hier? Warum stand er nicht auf und wartete im Wagen auf die Helfer, die sicher gleich kommen würden, irgendwo im Wald knackten Zweige, vielleicht unter der Last des Schnees. Vielleicht war dort ein wildes Tier, er hätte seine steifgefrorenen Hände nicht einmal mehr von ihr lösen können, wenn er es gewollt hätte. *Wir schaffen es! Du hältst durch mit mir, halte durch mit mir,* seine Hände, seine Arme waren völlig gefühllos. Wurde ihr Atem schwächer? Blut floß aus ihren Haaren über seinen Hals. Seine Körperwärme brachte ihr Blut zum Schmelzen, noch war er am Leben. Noch war er nicht erfroren, einen Moment lang dachte er an Natalie: an Natalies Gesicht, wie es vielleicht aussehen würde, wenn sie von seinem Tod erfuhr, der Wald war jetzt vollkommen still. War schwarz jenseits des Lichtkegels der Taschenlampe, die neben ihm im Schnee steckte, wie lange würde sie brennen? *Schwarz und schweigend. Der Wald steht schwarz und schweigend,* ein Kinderlied. Gutenachtlied, durch die Äste der Bäume war kein Mond zu sehen. Jetzt weinte er. Es begann zu schneien. Er fühlte die Flocken nicht auf seinen Fingern, Armen, sah sie aber, sah ihre Lautlosigkeit. Die Tränen, die aus seinen Augenwinkeln über die Schläfen in seine Haare hineinliefen, waren eine heiße Spur. Das Wasser in seinen Schuhen mußte gefroren sein, er fühlte die Füße nicht mehr. Er fühlte den dumpfen Schmerz, dort, wo seine Beine gewesen waren, er schloß die Augen, um die Flocken nicht mehr zu sehen, er war müde. Er war zu lange gerannt, er war kein junger Mann mehr. Kein Amerikaner, der sich jeden Tag im Fitneßcenter trimmte, jetzt fror er nicht mehr. Er erfor, das wußte er noch: Diese Müdigkeit hieß, daß er erfror, von irgendwo kamen Motorengeräusche. Lichter, Stimmen von Menschen, *Where are you? Mr. Brauer, where are you?* Jetzt rief er laut. Oder er glaubte zu rufen, Lichter tanzten über ihn weg. Er hörte das Krachen von Zweigen: Große Tiere brachen durchs Unterholz, *Oh my god!* Ein Gesicht über ihm, *Oh my god, look at this!* Sie lösten seine Finger. Sie hoben die Frau von ihm herunter, legten sie auf eine Trage, ein Arm schob sich unter seine Schultern, *Can you get up? Can you walk?* Sie zogen ihn hoch, nahmen ihn zwischen sich. Jemand legte eine Decke um ihn, *Come on, you'll make it. Du schaffst es, was ist denn um Himmels willen passiert?* Er machte sich nicht die Mühe zu antworten. Konnte nicht antworten, ließ sich durch den Schnee schleifen, durch das nun sehr dichte Gestöber des Schnees, der Rettungswagen stand am Rand der Straße. Stand dort, wo die Spuren jetzt rasch unter fallendem Neuschnee verschwanden, jemand griff nach seinen Beinen, hob ihn hoch wie ein Kind. *Wo ist sie?* Er wollte laut reden, um verstanden zu werden, er flüsterte. Sie verstanden ihn trotzdem, *Wir haben sie, es ist alles okay. Don't worry, don't you worry now,* er lag auf einer Trage. Er war sich der Anwesenheit von Menschen bewußt, die ihn berührten, Teile seines Körpers bewegten, die er nicht fühlte, er schloß die Augen. Der Wagen fuhr. Etwas sollte ihm einfallen, fiel ihm nicht ein, wenig später keuchte er vor Schmerz: Das Blut flutete in seine Füße, seine Beine zurück. Begann erneut in seinem Körper zu zirkulieren, jemand hielt seinen Arm fest. Jemand stach eine Nadel in seinen Arm, eine Infusion wurde gelegt, jemand gab ihm eine Spritze, vielleicht gegen den Schmerz. Der kurz darauf ein wenig nachließ, da fiel es ihm ein: Er hatte das Handy aus einem leeren Auto geholt. Der Junge war nicht mehr dagewesen. Der Junge und das Baby waren weg.

I

Er fuhr in einem Mietwagen zurück zum Cape. Fuhr dieselbe Strecke wie vor zwei Tagen: Vorsichtshalber hatten sie ihn gestern noch in der Klinik behalten, Wie geht es Ihnen jetzt, Mr. Brauer?

Danke, gut. Dennoch war er dankbar für Speed control, für das Automatikgetriebe des Mietwagens, die es unnötig machten, ständig seine schmerzenden Füße zu strapazieren, seinen eigenen Wagen hatte die Polizei vorübergehend beschlagnahmt. Gabriel Phillips' Wagen. Den Robert in Gabriels Auftrag gekauft hatte, um während der Arbeiten an dem Haus auf Cape Cod mobil zu sein, wonach suchte die Polizei? Nach Fingerabdrücken des Jungen auf dem Armaturenbrett vielleicht. Nach Fusseln von seiner Hose auf den Polstern des Beifahrersitzes,

Ist das wirklich alles, was Sie wissen, Mr. Brauer? Bitte denken Sie nach, es handelt sich schließlich um ein Gewaltverbrechen,

Die Fremde war zusammengeschlagen worden, mit einem stumpfen Gegenstand. Einem Baseballschläger wahrscheinlich: Das hatte der junge indische oder pakistanische Arzt zu Robert gesagt,

Sie müssen sie unmittelbar danach gefunden haben, Mr. Brauer. Sie kann nicht viel länger als eine Viertelstunde im Schnee gelegen haben, sonst wäre sie jetzt nicht mehr am Leben,

Man hatte eine Vene, eine Arterie in ihrer Leiste punktiert. Arteriovenöser Bypass, ihr eisiges Blut floß in eine Maschine hinein, strömte erwärmt in ihren Körper zurück, der Arzt hatte versucht, es Robert zu erklären: Ein extrem unterkühlter Mensch müsse von innen nach außen erwärmt werden. Ginge man umgekehrt vor, würde das stockende kalte Blut an der Peripherie des Körpers in Bewegung geraten, sich in das relativ wärmere Zentrum des Körpers ergießen, die Kerntemperatur noch weiter senken und den Kranken umbringen: der also erfrieren würde an der Erwärmung, Robert war erschüttert. Er begriff nun immerhin, warum sie ihn mit heißem Wasser infundiert hatten: um seine Kerntemperatur zu erhöhen. Um ihn innerlich aufzutauen, danach hatte er geschlafen.

Hatte den Sturm verschlafen, zu dem sich der sanfte Schneefall im Laufe der Nacht entwickelt hatte, Robert beobachtete den Straßenrand, Waldrand, während er fuhr: Wo war die Kurve, in der der Junge gestanden hatte? Er war ganz sicher, daß er die Stelle trotz der frischgefallenen Schneemassen wiedererkennen würde. Als er aus den Bergen herunterkam, wußte er, daß er vorbeigefahren war.

Einen idiotischen Moment lang erwog er zu wenden, fuhr dann aber doch weiter nach Süden, aufs Meer zu, hinter Boston begann es zu regnen. Eisregen, erst jetzt fiel ihm Julia ein. Die ihn seit zwei Tagen im Gebirge erwartete: *Wild Mountain Lodge*, wo war die Telefonnummer? Aber sein Handy war ohnehin leer. Vor ihm an der Straße immer wieder die Schilder, *Food Exit Gas Exit*, er hatte keine Lust anzuhalten, zu telefonieren. Was bedeuteten ein paar Stunden mehr oder weniger, nachdem er sie zwei Tage lang hatte warten lassen? Und sie war ja nicht allein. Sie war mit Freunden dort oben, im Winterurlaub, sie hatte keinerlei Rechte mehr auf ihn.

Hatte nie Rechte gehabt, hatte das auch gewußt oder hätte es wissen müssen, er würde sie später anrufen, von Gabriel Phillips' Haus auf Cape Cod. An der Buzzard's Bay hörte der Regen auf. Wolken jagten ihm flach entgegen, als er den Kanal überquerte, auf der anderen Seite der Sagamore Bridge brach die Sonne durch. Es war Spätnachmittag. Er nahm die US-6, die jetzt Ende Februar so gut wie leer war. Durchpflügte das immergrüne Meer der Pitchpines, dessen Wellenzungen sich schließlich in der Salzmarsch, den hohen Dünen und Sümpfen des Äußeren Kaps verliefen, als er hinter Truro auf die 6a wechselte, begann es zu dämmern. Jetzt sah er die See. Die Bucht von Cape Cod, das wintergraue abendgraue Wasser leckte über den Sand vor den zugenagelten Strandhütten, Gabriel Phillips' Haus lag am Rande von Provincetown: ein anthrazitschwarz verwitterter Schindelbau. Stand auf Pfählen, die mitten im Sand von Provincetown Harbour staken, er stieß das Tor im Zaun auf, ging über das untere Sonnendeck. Betrat das Haus von der dem Meer zugewandten Seite, er schloß die Tür, ohne Licht anzuschalten.

Julia war nicht da. Er telefonierte mit der Rezeption, hinterließ eine Nachricht: Robert Brauer würde nicht kommen. Saß dann eine Weile im Sessel vor dem kalten Kamin, im Dunklen, blickte über die langgestreckte Bucht des Provincetown Harbour, den Hörer noch in der Hand, drüben auf der anderen Seite des Wassers flammten bereits die Lichter auf. Er rechnete den Zeitunterschied USA-Ostküste – München aus, umständlich, auf die Minute genau. Wählte noch immer nicht, vielleicht war sie gar nicht zu Hause. Er vermied zu denken, zu fühlen: Was es bedeuten konnte, wenn sie nicht zu Hause wäre, wählte endlich doch. Lauschte dem Klingeln, vornübergebeugt im Sessel, lauschte dem Rauschen der Entfernung zwischen ihnen,

»Robert? Robert, endlich!«

Die geliebte Stimme. So nah, als klänge sie aus dem Nebenhaus herüber. Aber jedes ihrer Worte mußte die Weite des Atlantiks durchqueren,

»Warum hast du mich denn nicht angerufen, Robert, du hättest doch wenigstens anrufen können«,

Kam aus der rieselnden Stille der Tiefsee. Seesterne umschlangen Leitungen, die zwischen Algen vibrierten. Leitungen schwangen, Seepferdchen trudelten auf diesen Schwingungen hin durch die Dunkelheit,

»Ich habe mir solche Sorgen gemacht! Ich vermisse dich«,

Herzmuscheln begannen stürmisch zu klopfen. Seeanemonen wiegten sich im Rauch dieser Stimme, Finnwale schaukelten glücklich zwischen gedehnten Vokalen,

»Was treibst du eigentlich in Amerika, Robert! Gabriel Phillips und sein verdammtes Haus, es muß doch längst fertig sein, dieses Haus, du hast wirklich genug für Gabriel Phillips getan«,

Aber das stimmte ja nicht. Gabriel hatte etwas für ihn tun wollen,

»Natalie«, sagte er.

Jetzt, wenn er selbst sprach, hörte er die Entfernung deutlich. Hörte einen Widerhall seiner eigenen Stimme in der Leitung, der ihn irritierte, sprach dennoch weiter. Sprach gegen sich selber an, seine eigenen Worte,

»Was denn um Himmels willen für ein Unfall, Robert?«

Sprach gegen das metallene Echo seiner Worte an, dem zu lauschen er gezwungen war: als müßte ein anderer ihr seine Erklärungen wiederholen, damit sie verstand,

»Gut, Robert, du hast sie gerettet. Du hast getan, was du konntest, das reicht dann ja wohl! Was geht dich denn diese Frau jetzt noch an«,

Die inmitten blitzender, kritzelnder, summender Maschinen lag, vollkommen still. Um den Kopf ein weißer Verband. An ihrem verletzten Bein das Gestell des Fixateur externe: Die Ärzte hatten Nägel durch ihre Haut in die Knochentrümmer getrieben, die Nägel mit Stäben verbunden, hatten ihre Arterien neu konstruiert: wie Rohre, Leitungen eines zerstörten Hauses, sie war noch immer bewußtlos. Schädelhirntrauma, wer war sie? Die Eisprinzessin. So nannten die Ärzte sie, die Polizei, sie hatte nichts bei sich gehabt. Keine Papiere, nichts, sie war groß. Kräftig, ohne dick zu sein, gelbliche Haut: Blässe unter tiefer Sonnenbräune. Dunkles langes Haar, dort, wo es nicht abrasiert worden war,

»Aber, Robert, das sind doch alles Ausreden. Das sind doch nichts als Lügen, was geht sie dich denn an, diese Frau? Was geht dich Gabriels Wagen an, soll die Polizei ihn doch behalten, ich bin hier allein!«

Natalie, die im Zimmer auf- und abgeht, allein,

»Ich bin hier allein, und ich brauche dich, das weißt du ganz genau! Du weißt ganz genau, daß ich dich brauche«,

Die die Fäuste ballt. Die die Hände ringt, bis die Gelenke knacken, die den Telefonstecker zieht, ihn wieder in die Steckdose schiebt. Die einen Moment lang Lider und Zähne zusammenpreßt, in einen Sessel fällt. Wieder aufspringt, sich hinsetzt. Aufspringt und die Blumen gießt und sich wieder hinsetzt, den Fernseher anschaltet und sich wieder hinsetzt, aufspringt und ihn abschaltet, *Ich brauche dich, Robert, bitte komm mit!*

In eine der Kneipen. Wo sie den anderen zu treffen hoffte. Wo sie neben Robert an einem der Tische an der Bar stand, plappernd mit unruhigen Augen, bis die laute, immer zu laute Stimme des anderen von der Tür her ertönte und sie verstummte. Sie zog die Schultern eine Winzigkeit hoch. Der Nacken verkrampft wie in Erwartung eines Schlags, eines Angriffs. Der aber nicht kam: Der andere ging hinter ihr vorbei. Natalie vor sich hinstarrend auf den aschestaubigen Tisch mit den klebrigen Kringeln von Gläsern, ohne etwas zu sehen, glühend vor Anspannung mit leerem Gesicht, konzentriert auf nichts als auf diese Stimme: Der andere sprach mit der Kellnerin. Beachtete Natalie nicht, die nun wieder zu reden begann: zu laut, immer um ein winziges bißchen zu laut, sie wußte genau, was sie tat, Robert konnte es sehen. Er sah alles: ihre Starrheit, die zu großen, unangemessenen Gesten, der andere zog nicht einmal seinen Mantel aus. Drehte eine Runde, ging dann wieder zur Tür und hinaus, Natalie blieb zurück. Gestrandet. Allein,

»Das weißt du ganz genau, du weißt, ich bin ganz allein, ach hör doch endlich auf, mich anzulügen, Robert«,

Dann Tränen.

Als sie aufgehängt hatte, begann er zu trinken. Versuchte sich einzureden, er werde den Schmerz nicht mehr spüren, wenn er betrunken war: den Schmerz in den Füßen, den Händen, das widerliche juckend-peinvolle Kribbeln der Erfrierungen, hockte weiter im Sessel vor dem leeren Kamin und starrte die Lichter von Provincetown an, er trank Whisky. Scotch, wie ein Ami, sah Natalie vor sich, wie er sie kennengelernt hatte: auf einem Fest, vor drei Jahren. In der Küche bei gemeinsamen Freunden, sie hatte am Kühlschrank gelehnt, dünn bis zur Zerbrechlichkeit. Hatte ein Glas in der Hand gehabt, auf Vamp gemacht: mit knallrotem Mund, Lacklederstiefeln, das feine blonde Haar hing ihr ins Gesicht in fedrigen Strähnen. Als man zu Tische schritt, gab es Gewitzel: Wollte Natalie auf den Telefonbüchern sitzen? Sie war winzig, allenfalls einssechzig groß. A-K, L-Z: Die gesamte Einwohnerschaft des Großraumes München, um Natalie Popp auf eine Höhe mit der Tischkante zu bekommen, sie grinste: Nein danke. Da setz ich mich lieber einem Kerl auf den Schoß, sie sah Robert an. Dem da zum Beispiel. Der schaut, als hätte er mich in Null Komma nichts in den Himmel gestemmt,

Alle lachten. Auch er. Er spürte ihren Blick im Gesicht. Im Nacken, wo sich die Härchen kribbelnd sträubten, eine heiße Welle schoß ihm das Rückgrat hinunter, vom Nabel zwischen die Beine, sie war unmöglich, aber mit Absicht, das wollte er: sie auf dem Schoß haben. Sehnte sich sofort und schmerzhaft danach, sie möchte ihren Scherz ernst gemeint haben, als sie ein paar Tage später tatsächlich zu ihm in die Wohnung kam, war dies das erste, was er tat: zog sie auf seinen Schoß, mit geschlossenen Augen, atemlos vor Sehnsucht.

Sie wohnte von diesem Tag an bei ihm. Ihre eigene Wohnung, ein Geschenk ihres Vaters, leerte sich rasch, sie räumte ihre Sachen in seine Schränke. Wenn er abends nach Hause kam, empfing sie ihn als Bajadere, in Schleier gewickelt. Als Nonne im schwarzen Umhang, ein schwarzes Tuch tief in die Stirn gezogen, als Vogel: das Gesicht wild bemalt, auf dem Kopf eine rote Federperücke aus einem aufgelösten Theaterfundus, sie sprudelte über, lachend: Stell dir vor, wo ich das gefunden habe, sie hängte sich an seinen Hals. Sie hatte keinen Beruf: Sie war Natalie Popp. Erbin der Maschinenfabrik Popp GmbH & Co. KG, sie konnte tun, was sie wollte, sie haßte es, wenn er so etwas sagte. Ich bin Studentin! Ich bin nicht irgendeine blöde reiche Kuh, ich studiere, verdammt noch mal, Robert, du klingst wie mein Vater!

Sie war Ende Zwanzig, fünfzehn Jahre jünger als er. Manchmal ging sie tatsächlich in die Uni. Wo sie Französisch und Spanisch belegt hatte, manchmal kochte sie. Kaufte Kochbücher, um für ihn zu kochen: thailändisch, indisch, brasilianisch, manches war wunderbar. Duftend, sanft, scharf, so daß er sich jung fühlte, experimentierfreudig, manches war völlig mißlungen. War versalzen, ungenießbar verbrannt, auf dem Herd vergessen, weil sie aus dem Haus gerannt war, um noch Champagner zu besorgen. Weil sie meditiert hatte auf ihrem rosa Schemelchen, zu versunken, um die Rauchschwaden aus der Küche zu bemerken, sie redete davon, nach Berlin zu ziehen. Oder mit ihm durch Asien zu fahren, durch Afrika, Südamerika, am liebsten wollte sie Deutschland für immer verlassen: Das sagte sie. Schilderte ihm dann Thailand, Indonesien. Wo sie niemals gewesen war, er konnte den Wind riechen, der aus den Palmwäldern herüberwehte. Konnte die Sonne, das Salzwasser fremder Meere in ihrem Haar schmekken, er mußte nirgendwo hinfahren, mit Natalie Popp. Er verstand nicht, daß sie sich mit ihm nicht langweilte. Sie forderte ihn heraus. Wollte in der Küche geliebt werden, im Aufzug eines Geschäftshauses, nächtelang zog sie durch Bars, durch Kneipen, manchmal ging er mit. Hatte aber schließlich auch noch seinen Job. Konnte sich nicht jede Nacht um die Ohren schlagen: trug immerhin Verantwortung für die Jobs von fünfzehn Angestellten, Mitarbeitern, für Projekte in Millionenhöhe, manchmal kam ihr Vater zu Besuch.

Er kam tagsüber, wenn Robert nicht da war, Robert war es recht so. Er hatte Natalies Vater bloß einmal getroffen.

Hatte sich von ihm zum Essen einladen lassen müssen in irgendein gediegenes Lokal am Stadtrand, Dr. Popp stand ihm im Alter näher als Natalie. Er hatte sich diskret nach Roberts privaten, beruflichen Verhältnissen erkundigt. Hatte unverhältnismäßig viel Platz eingenommen am Tisch: So schien es jedenfalls Robert, zwischendurch hatte er mit der Bedienung gescherzt, er war durchaus leutselig.

War jovial, er wußte natürlich am besten, was gut war für Natalie, selbstverständlich war Natalie finanziell abgesichert! Natalie Popp konnte tun, was sie wollte: Dafür hatte ihr Vater gesorgt, leider hatte Natalie sich immer mit den falschen Leuten umgeben. Sie hatte einfach kein Händchen bei der Wahl ihrer Männer: Die Typen, die Natalie schon angeschleppt hatte! Kurdische Asylanten, österreichische Sennjungen. Berliner Diskjockeys mit bonbonbunten Haaren, Dr. Popp schüttelte den Kopf: Natalie brauchte Führung. Brauchte jemanden, der ihr eine Richtung gab, Natalie hatte den ganzen Abend sehr aufrecht gesessen.

Hatte geschwiegen, ihren Vater angesehen: der sie nicht beachtete, solange er mit Robert über sie sprach, die Gegenwart ihres Vaters hatte sie Robert sehr fremd werden lassen. Zwischendurch hatte er an seinen eigenen Vater gedacht.

An den freundlichen stillen Mann, der vor Jahren an Krebs gestorben war, dann war die Rechnung gekommen. Dr. Popp hatte sie sich quittieren lassen. Hatte Robert beim Abschied mehrmals auf die Schulter geklopft: Robert hatte den Eignungstest bestanden. Auf der Heimfahrt hatte Robert versucht, Natalie zu beruhigen: Es war doch alles ganz gut gelaufen, es war doch normal, daß einem Vater das Wohlergehen der einzigen Tochter am Herzen lag, Natalie hatte ihn angeschrien: Du verstehst rein gar nichts! Auf wessen Seite stehst du überhaupt, Robert,

Er hatte vorsichtshalber geschwiegen. Natalie war ohnehin vollkommen außer sich gewesen.

War nach jedem Besuch ihres Vaters erneut außer sich. War, nach dem unglaublichen ersten Jahr, immer häufiger außer sich, blieb immer häufiger den ganzen Tag im Morgenmantel, wanderte ruhelos durch die Wohnung, sie wollte Schriftstellerin werden, sagte sie zu ihm, Dichterin, sie schrieb irgend etwas, das sie ihm nicht zeigte, dann wollte sie malen. Heulte über ihre Talentlosigkeit, sie spielte recht gut Klavier. Spielte Chopin, verspielte sich, brach mittendrin ab, irgendwo hatte sie Kokain her, Amphetamine. Rannte dann nächtelang durch die Wohnung mit heißem Kopf und eisigen Fingern, die Züge gefroren, während ihr der Schweiß an den Seiten ihres Körpers herablief und den dünnen Stoff ihres Morgenmantels transparent machte, rannte durch eine übererregte todmüde Hölle,

Ich bin zu nichts gut! Ich grüble mir das Hirn blutig und bin zu nichts gut, aber das ist egal, es ist ja egal, ob ich was mit meinem Leben anfange oder nicht, was fällt denn schon ins Gewicht vor seinen Millionen. Was fällt überhaupt ins Gewicht,

Robert stand dabei. Sah dem Ausbruch dieses Kindes zu, hilflos: ein Mann in den Vierzigern, etwas zu schwer. Mit Händen, die links und rechts an ihm herunterhingen, manchmal flog ihr Glas an die Wand. Manchmal riß sie ein Buch aus dem Regal: Malcolm Lowry. Der Tequila-Malcolm,

Soll ich dir davon erzählen, wie ich das Zimmer in dem Hotel betrat, in dem wir einst glücklich waren, aber der Lärm des Schlachtens unten in der Küche trieb mich wieder hinaus in die gleißende Helle der Straßen, und später in jener Nacht saß ein Geier in meinem Waschbecken,

Sie schleuderte ihm den Text eines anderen entgegen wie einen Vorwurf. Sah ihn an, triumphierend: Und, was sagst du dazu, Robert Brauer? Kannst du dir so etwas überhaupt vorstellen? Du mit deiner Scheißselbstbeherrschung, du bist ja halb tot! Kannst du dir überhaupt vorstellen, daß man verzweifelt sein kann, und dann schreibt man so was,

Aber nicht sie war es, die dies geschrieben hatte. Das Buch knallte auf den Boden, durch Tränenstürme hindurch tastete sie sich zu einem Sessel. Lag schluchzend im Sessel, wand sich. Ertrug unbegreifliche Qualen, er stand mitten im Zimmer, sein Glas in der Hand. Manchmal rauchte er. Manchmal rauchte er nicht: weil das Schnappen seines Feuerzeugs einen neuen Sturm auslösen konnte, er hatte das Buch nicht gelesen, das sie so erregte. Er nahm an, er machte etwas verkehrt. Wollte sich nicht schämen für sie: langweilte sie vielleicht einfach bis zur äußersten Verzweiflung, er wartete, bis ihr Schluchzen leiser wurde, regelmäßig. Dann ging er zu ihrem Sessel. Nahm sie in den Arm, zog sie auf seinen Schoß. Begann sie zu wiegen: während er über ihren Kopf hinweg aus dem Fenster sah, jetzt an gar nichts dachte. In ihr Haar murmelte,

Ist ja gut, Liebes, ist ja alles gut,

Bis sie nicht mehr weinte. Bis sie sich erhob, um ins Bad zu gehen. Ihn noch immer schlucksend wie ein kleines Kind mit sich ins Bad zog: wo er sie lieben sollte, während sie nach vorn gebeugt über dem Waschbecken hing in ihrem verschwitzten Morgenmantel, sich kaltes Wasser ins Gesicht schöpfte. Sich dann zu schminken begann: ihren Mund, ihre Augen mit den geschwollenen Lidern, er sah sie im Spiegel. Sah ihre Augen bei jedem seiner Stöße schmal werden, sah sie Wimperntusche verschmieren, Lippenstift,

Das ist verrückt, was wir hier machen, Robert, völlig verrückt,

Sah sie auflachen. Sah sich selbst im Spiegel hinter ihr: Wie er darauf wartete, daß sie aufstöhnte,

Mach weiter, mach weiter, Robert,

Daß ihr Kopf nach hinten kippte, sie gegen ihn sank.

Zusammensank mit geschlossenen Augen, für ihn, danach lagen sie auf dem Boden im Badezimmer, umschlungen.

Die Neonröhre über dem Spiegel brannte. Die Badezimmermatte war eisblau. Auf dem Glasregal stand ihr Parfüm, sein Rasierwasser, ihr Atem beruhigte sich. Herzschlag und Puls wurden regelmäßig, man konnte jetzt aufstehen. Man konnte jetzt Kaffee kochen, eine Weinflasche öffnen, konnte beraten, ob man noch zu einem späten Essen ausgehen oder lieber mit einem Buch ins Bett kriechen wollte, sie war jetzt erschöpft: Alles war wieder in Ordnung. Dann war der andere aufgetaucht,

But, Robert, why do you need Natalie? Someone like Natalie,

Julia hatte ihn das gefragt, irgendwann im letzten Sommer. Er hatte die Frage nicht begriffen. Hatte Julia angestarrt, über den Pitcher voll Bier hinweg: ihr schmales amerikanisches Gesicht, die wachen Augen, den schwarzen, sehr exakten Pagenkopf, was wollte sie von ihm? Julia, die Buchhändlerin, mit dem modischen Interesse an Psychologie: Wollte sie ihn nun therapieren? Nachdem es ihm so offensichtlich nicht gelang, sie zu lieben,

What was missing in your life, Robert? Was hat dir denn damals gefehlt, als du Natalie getroffen hast?

Nichts! Was sollte ihm denn gefehlt haben? Keine Frau. Er hatte immer Frauen gehabt, war nie um Begleitung verlegen gewesen: obwohl er kein schöner Mann war, vielleicht verfügte er manchmal über einen gewissen Charme. Über Witz oder gutes Benehmen, irgend etwas, beruflich war er erfolgreich. Erfolgreich genug für die meisten Frauen, ein gefeierter Architekt?

Nun, das sicher nicht. Aber kompetent. Im Beruf zuverlässig, solide, in Maßen kreativ: ohne Prätentionen. Kein Heckmeck-Erfinder mit genialischem Anspruch: einer, der an die Nutzer seiner Bauten mehr dachte als an seinen eigenen Ruhm, er vertat seine Zeit nicht mit der Errichtung von Luftschlössern. Hatte sich längst mit der Realität arrangiert: mit Verwaltungs-, Industriebauten. Behördlichen Bestimmungen, Wirtschaftlichkeitserwägungen der Bauherren, er wußte, ihn würde man nicht dazu auffordern, den Potsdamer Platz neu zu bebauen. Er hatte versucht, Julia das zu erklären: Er hatte nie zu den Männern gehört, die sich einbildeten, sie müßten unbedingt ihre Traumfrau finden, um mit dem Leben zufrieden zu sein. War immerhin schon über Vierzig damals, als Natalie kam, seit fast zehn Jahren geschieden,

I was carefree, Julia! Absolutely carefree,

Sie hatte gelacht,

Vielleicht war es das. Maybe you needed to care for someone,

Psychogewäsch! Er war verärgert gewesen. War doppelt verärgert darüber, daß er sich ihre Worte übersetzen mußte, um den Bezug zu verstehen –

Carefree: sorglos

To care for someone: 1) sich um jemanden kümmern. 2) jemandem Bedeutung beimessen

–, daß sie seine sprachliche Unterlegenheit ausgenutzt hatte, um zu brillieren mit ihrer amerikanischen Küchenpsychologie, in Gabriel Phillips' Haus auf Cape Cod trat Robert ans Fenster.

An die riesige, jetzt nachtschwarze Glasfront, mit der er Gabriel Phillips' Wohnzimmer vom unteren Deck getrennt hatte, Lichtschlieren trieben draußen auf der dunklen Bucht. Der Sandstrand sah eisig aus: leer und tot wie ein Mond, Gabriel Phillips' Haus war längst fertig. Es war fertig mit ihm, wartete nun auf Gabriel Phillips: seinen Besitzer.

Roberts besten Freund. Gabriel war vor wer weiß wieviel Jahren mit der US-Army nach Deutschland gekommen. Überglücklich, dem Puritanismus seiner neuenglischen Heimat entflohen zu sein, hatte er eine Deutsche geheiratet, um in München bleiben zu können, hatte bayrisch gelernt, sich einen Dackel zugelegt, war schließlich reich geworden mit seiner Werbefirma,

Hör zu, Robby. Ich habe da dieses Haus in den Staaten gekauft. Ein verrücktes Ding, aber mit Atmosphäre, ein großartiges Ferienhaus, es muß natürlich völlig renoviert werden, ach red keinen Unsinn! Ich will dir nicht helfen. Du hilfst mir, wenn du dich um das Haus kümmerst, eine Hand wäscht die andere, du kannst über Boston fliegen oder über New York, sag mal, Robert, was redest du da? Du bist mein bester Freund, okay, aber glaubst du im Ernst, ich hätte für zigtausend Dollar ein Haus gekauft, nur damit du diese Schlampe vergißt,

Er hatte Gabriel so über Natalie reden lassen. Hatte den Auftrag angenommen, abgewickelt, was tat er noch hier?

Ich will bloß noch mal nach dem Rechten sehen, Gabriel. Die Heizung überprüfen jetzt im Winter, natürlich komme ich diesmal selbst für die Kosten auf,

Gabriel Phillips hatte gelacht. Hatte Robert den Schlüsselbund zugeworfen, quer durchs Büro, über die Köpfe seiner Mitarbeiter hinweg: die an Bistrotischchen standen und Weihnachten feierten,

Viel Spaß, Robby! Und sei unbedingt am 31. in New York auf dem Times Square,

Aber am 31. war Robert in München gewesen, bei Natalie. War mit Natalie zum Essen gegangen, danach in eine Kneipe, er war nicht geflogen. War noch nicht geflogen: erst fast zwei Monate später. Erst nach der Sache mit Natalies Verbrennung, Robert stieß die Tür auf.

Ein Schwall eisiger Luft drang herein, er trat auf das Deck hinaus. Die Nacht war leblos vor Kälte. Er würde nach Provincetown fahren. Nach P'town, wie die Einheimischen sagten: Pie-Taun, er würde zu Napi's gehen und etwas trinken, vielleicht etwas essen. Vielleicht ein paar Worte mit Jeremy reden: dem Schwulen, der den Zen-Shop in der Commercial Street hatte, er war allein.

Natalie war allein. Auf der anderen Seite des Meeres ging sie hin, her, hin, her, so gingen sie: jeder für sich, durch leere Zimmer, konnte er sie noch einmal anrufen? Es ihr erklären, sagen: Ich hätte sterben können! Ich hätte erfrieren können dort oben im Gebirge,

Sie würde antworten, Warum hast du das getan? Wie konntest du nur dein Leben riskieren, um eine Fremde zu retten?

Die Trauer überwältigte ihn.

Und welche Kultur war es doch, in der man für ein Leben, das man gerettet hatte, fortan verantwortlich war? Auf immer für jedes Verbrechen geradestehen mußte, das der Gerettete beging, ihn aus jeder Notlage befreien mußte: weil man sich eingemischt, eigenmächtig ein Leben verlängert hatte, das für die Götter bereits beendet war, Robert wandte sich dem Haus zu: Aber hier gab es keine Nachschlagewerke.

In diesem Haus gab es keine Bücher, keine Vasen, Fotografien, nur die leeren Regale. Sein Waschzeug, seine drei Zeitschriften verloren auf Metern und Metern leerer Regale, vielleicht konnte er mit ihr leben, wenn er nichts dabei fühlte?

Natalies blasses, stilles Gesicht neben ihm im Auto. Zuerst hatte er nicht bemerkt, was sie tat. Dann hatte er zu ihr hinübergesehen, sie drückte eine Zigarette an ihren Arm. Brannte sich ein Loch in den Arm, hatte die Zigarette so lange an ihr Handgelenk gehalten, bis man es riechen konnte und er sie schlug,

Warum hast du das getan, verdammt noch mal! Warum, Natalie, wie kannst du so etwas tun,

Weil ich wissen wollte, was ich noch fühle! Ob ich überhaupt noch etwas fühle, warum erträgst du mich, Robert? Warum machst du das mit,

Aber er hatte es ja nicht ertragen. War abgehauen, hier hergekommen, ertrug nun auch Gabriels Haus nicht mehr: sein Haus. Seine eigene Arbeit, hatte also doch wieder Julia angerufen, war losgefahren zu ihr in den Schnee, in den richtigen Moment hinein: so daß die Eisprinzessin ihr Leben in Wahrheit Natalie zu verdanken hatte. Der Brandwunde Natalies: also dem anderen, nicht ihm, Robert Brauer, schnappte er über? Wurde er langsam verrückt?

Er ging zurück ins Haus. Schloß die Glastür hinter sich, rief am Bostoner Flughafen an: All night counter, buchte den Rückflug für den nächsten Tag. Packte, legte sich dann ins Bett: mit schmerzenden kribbelnden Füßen, die ihn nicht schlafen ließen, so daß er bereits im Morgengrauen aufstand, eilig das Haus verließ, schon im Auto war: Da kehrte er noch einmal um. Ging zurück, rief das Krankenhaus an. Verlangte Dr. Mathai zu sprechen: den jungen indischen Arzt. Der auch tatsächlich Dienst hatte,

»Ah, Mr. Brauer! How are you!«

Sie war noch am Leben. Ihr Zustand war stabil. Nein, sie war noch nicht bei Bewußtsein, aber man würde ihn gern anrufen. But of course! Man würde es ihn sofort wissen lassen, wenn die Eisprinzessin erwachte.

Er hinterließ seine Nummern in Deutschland, nun fuhr er los. Als er auf Höhe des Pilgrim Lake war, ging über den Wanderdünen die Sonne auf, kalt.

II

»– und ich habe ihm das gesagt! Ich habe ihm hundertmal gesagt, wir können das nicht einfach vorbeischleusen an der heiligen Dreifaltigkeit. Aber er muß ja den Obermufti der Redaktion geben, jedesmal wieder«,

Sina stand am Fenster. War ein Korken, in den Wogen des Partygequassels: Sina Beatrice Fischer, 35. Einssechsundsiebzig. Konfektionsgröße 38/40. Abgebrochenes Jurastudium, abgebrochenes Betriebswirtschaftsstudium, zur Zeit Sachbearbeiterin bei einer Versicherung: Privathaftpflicht, Leistungsabteilung. Vorhin in der Damentoilette hatte sie noch schnell ihre Bluse gegen ein Seidentop getauscht, dies hier war ein Geburtstagsfest. Eine kleine intime Feier, mit achtzig Gästen,

»– dann sollen sie das Bild doch kontern! Oder sie sollen eins besorgen, wo der Köter auf dem Beifahrersitz einer *englischen* Karre hockt, und wo sitzt er dann wohl bei uns? Na? Genau, und dann wollen wir doch erst mal sehen, ob nicht doch der Hund gefahren ist«,

»– komm, die gehört doch bloß mal wieder anständig hergenommen. Die Zicke, was die braucht, ist ein sizilianischer Pizzabäcker. Oder ein Antillenneger«,

Plötzlich Stille. Vorsätzliche Verletzung der Political correctness: Aber es war nichts, nur ein Kratzer. Keine Platzwunde, kein Blattschuß, nur modisch gemeint: wie Bauchnabelpiercing, wo war eigentlich das Geburtstagskind? Der Big Boss, er hielt hof am Büffet.

Umgeben von Freunden, Kollegen, Familienmitgliedern: Emanuel Ullrich. Groß, schwer, riesig in einem maßgeschneiderten Anzug, den Teller beladen mit Räucherlachs, Krabben, frischen Crostini, wo war Emanuels Frau?

Unterhielt sich mit Emanuels Sekretärin. Sie sah gepflegt aus, wie immer. Selbstbewußt. Gut in Schuß für ihre dreiundvierzig Jahre, es war Emanuel durchaus abzunehmen, daß er sie schätzte: während er sie mit Nonchalance, mit perfekter Diskretion fünf Tage die Woche beschiß. Mit dermaßen ausgeprägter Leidenschaftslosigkeit, einem so völligen Mangel an erotischer Besessenheit, daß er das Ganze genausogut hätte bleiben lassen können,

Aber Sina! Sind wir nicht alle Suchende, irgendwo,

Eine Vokabel wie Bindungsfähigkeit wäre ihm allenfalls beim Andicken zarter Soßen eingefallen. Den Donjuanismus hielt er nicht für eine Neurose, sondern für eine Gottesgabe, draußen hatte es zu schneien begonnen. Flokken wirbelten durch die rasch niedersinkende Dämmerung. Trieben durch das Licht der Deckenleuchte, die sich im Fenster spiegelte: Wenn man lange genug hinsah, dann schien es, als stünden die Schneeflocken still, und die Spiegelung des Lampenlichts triebe nach oben. Segelte mit dem ganzen Zimmer langsam hinauf durch reglose Flokken, schwebte himmelan, höher und höher: ein leuchtendes Raumschiff über dem Meer der Stadt, Johannes kam mit einer Flasche Prosecco.

Füllte Sinas Glas auf, sagte: »Schau mal, Sina, es schneit.«

Legte eine Hand auf Sinas Schulter. Sagte: »Was machst du denn morgen, Sina? Oder Sonntag, wir könnten vielleicht Sonntag zum Skifahren gehen«,

Auch nach einem halben Jahr konnte er noch nicht akzeptieren, daß Sina sich wirklich von ihm getrennt hatte. Bemühte sich unbarmherzig weiter um sie: Er wußte schließlich, wo das Problem lag,

Du bist eben nicht bindungsfähig, Sina!

Das sagte Johannes. Daß Sina ihn nicht liebte, konnte

doch nur auf einen psychischen Defekt zurückzuführen sein, Johannes sagte: Du siehst die Dinge verschoben, Sina. Das liegt an deinen Verletzungen. Ich könnte dir helfen, deine seelischen Verletzungen zu heilen,

Er interpretierte mit Wonne Sinas Leben. Johannes, der Psycho-Onkel: Er krebste auch bei Emanuels Gazette herum. Widmete sich den Lebensproblemen verzweifelter Ehefrauen, ratloser Sekretärinnen. War mit ihnen gefangen in Liebesgeschichten. In einer Liebesgeschichte: der einzigen, die es gab, alle Verben darin waren Reflexiva: Ich verliebte mich, freute mich. Machte mich ohne Bedenken verletzlich, täuschte, ärgerte, trennte mich. Beschimpfte und bedauerte mich, Nabelguckerei: die ein Gegenüber noch nicht einmal sprachlich verlangte, Johannes hatte eine Warze am Kinn. Aus der Warze sprossen ein paar dunkle Haare. Wenn Johannes diese Haare vor dem Spiegel abschnitt, dann legte er den Kopf zurück, starrte an seiner winzigen Nase hinab, bis er schielte, spitzte den Mund, dessen Haut sich zusammenknüllte wie eine Papiertüte, so war Sina: Ein einziger Fehler, und ein Mann war untendurch. Eine einzige Kränkung, nur eine winzige charakterliche Schwäche, und schon fing sie an, sich den Kerl häßlich zu quatschen: mit einer wilden, zerstörerischen Freude, die nur auf einen psychischen Defekt zurückzuführen sein konnte, Sina ging zum Büffet. Um das sich die Esser drängten, sie nahm ein Brötchen mit Thunfischsalat. Ein paar marinierte Pilze, eine Scheibe Mozzarella,

»Sinalein! Und, alles klar bei dir, hast du denn etwas gefunden, was du magst?«

Da war er: Emanuel Ullrich. Küßte Sina auf die Wange, rein freundschaftlich. Während sie noch an ihrem Sandwich kaute,

»Ich muß nachher unbedingt noch mal zu dir rüberkommen, hau mir bloß nicht einfach ab«,

Ging weiter. Begrüßte nun Gabriel Phillips, den Werbetypen. Wartete nicht, bis Sina den Thunfisch runtergeschluckt hatte, antworten konnte, wie oft hatte Sina mit ihm geschlafen? Sechs- oder siebenmal vielleicht. Vorher hatten sie sich gewöhnlich in einem Restaurant getroffen: Es ist ein schöner alter Brauch, einer Frau etwas zu essen zu geben, bevor man sie fickt, Emanuel Ullrich hatte Kultur. Er wartete immer vor der Tür des Lokals auf sie. Begrüßte sie mit einem Kuß auf die Wange, schritt ihr voran. Wählte den Tisch, rückte ihren Stuhl. Wählte Weine: mit leicht spöttischer Kennerschaft, machte Sina geschickt Komplimente. Plauderte intelligent, erzählte Witziges: Zeitschriftenklatsch, Reiseanekdoten, schob dazwischen männlich-mächtige Bissen auf Silbergabeln in den Mund, meistens hatte er sich sogar gemerkt, was Sina ihm beim letzten Mal erzählt hatte. Es waren gelungene Abende, im großen und ganzen. Der Sex hinterher, in ihrem Einzimmerapartment, nicht viel mehr als ein Nachtisch. Ein Sektsorbet vielleicht. Oder etwas mit Früchten und Alkohol: leicht, kühl, interessant. Lediglich Abrundung des Menüs: das sonst allerdings eines unverzichtbaren Reizes entbehrt hätte, am nächsten Morgen fühlte sich Sina meistens beschwingt. Graçias, Don Juan! Warum war Sina überhaupt hergekommen?

In Emanuels Wohnung: die sie zuvor noch niemals betreten hatte. In diese großen, geschmackvoll und teuer möblierten Räume: möbliert mit dem Geld seiner Frau, so hieß es, hier also spielte sich Emanuels Leben ab. Sein wirkliches Leben, im Fenster trieb die Spiegelung der Deckenleuchte weiterhin über das Meer der Stadt. Über die Felsen der Dachfirste,

»Sina! Wie wunderbar, daß du hier bist, ich habe dich ewig nicht mehr gesehen«,

Axel. Ein alter Bekannter, er holte Sina ein frisches Glas. Erzählte von China: wo er irgend etwas entworfen hatte für irgendwen, legte einen Arm um Sina, sollte sie jetzt mit ihm knutschen? Warum? Andererseits, warum nicht, das Sandwich war aufgegessen, Axel schob seine Zunge zwischen ihre Lippen. Sie verfolgte den Vorgang nicht ohne eine gewisse Neugierde: Er stellte sich recht geschickt an. Gab ihr den Profi-Lover: Aber hauptberuflich war er Designer. Jeder hier war Designer, oder ein Schreiberling. Werbedesigner, Food-Designer, Softwaredesigner, Abfallentsorgungscontainerdesigner, jeder Fuzzi ein Kreativer: oder Börsenmakler, gab es keine anderen Jobs mehr?

Glockengießer, Bärentreiber.

Holzfäller Perlentaucher Nagelschmied Dachdecker, Jobs ohne eine Spur von Sozialprestige, miserabel bezahlt, ihr Vater war Dachdecker gewesen. War von seinen Dächern nur heruntergekommen, wenn es sich absolut nicht hatte vermeiden lassen. War selbst in den Pausen dort oben geblieben, hatte mittags seine Brote auf einem First in der Sonne verzehrt, im Regen, im Graupel. Konnte nur dort oben durchatmen: das hatte er gesagt,

Nimm mich doch mit, Papa, nimm mich mit hinauf,

Wenn du groß bist, Sinakind. Wenn du groß bist,

Dann war er krank geworden. Hatte eine Störung des Gleichgewichtssinnes davongetragen, keine Leiter mehr erklimmen dürfen. Hatte nicht einmal mehr eine Glühbirne auswechseln können, Axel verstaute seine Zunge nun wieder in seinem eigenen Mund. Sina trank, in Emanuels Zimmern war es zu heiß. Rauchig, überheizt, Sina hatte wirklich genug getrunken! Trank aber trotzdem weiter, während jemand begann, auf die Regierung zu schimpfen, Axel wollte jetzt mit Sina nach Kuwait fliegen (wieso Kuwait?). Die Teelichter zwischen den Platten und Schüsseln auf dem Büffet waren schon eine Weile heruntergebrannt.

Die Efeuranken wanden sich müde durch die Soßenflecken auf der festlich goldenen Tischdecke: Isolierfolie. Das silbergoldene dünne Zeug, mit dem man Unfallopfer vor Unterkühlung schützt, Axel und seine Freunde wollten nun noch mit Sina in eine Bar.

Ja, klar. Man konnte genausogut noch in eine Bar gehen, im Taxi hatte irgendeine Tussi einen nachweihnachtlichen Zusammenbruch. Einen alkoholinduzierten Einsamkeitsanfall, sie hockte neben Sina auf der Rückbank, in engen Satinhosen, semitransparentem Hemd, bei der Kälte! Sie heulte, sie wollte einen Mann. Eine Romanze, die ihr Leben verwandeln, sie erlösen würde aus dem Tal der Tränen, durch das sich die Singles schleppen am Ende des Millenniums, Sina gab ihr Papiertaschentücher. Sah aus dem Fenster: wo Flocken um die Lichtkegel der Straßenlaternen wirbelten, pelzige Wintermotten, die Tussi putzte sich die Nase. Lehnte schwer an Sinas Schulter in einer Wolke von Eau d'Issey und Prosecco, sie verlangte doch nicht zuviel vom Leben! Nur Mr. Right. Nach dem sie suchte wie nach einem Wintermantel: Dabei war längst Schlußverkauf. Am besten war es wahrscheinlich, man ging los und erwarb irgendwas Haltbares. Was farblich Neutrales, das zum Rest der Garderobe paßte, damit man nicht zuviel wegwerfen mußte, ansonsten konnte man sich immerhin noch ein Hobby zulegen. Käfer sezieren, Bierdeckel sammeln. Die weißglimmernden Schriftzeichen in grauen Bachkieseln studieren, irgend etwas piekte Sina ins Bein.

Piekte unter dem Rock, während das Taxi sie durch die Nacht schaukelte, sie tastete: ein Buch. Sie zog es hervor, legte es auf ihren Schoß, draußen schneite es immer noch. Der Wagen durchtauchte einen Tunnel, hielt. Sina kramte ihre Sachen zusammen: Handschuhe, Tasche, wo war Axels Schal? Sie stiegen aus. Türen knallten. Das Taxi blinkte. Löste sich vom Straßenrand, ordnete sich ein, seine Rücklichter wurden zu ununterscheidbaren Perlen einer roten Kette. Die stockend durch den Tunnel hindurchglitt, ein Rosenkranz durch eine lockere Faust, erst jetzt bemerkte Sina, daß sie das Buch immer noch in der Hand hielt. Im Licht, das aus der Bar auf den Schnee fiel, las sie den Titel: *Handbuch USA. Die Ostküste – Von Florida nach Maine.*

Beim Erwachen sah Sina als erstes den Himmel.

Sah graue Wolken: die aufrissen, sich wieder zusammenfügten, einen Moment lang sahen sie aus wie ein Fuß mit Zehen. Ein riesiger grauer Fußabdruck mitten am Himmel, der voller Schnee hing, Axel lag neben ihr. Was für ein Unsinn war das nun wieder? Sina schloß die Augen. Kopfschmerzen, Übelkeit. Zunge pelzig wie ein Mäusehintern, das Klingeln des Telefons tat weh im Kopf. Sina tastete blind nach dem Hörer,

»Also entschuldige schon, aber du hättest dich gestern wenigstens von mir verabschieden können«,

Johannes natürlich.

»Gesucht habe ich dich! Jeden nach dir gefragt, und wo wart ihr? Ach was. Wie kannst du nur in diesen blödsinnigen Schuppen gehen! Und dann noch ernstlich behaupten, du hättest Spaß gehabt«,

Da war es, das elfte johanneische Gebot: *Du sollst keinen Spaß haben ohne mich!* Und? Hatte Sina es gestern abend gebrochen? Erinnerungsklumpen, unhandlich wie Glasscherben: an einen kippligen roten Barhocker, Caipirinhas mit zuviel Zucker. Dröhnende Latinohits, die sie mitgesungen hatten, ein bißchen Geknutsche. Eine Menge ernsthafter Unsinn über Beziehungen, den sie einander in die Ohren geschrien hatten, gegen vier waren sie dann mit einem Taxi zu Sinas Apartment gefahren. Ihr Kopf hatte an Axels Schulter gelehnt. Lichtschattenlichtspiel der Straßenlaternen unter ihren geschlossenen Lidern: während das Taxi anfuhr, hielt, anfuhr, später Cognac. Dann Axels Zunge. Eidechsenzunge: rasch, kühl, geschickt zwischen ihren Lippen, in weiteren Körperhöhlungen. Gerüche, Geschmack. Geflüster. Atemzüge in der lauwarmen Dunkelheit, während draußen der Schnee fiel: die üblichen Sekundenewigkeiten, und nun? Wie weiter?

Am Himmel lösten sich die Wolkenzehen allmählich auf. Axels Arm wand sich schläfrig um Sinas Bauch, Sina ließ den Hörer in die Kissen fallen. Johannes' Stimme brabbelte weiter: während Axel Sina nun küßte, sein Mund schmeckte nach schalem Wein, kaltem Rauch wie ihr eigener. Axel stand auf, um ins Bad zu gehen. Dies hatten sie nun immerhin miteinander gehabt: die Intimität eines ungewaschenen Kusses, Sina klemmte den Hörer zwischen Schulter und Ohr.

Den Weg in den Flur bewältigte sie halbwegs aufrechten Ganges. Wickelte sich in ein Strandtuch, das an der Wand hing, murmelte Verständnisvolles in den Hörer, wovon zum Teufel redete Johannes?

»– das mußt du doch verstehen, die Waschmaschine ist kaputt, die Katze ist krank, in der Redaktion ist Stromausfall, und ich soll um eins im Vier Jahreszeiten sein! Und prompt fahre ich mir natürlich auch noch an diesem Scheißblumenkübel hinten im Hof die Radkappe ab«,

Sie waren ein Jahr zusammengewesen: Und trotzdem hatte er immer noch nicht begriffen, daß Sina morgens nicht ansprechbar war. Oder es war ihm einfach egal, Sina lauschte den Erstickungsgeräuschen der Kaffeemaschine. Um nicht nachzudenken mit ekelhaft flauschigem Katerkopf. Um Johannes' endlosen Litaneien nicht zuhören zu müssen, Johannes seinerseits war immer ansprechbar. Mußte immer alles klären, ausdiskutieren, was war die Alternative? Männer, die sich beim geringsten Mißverständnis in ihrem Schweigen vergruben.

Die den anderen anrennen ließen gegen ihre Mauer aus Schweigen, bis Blut kam, ein paar von Johannes' Vorgängern waren so gewesen.

Sinas Vater war so gewesen. Das hatte Christa behauptet: Sinas Stiefmutter, nach irgendeinem Streit hatte sie auf dem Sofa gesessen, heulend. Bitte laß mich doch nicht immer gegen diese Mauer anrennen, Harald,

Der Vater hatte geseufzt. Hatte natürlich weitergeschwiegen, Hysterie verfing nicht bei Sinas Vater. Er war aus dem Zimmer gegangen.

Und hatte er auch Sinas Mutter anrennen lassen gegen die Schweigemauer?

Hatte er sie zum Bluten gebracht: Sinas Mama, er hatte den Kirschbaum umgehauen, der sie fallen gelassen, ihren Sturz nicht aufgefangen hatte. Er hatte die Äste, den Stamm in Stücke gehackt, hatte die Stücke verbrannt: so wurde es Sina berichtet, sie selbst war damals erst ein Jahr alt gewesen.

Besaß keinerlei eigene Erinnerungen an ihre Mutter. Als Kind, junges Mädchen hatte sie oft stundenlang über Fotos gebrütet. Hatte versucht, die mütterlichen Züge in ihrem eigenen Gesicht wiederzufinden: erfolglos, sie war ein Papakind. Sah haargenau aus wie der Vater: oder so sagten alle, wenigstens war sie mit ihrer Stiefmutter einigermaßen ausgekommen.

Besser jedenfalls als Christa und der Vater: die sich vor einigen Jahren getrennt hatten, Christa war weggezogen aus München. Sina telefonierte manchmal mit ihr. Zu Weihnachten, bei Geburtstagen, zum letzten Mal hatten sie sich auf der Beerdigung des Vaters gesehen.

Den Sina so lange wie irgend möglich selber gepflegt hatte, sie war wieder zu ihm gezogen in das kleine Haus ihrer Kindheit: das nicht mehr vertraut, niemals fremd genug war, um unbefangen bewohnt zu werden, morgens, bevor sie ins Büro ging, hatte sie erst den Vater versorgt. War in der Mittagspause nach Hause gehetzt, dann abends noch in den Supermarkt, sie hatte gekocht, geputzt, befleckte Krankenwäsche gewaschen. Hatte den Vater gefüttert, ihm Tee eingeflößt. Hatte seine Hand gehalten, sie hatten wenig miteinander geredet: wie immer. Jede Nacht, sobald er eingeschlafen war, hatte sie sich davongeschlichen zu Johannes.

War in seine Wohnung getaumelt, zu Tode erschöpft. Hatte ihn sofort mit sich auf das Sofa gezogen. Hatte ihn ins Bett, auf den Teppich gezogen, blind, atemlos, sie konnte nicht an sich halten. Konnte sich nicht beherrschen, sie wußte, es jagte ihm Angst ein. Sie erschrak selbst, vor dieser Gier: begehrte auch nicht Johannes. Wußte nicht, wen oder was sie begehrte, Johannes wußte es natürlich.

Fand Erklärungen: wie er für alles Erklärungen fand, bevor es ihm unter die Haut gehen konnte, Sinas Gier war ein biologischer Impuls. War mithin ganz normal: Die Nähe des Todes erzeugte in Sinas Körper den Drang, schnellstmöglich neues Leben zu schaffen, Sina stellte ihn sich in wechselnden Gestalten vor, diesen pornografischen Tod aus der Apokalypse des Johannes: ein muskulöser Bote Gottes mit offener Hose, die Dinosaurierflügel verborgen unter der Motorradjacke. Ein Seraph, der spätnachts inmitten einer heißkalten Testosteron-Wolke aus einer unbeleuchteten Seitenstraße trat, Pestbeulen unter dem Maßanzug. Oder das traditionelle Skelett: mit einem riesigen höllenfeuerheißen Ständer, vor der Bühne einer Liveshow-Bar, in einem Darkroom, dann war es vorbei gewesen. Mit dem Tod des Vaters war die Begierde erloschen, geblieben war Johannes' Gequassel. Sina hatte sich von Johannes getrennt.

Hatte allein das Haus leergeräumt. Hatte sich um Mieter gekümmert, den Papierkram erledigt, im Kleiderschrank des Vaters ganz hinten unter den Winterstiefeln hatte sie die Kartons gefunden.

Die Schuhkartons mit den Briefen: die Sina über Jahre Abend für Abend auf die Fensterbank gelegt hatte, Vom Himmel hoch da komm ich her: Mama und das Christkind hatten dieselbe Adresse gehabt. Sina kauerte heulend auf dem kalten Boden des Schlafzimmers. Las die unheimlich vertraute, unheimlich fremde Kinderschrift, umgeben von den Schuhen ihres Vaters: die eigensinnig die Form eines fortgegangenen Fußes festhielten, *Liebe liebe Mama. Heute bin ich in Rechnen drangekommen, du hast ja aus dem Himmel zugesehen aber wenn nicht dann schreib ich es dir, ich habe alles gewußt. Ich vermisse dich so schrecklich ich habe dich so lieb liebe Mama, der Thomas hat mich in der Pause gehauen und ich habe zurückgehauen, die Christa schimpft und sagt: Ein Mädchen haut nicht!! aber ich habe es doch getan. Du verstehst das bestimmt,*

Er hatte alle Briefe aufgehoben. Hatte sie also Abend für Abend eingesammelt. Hatte sie alle gelesen, niemals ein Wort gesagt, Sina trug die Briefe in den Garten. Verbrannte sie, an der Stelle, wo einst der Kirschbaum gestanden hatte, womit hätte Sina sich den Blick des Vaters denn verdienen können?

Den erlösenden Blick: in dem sie geborgen gewesen wäre in ihrem Sina-Sein,

Papa, schau! Schau doch mal, was ich kann, Papa!

Sina mit fünf oder sechs, freiheitsberauscht. Atemlos um ihre eigene Achse wirbelnd mit ausgebreiteten Armen, vollkommen sicher: Was sich so wundervoll anfühlte, mußte auch wundervoll aussehen, als sie schließlich keuchend, taumelig innehielt, sagte er, Und was machst du da, Sinakind?

Einen Moment lang war sie verblüfft gewesen. War beinahe verletzt, erinnerte sich aber gerade noch rechtzeitig: Dies war ihr Vater. Der nichts dafür konnte, daß er das Offensichtliche nicht zu erkennen vermochte, Ein sehr schönes Bild, Sinakind! sagte der Vater. Und was ist es? Er sagte: Du hast mir einen Brief geschrieben! Das ist aber nett, was steht denn darin,

Es war nicht seine Schuld, daß er den Brief nicht lesen konnte. In dem das Offensichtliche stand: Ich habe dich lieb, Papa. Daß er die Fische und Algen auf dem Bild nicht erkennen konnte. Die tanzenden Fische, in der rieselnden Stille der Tiefsee: die niemals sprachen, Sina sagte,

Aber Papa. Ich tanze doch.

Verdrehte die Augen dabei: wie Christa es machte, wenn jemand schwer von Begriff war, Sina sagte,

Mensch, Papa! Hast du denn nicht mal das gesehen? Daß ich getanzt habe,

Ging dann hinaus in die Diele. Tanzte, wirbelte für sich allein weiter, in der folgenden Woche meldete Christa sie zum Ballett an.

Dein Vater meint, das würde dir Spaß machen, Sina,

Erneut war Sina verblüfft. Begriff dann aber, gerade noch rechtzeitig: Ihr Tanz mußte dem Vater mißfallen haben. Nicht alles sah also wundervoll aus, nur weil es sich wundervoll anfühlte, sie ging bereitwillig in die Ballettstunden. Sie war ein kräftiges Mädchen, groß für ihr Alter. Sie übte viel. Sie benutzte das Treppengeländer in der Diele als Ballettstange. Während sie übte, sang sie sich ihren Namen vor. Ihren wirklichen Namen: Sinalina. Den sie gerade erfunden hatte für Sina, die tanzte, im Wohnzimmer saß ihr Vater und sah aus dem Fenster.

Komm, Papa, komm! Jetzt schau mir doch endlich mal zu,

Er unterdrückte einen Seufzer, erhob sich. Kam mit ihr in die Diele: wo sie vorführte, was sie geübt hatte: Demi-pliés, Ports de Bras, hinterher nickte er, ein wenig geistesabwesend. Sagte,

Sehr schön, Sinakind,

Möglicherweise meinte er es. Er konnte ja nichts dafür, daß er hier unten den Atem anhalten mußte: Durchatmen konnte er nur auf seinen Dächern. Die wie Felsen aufragten aus dem Meer der Stadt, sicher holte er immer noch einmal tief Luft, bevor er zu Sina hinabkam: wie ein Taucher. Der Perlentaucher vielleicht, aus einem von Sinas alten Bilderbüchern. Der sich an einem Felsen hochzog mit einem triefenden Korb voller Austern, nur wenn die Austern verletzt worden waren, waren sie wertvoll. Wenn sie sich gewehrt hatten gegen das Eindringen eines Fremdkörpers: Hülle um schimmernde Hülle ihre zukkende Weichheit schützend, bewahrend, einmal hörte Sina ihre Stiefmutter zu einer Nachbarin sagen: Das arme Kind. Will Tänzerin werden und stolpert über ihre eigenen Füße, wirklich, sie hat keinerlei Grazie. Sie ist ungefähr so graziös wie ein Walfisch,

Die Nachbarin hatte gelacht. Sina zerbrach sich den Kopf, was konnte die Stiefmutter meinen? Schließlich kam sie darauf: Sie war neulich im Flur über einen Schuh gestolpert. War hingefallen, hatte sich das Knie aufgeschlagen, dergleichen durfte nicht noch einmal passieren. Sina würde nun aufpassen. Würde sich um Grazie bemühen, fortan durch die Welt gleiten wie ein Fisch durch die Tiefseestille: Aber wie kam es nur, daß Sina mit einmal überall anrempelte?

Sina stieß gegen Tischkanten. Sie warf Gläser um. Sie blieb mit der Jacke an Türknäufen hängen, trat den Leuten auf die Füße, Sina hätte durch keinen leeren Ballsaal mehr gehen können, ohne sich blaue Flecken zu holen. Ihre Beine waren voll blauer Flecke, sie bekam eine Rolle in einem Kindermärchen. Sie war ein Pilz.

War einer von fünf Pilzen, ihr Körper war ein weißer Fliegenpilzstengel. Auf ihrem Kopf thronte ein rotweißer Fliegenpilzhut, der immerzu rutschte, Sina biß die Zähne zusammen. Sah nicht zu den Elfen hinüber in ihren Wolken aus rosa Gaze. Verneigte sich aber tief vor der Elfenkönigin: wie man es ihr beigebracht hatte, sie hob den Arm, setzte einen Fuß hinter den anderen, beugte das Knie des Standbeins, ohne zu wackeln, sie mußte sich eben mehr Mühe geben. Mußte härter mit sich umgehen, mit elf war sie einen Meter siebzig groß. Überragte die anderen, wuchs aber immer noch weiter: Ihre kräftigen Arme wuchsen aus Blusen heraus, ihre Beine aus Hosen, ihre Gelenke wuchsen ins Ungelenke hinein, als auch noch ihre Brüste zu wachsen begannen, hörte sie auf zu essen. Wurde aber nur knochig vom Hungern,

Du darfst deiner Stiefmutter nicht alles übelnehmen, Sinakind.

Warum hatte er das zu ihr gesagt? Sie wußte es nicht mehr, der Satz stand allein da. Vatermutterseelenallein: obwohl sie sich daran erinnern konnte, wo er gefallen war. Auf dem Heimweg vom Wochenmarkt. Im Park, es war ein Wintersamstag gewesen. Der Vater war schnell gegangen. Ging immer schnell, stapfte mit gesenktem Kopf durch den Schnee, jedes Aufsetzen seiner Füße war fest und bestimmt: einem Zweck folgend. Dem Zweck, vorwärtszukommen, die leere kühle Wüste des Wochenendes rasch zu durchqueren: um baldmöglichst zurück auf seine Dächer zu gelangen, sie ging etwas hinter ihm. Er streckte die Hand zu ihr aus, ohne sich umzublicken,

Sei vorsichtig, Sinakind. Der Weg ist völlig vereist hier,

Er tat das, damit sie nicht fiel. Sie ergriff seine Hand. So gingen sie eine Weile, schweigend. Später gingen sie nebeneinander. Unter kahlen Bäumen, einem schneeschweren Himmel, einmal blieb er stehen und sprach einen Hund an. Der herrenlos an ihnen vorbeitrottete, dann an einen Busch pißte. Durch den weißen Dampf seines Urins sah er einen Moment lang zu ihnen empor: mit Augen voll gelber gleichgültiger Schwermut,

Johannes am Telefon sagte,

»Dann eben nicht! Wenn du jegliche Kommunikation verweigerst, bitte schön. Aber das ist aggressiv, was du da treibst! Das ist passiv aggressiv, das lasse ich mir nicht mehr bieten«,

Hängte ein.

Im Bad plätscherte die Dusche.

Unter der Axel stand mit schon bekanntem Körper, bald würde ihr Zimmer wieder leer sein. Ihr Refugium. Das nur ihr allein Zuflucht bieten konnte, ein großer Raum, hell im Schneelicht. Vorhanglos. Bett Schrank Stuhl Tisch Ikearegal. Eine Palme. Ein Kalender, das erste von zwölf Blättern: Edward Hopper. Tür in einer weißen Wand, dahinter ein strandloses Meer. Über dem Tisch die Bilder der Toten: Vater, Mutter, Sina mit zehn. Sina im Tutu: Sinalina, was würde sie nun tun mit dem Tag?

Durch den Park gehen, ins Hallenbad.

Zu Gaby hinausfahren vielleicht? In das Haus am Stadtrand: Garten mit Schneemann, Katze am Ofen. Gaby, die Waffeln buk für Jenny und Lisa, die Töchter aus Toms und Gabys jeweiligen ersten Ehen, Tom schlug Sahne dazu, die perfekte Familie. Eine Patchworkfamilie. Über Jahre zusammengeflickt. Gepolstert, geduldig und phantasievoll gestopft, eine bunte Decke zum Drunterkriechen auch für Sina Fischer,

Wenn Gaby und Tom es nicht hinkriegen, dann schafft es keiner!

Und nun wollte Toms Tochter unbedingt bei Gabriele bleiben,

Eher friert die Hölle zu, als daß ich dir mein Kind lasse!

Nun stritten sie sich auf einmal wie die Katzen. Stritten um Geld, um Toms Kind. Um Verletzungen: die sie einander im Laufe der Jahre angeblich zugefügt hatten, das Haus stand zum Verkauf, welche Verletzungen denn nur? Es war die Rede vom Ende der Geduld. Von unerträglicher Langeweile, bedrückender Enge, von Rücksichtslosigkeiten auch, Desinteresse, nein, Sina würde heute nicht zu Gaby fahren.

Und was ging Sina überhaupt Gabys Ehe an? Sina, die Eingliederungskünstlerin: die mit Gaby den Gemüsegarten umgegraben, mit Tom einen Meerschweinchenstall gebaut hatte. Kinderfinger, die sich auf dem Heimweg vom Spielplatz in Sinas Hand geschoben hatten, entschlossen und eisklebrig: Sina, die fünfte in der Familie.

Das fünfte Rad am Wagen, warum war Sina eigentlich nicht selber verheiratet? Warum ruinierte sie nicht eine eigene Ehe, ganz für sich allein, Sina in ihrer Kochnische betrachtete die Pinnwand über der Spüle. Wo eine Liste mit den Öffnungszeiten der Stadtbücherei hing. Eine Quittung über eine Autobatterie, eine alte Postkarte von Gaby. Ein Zettel: *Ein Schuft, wer mehr stirbt, als er sterben muß,* sie hatte das einmal irgendwo abgeschrieben. Axel duschte noch immer.

Emanuel Ullrich schlief wahrscheinlich noch. Lag neben seiner Frau in dem überbreiten Ehebett, das Sina gestern besichtigt hatte. Atmete tief, ohne zu schnarchen, nach dem Aufwachen hatte er immer etwas Zärtliches zu Sina gesagt. Etwas Albernes, Grunddummes: Mach den Kaffee mit viel Milch kalt, Sina, ich will ihn aus deinem Bauchnabel schlürfen,

Hatte dann einen Schluck aus der Tasse genommen, den Rest stehenlassen. War in sein Büro verschwunden: wo er frische Wäsche aufbewahrte, ein Hemd. Einen Rasierer, was sagte er seiner Frau?

Liebling, reg dich doch bitte nicht auf! Ich habe eben so lange mit den Jungs rumgehangen, dann bin ich lieber direkt ins Büro,

Wahrscheinlich langweilte ihn seine Frau, nach all den Jahren. Wahrscheinlich wurde jeder dem anderen langweilig: Sobald man ihn nicht mehr wahrnahm, weil man sich einbildete, man wüßte jetzt genug über ihn, Sina konnte ihre Stiefmutter sagen hören: Langweilig? Langweilig ist nur das, wovon man zu wenig versteht.

Und vielleicht stimmte beides.

So daß einen zuletzt das Bekannte ebenso anödete wie das Fremde, der Kaffee war jetzt fertig. Axel kam aus der Dusche, ein Handtuch um die Hüften. Zog im Vorbeigehen Sina an sich, roch gut: nach Sinas Duschgel, Zahnpasta, hatte er womöglich ihre Zahnbürste genommen? Sina füllte zwei Kaffeetassen, milchlos. Axel zog sein Hemd an. Sagte,

»Wollen wir morgen irgendwas machen, Sina? Wir könnten vielleicht zum Skifahren gehen oder so«,

»Klar«, sagte Sina. Lächelte Axel an, warum brauchte er so verdammt lange, um sein Hemd zuzuknöpfen?

Um endlich zu verschwinden, auf dem Tisch rieben zwei Cognacgläser die Bäuche aneinander. Ein einsames Wasserglas mit Aspirinresten stand da, neben einem zerknüllten Schal, einer Armbanduhr, die nicht ging, dem Buch aus dem Taxi, Sina schlug es auf. *Handbuch USA. Die Ostküste – Von Florida nach Maine,* sie blätterte. Las nur die Überschriften: *Charleston Key West Savannah Miami*, es waren Namen, die nach Sommer klangen.

Die Namen von Städten, die fremd waren, im letzten August hatte sie sich einmal in München verlaufen. Hatte sich in der Dämmerung unvermittelt in einer anderen Stadt wiedergefunden: in einem unbekannten Villenviertel, die Luft abendlich-vorstädtisch, süß. Violetter Himmel, dann plötzlich Brandmauern. Kleine Läden mit hölzernen Jalousien, Katzen, alles war unvertraut gewesen: bis auf die Reklametafeln. Deren Texte und Bilder waren wie immer, so daß es ihr plötzlich schien, als wäre sie nicht in der Stadt verlorengegangen, sondern in der Zeit. Als wäre sie noch immer in ihrem Viertel: aber in einer anderen Ära mit anderen Bauten, und nur die Reklame war übriggeblieben, Unsinn das alles, an der Ecke war eine Bushaltestelle gewesen.

Ein Fahrplan, säuberlich Zeiten und Straßennamen darauf. Harras, Marienplatz, alles bekannt, ein Taxistand gegenüber, sie hätte den Fahrpreis nach Hause jetzt schätzen können: Aber einen Moment lang war alles fremd gewesen und deswegen sehr wirklich. Ein Abenteuer: Als hätte ihr plötzlich etwas klarwerden, der ganze Unfug auf einen Schlag einen Sinn erhalten können, dann war der

Bus gekommen. Durch die niedersinkende Dunkelheit waren sie miteinander davongefahren: ein Penner, zwei Türken. Eine hennahaarige Uralthippiefrau, die Arme fröstelnd zusammengezogen unter dem selbstgestrickten Schultertuch. Eine alte Dame in einem Kostüm, sehr fein. Sina: die zurückgekehrt war in ihre Wohnung, Axel sagte,

»Was liest du da?« Sah über ihre Schulter in den Reiseführer, sagte, »Willst du wegfahren?« Stopfte sein Hemd in die Hose. Zog seine Schuhe an, sagte, »LA ist ziemlich geil. Oder Chicago, Chicago ist wirklich gut«,

Draußen hatte es wieder zu schneien begonnen. Axel zog seine Jacke an. Beugte sich über sie, gab ihr einen Kuß,

»Ich rufe dich nachher an«,

Und warum blieb er nicht einfach bei ihr? Warum zog er sie nicht in seine Arme? Als er gegangen war, atmete Sina auf.

Genoß die Stille, das Alleinsein. Ging dann ins Bad. Ließ Wasser in die Wanne laufen, dachte an ihren Vater: der damals, als er begriffen hatte, daß er nie wieder auf Dächer klettern würde, die Wohnung gestrichen hatte. Mit einer Rolle, die an einem Stab stak: damit er auf keiner Leiter stehen mußte, hinterher hatte er sich ans Bad gemacht. Hatte die Kacheln herausgeschlagen, dann die Badewanne herausgerissen: weil er nun altern, dann nicht mehr in eine Wanne hineinkommen würde, heute war Samstag. Morgen war Sonntag. Dann kam schon wieder der Montag. Ein Montagmorgen im Winter, der sein würde wie alle anderen auch: Gestapfe durch gefrorenen Matsch in klobigen Stiefeln, Büroschuhe mit Hacken in einer Plastiktüte. Sina mit Plastiktüte und Handtasche auf der U-Bahn-Treppe, Blick stur geradeaus, wie alle anderen, über den Bahnsteig bläst stinkende Kälte. Die U-Bahn-Fenster sind von innen beschlagen, Zeitungsleser stoßen Sina ihre Ellenbogen in die Rippen. Schlagzeilen krähen ihr ins Gesicht. Die Fenster des Großraumbüros lassen sich nicht öffnen, na und? Wer will denn schon ein Fenster aufmachen bei dieser Kälte, Sinas Kolleginnen sind nett. Sie lassen Sina meistens in Ruhe, am Montag gibt es Linsensuppe in der Kantine. Wahlweise Kartoffelpuffer mit Apfelmus, im Licht der Neonröhren sehen alle aus, als litten sie unter Sick building syndrom. Wenn Sina nach Hause geht, ist es schon wieder dunkel, Sina beschwert sich nicht! Sie ist selber schuld. Hätte sie eben fertig studiert! Hätte sie was Vernünftiges gelernt,

Am besten, du studierst was Vernünftiges, Sinakind. Das mit deiner Tanzerei wird doch sowieso nichts, ach komm, wein nicht. Ich wäre so stolz auf dich, wenn du studierst. Du kannst schließlich immer privat weitertanzen, in deiner Freizeit,

Aber es hatte ja alles gestimmt. Der Vater hatte vollkommen recht behalten, Sinas Wanne war jetzt voll.

Sie wickelte sich aus ihrem Strandtuch. Sina, einssechsundsiebzig groß, sie war nicht dick. War aber auch nicht zart: war muskulös. War eben eher der athletische Typ, dreimal wöchentlich trainierte sie im Fitneßstudio. Trainierte nur an Geräten. Machte nie mit bei Aerobic, Jazz Dance, und warum fiel ihr jetzt schon wieder Emanuel Ullrich ein?

Mit dem sie einmal Tango getanzt hatte, morgens um vier auf dem leeren, noch spurenlos zugeschneiten Königsplatz, Sina starrte den Reiseführer an, den sie in der Hand hielt. Sie war noch nie in Amerika gewesen. Schon oft in Italien, in Griechenland: aber Amerika hatte sich bisher nicht ergeben, Sina legte das Buch weg.

Nichts hatte sich bisher ergeben für Sina Fischer. Mit ihrem Brotjob, ihrer Visionslosigkeit. Ihrer beruflichen

Einfallslosigkeit, ihren verkorksten Beziehungen, rein gar nichts würde sich jemals ergeben für Sinalina: der die Mutter verunglückt, der Vater an Krebs gestorben war, er hatte sie nirgendwo mit hinaufgenommen. War selbst auf dem Boden geblieben, wie es die Ärzte für richtig gehalten hatten: um schließlich zu sterben unter furchtbaren Schmerzen,

Diese Qual, Sinakind, diese Qual, warum bin ich nicht irgendwann von einem Dach gestürzt! Wäre ich doch nur von einem Dach gestürzt, hätte mir den Hals gebrochen wie deine Mutter, jetzt ist es, als würden Hunde in mir fressen,

Er hatte ihr etwas Geld hinterlassen. Hatte in den letzten Jahren zuviel getrunken, hatte aber nicht alles vertrunken, Sina begann sich anzuziehen, ohne gebadet zu haben. Streifte Jeans über, einen Pullover, sie beeilte sich jetzt: Sie konnte das bißchen, was der Vater ihr gelassen hatte, zu dem wenigen dazuwerfen, das sie selbst besaß. Sie nahm ihre Jacke vom Haken, in ein paar Stunden schlossen die Reisebüros. Dann würde es zu spät sein. Dann wäre eine weitere Chance dahin, aber sie hatte nicht einmal Urlaub eingereicht! Wie konnte sie daran denken, einfach so einen Flug zu buchen,

München Miami München.

Ein offenes Ticket. Rückflug irgendwann binnen dreier Monate möglich,

»Eine tolle Idee, Sina, wunderbar! Ach, ich wünschte, ich könnte mitkommen«,

Emanuel Ullrich. Am Telefon, Stunden später: Er hatte sie angerufen. Hatte sich wieder an Sina erinnert: weil er sie auf seinem Fest gesehen hatte, Sina blätterte in dem

Reiseführer, während sie mit ihm sprach. Sie würde sechs Wochen in Amerika bleiben: ihren gesamten Urlaub auf einmal nehmen,

»Und was wird dein Boß dazu sagen?«

Wahrscheinlich würde er ihr zwei Wochen bewilligen. Würde mit Kündigung drohen für den Fall, daß sie nicht pünktlich zurückkam, sie las den Abschnitt über Florida. Betrachtete Bilder von pastelligen Art-déco-Hotels,

»Sehe ich dich denn wenigstens vorher noch, Sina?«

Von Alligatoren im Sumpf. Betrachtete Bilder von Straßen, die das Häusermeer durchschnitten,

»Also okay, Sina. Du rufst mich dann noch mal an, bevor du verschwindest«,

Von schnurgeraden Straßen, die durch Wälder strömten. Die über Ebenen flossen, mitten hinein in den Horizont. Die in den Horizont mündeten, sich dahinter verloren: in dem verschwommenen Blau jenseits des Bildes.

III

Vom Flughafen Erding in die Stadt hinein nahm Robert ein Taxi. Saß im Font, draußen regnete es auf braune schneelose Winterfelder. Auf Industriebauten, grauen Beton, auf Steinhaufen, die den Raum zerrissen, sich hinter dem Swisch-swisch der Scheibenwischer allmählich zu Vorstadt verdichteten: Restaurant Delphi Pizzeria Da Mario Waschsalon Tengelmann. Ein Tunnel. Ein toter Brunnen. Plakatwände, fleckig vor Nässe, kahle Bäume in Rechtecken aus Dreck, dann die Straße, in der er wohnte: verkehrsberuhigt, mit Waschbetonkübeln. Das Haus an der Ecke: Gründerzeitkasten, die beiden Steinköpfe über der Tür waren augenlos. Der Regen bildete Wasserfälle über ihren geöffneten Mündern, er wohnte im ersten Stock.

Beletage, er mußte den Schlüssel zweimal im Schloß drehen: Sie war also nicht da. Er verbot sich zu fühlen: Enttäuschung Erleichterung Zorn, ließ seinen Koffer in der Diele stehen. Ging am Wohnzimmer vorbei in sein Arbeitszimmer, drehte den Ledersessel vom Fenster weg, bevor er sich setzte, auf dem Schreibtisch stapelte sich die Post. Sein alter blauer Pullover lag auf dem Sofa, wie bei seiner Abfahrt. Der Ficus in der Ecke war beinahe kahl. Die Blätter segelten bei jedem Luftzug übers Parkett, Schiffchen mit gerollten Seiten, Robert schloß die Augen. Genoß einen Moment lang den Jetlag, das Betäubende der Müdigkeit, wann würden die Füße zu schmerzen aufhören? Vielleicht niemals wieder. Die Kälte war ins Innere seiner Knochen gedrungen. Hatte sich im Mark festgesetzt, er mußte Gabriel anrufen. Seinen Freund Gabriel, er schuldete Gabriel Dank. Schuldete ihm wenigstens Informationen: über das Haus am Cape, jetzt im Winter, er hatte keine Lust, Gabriel anzurufen. Er mußte sich bei seiner Mutter melden.

Die nach dem Tod des Vaters zu ihrer Schwester nach Karlsruhe gezogen war, Robert rief sie nicht häufig an, aber doch mit einer gewissen Regelmäßigkeit.

Robert, der jüngste der drei Söhne. Der Dummerjan: sportlich eine Niete, musisch unbegabt. Mittelmäßiger Schüler. Schlußlicht der Familie: unerbetener Nachzügler, was würde er seiner Mutter berichten? Ich hätte sterben können dort oben im Schnee, Mama,

Roberts Mutter ihrerseits würde von Gerhard sprechen. Von ihren Hoffnungen für Gerhard, ihren Sorgen um Gerhard, Gerhard war irgendwo in Berlin. Der zweite der drei Söhne. Der Liebling der Mutter: das verträumte, zu Höherem berufene Sorgenkind, er trieb irgend etwas Undurchschaubares, das mit Musik zu tun hatte oder vielleicht auch mit Kokain, wo hatte Gerhard gesteckt, als der Vater gestorben war?

Irgendwo in Asien. Unerreichbar, wie immer, Robert war jeden Tag ins Krankenhaus gefahren. Hatte über Monate Abend für Abend am Bett seines Vaters gesessen, seine Hand gehalten: während der Vater nach Peter weinte. Nach dem ältesten Bruder. Dem Draufgänger: Papas Sonnyboy, mit zweiundzwanzig Jahren war Peter beim Drachenfliegen in den Alpen abgestürzt. War danach endgültig heiliggesprochen worden, Robert war damals fünfzehn gewesen. Erinnerte sich an seinen eigenen überwältigenden Kinderkummer: während er zuhörte, wie sein sterbender Vater leise den Namen des Bruders ins Kissen wimmerte, Peter, Peter,

Mit seiner freien Hand zog Robert unauffällig seinen Ärmel hoch, um auf die Uhr zu sehen. Zählte die Minuten, bis er endlich wieder gehen konnte, was tat er hier? Er konnte seinen Vater ohnehin nicht trösten. Konnte nur bei ihm aushalten: während die Mutter den Vater fütterte, ihm zu trinken gab, er haßte jede Sekunde im Krankenzimmer.

Blieb aber dennoch. Gab seiner Ehe damit den Rest: mit seiner ständigen Abwesenheit, Philippa hatte sich kurz nach dem Tode des Vaters von ihm getrennt. Hatte nur aus Mitleid so lange gewartet: Das hatte sie ihm beim Abschied gesagt, seine Mutter hatte ihm zur Trennung gratuliert.

Sei froh, mein Sohn, die hat ohnehin nie viel getaugt,

Er war überrascht gewesen: Sie hatte sich vorher nie zu Philippa geäußert. Sagte überhaupt selten etwas zu Roberts Leben. Erkundigte sich am Telefon allenfalls oberflächlich nach seinem Befinden: um dann wieder von Gerhard zu sprechen, vielleicht ging sie davon aus, daß Robert ohnehin nichts zu erzählen hatte. Robert, der Dummerjan. Aus dem erstaunlicherweise doch etwas geworden war: Robert, der Architekt.

Der vernünftige Langweiler, Robert ging in die Küche, auf der Suche nach einer Whiskyflasche.

Goß sich Whisky ein, warum trank er schon jetzt? Während er Eiswürfel ins Glas klingeln ließ, um mit ihnen den Whisky, sein schlechtes Gewissen zu verdünnen, hörte er den Schlüssel im Schloß,

»Robert? Bist du da, Robert?«

Sie stand im Flur, winzig, zerbrechlich. Strahlend vor Freude,

»Bist du endlich nach Hause gekommen«,

Sie trug Jeans, eine Daunenjacke. Darunter ein schwarzes Hemd: das sie normalerweise nur abends anzog, darüber wollte er jetzt nicht nachdenken. Er ging zu ihr. Legte die Arme um sie, sie lächelte. Er zog sie an sich. Sie lehnte sich gegen ihn. Er begann sie zu küssen, schmolz. Wurde schwach, schwindlig, schob die Hand unter das schwarze Hemd, sie löste sich von ihm. Trat einen Schritt zurück, er stand da: mit leeren Armen, pochendem Herzen. Mit der sehnsüchtigen Verwirrung eines Teenagers: die er zu verbergen suchte mit den Mitteln eines Teenagers, mit einem Lächeln, einer nonchalanten Wendung zur Küche, sie folgte ihm. Sah sein Glas, nahm sich ebenfalls Whisky,

»Also! Jetzt erzähl mir erst mal, was eigentlich passiert ist. Erzähl mir alles von Anfang an, Robby«,

Ihr Gesicht leuchtete noch immer vor Glück. Worüber war sie so glücklich? Er wollte nicht darüber nachdenken, sie saßen in der Küche am Tisch. Sie tranken. Er sprach: wie sie es verlangt hatte, sie hörte zu. Stellte Fragen, spekulierte,

»Ob der junge Mann es wohl selber getan hat, Robert? Ob er die Frau wohl selber so zugerichtet hat, und dann tat es ihm leid«,

War ein Kind, vor einem brennenden Haus. Ein überbehütetes Kind, gierig nach Katastrophen, er bemühte sich, nicht von seiner Angst zu reden. Sich an die Fakten zu halten: Aber er roch jetzt wieder den Schnee. Begann zu zittern, klemmte die Hände zwischen die Knie,

»Und was hast du überhaupt dort oben gemacht, Robert? Mitten in der Nacht«,

Erst der Nachhall ihrer Frage erreichte ihn. Er riß sich am Riemen: Sie wußte nichts von Julia. Er hörte sich von einem Ausflug erzählen. Von einer Fahrt durch die Berge, touristisch-ziellos, er wurde weitschweifig, weil er log. Er sah, wie ihr Blick verschwamm.

Wie ihr Blick weich wurde, weit, schließlich den ganzen Raum umfaßte: in dem Robert jetzt nur noch ein Staubkörnchen war, sie sah zum Fenster hinaus. Ihre Augen begannen wieder zu strahlen. Sobald sie ihm nicht mehr zuhörte, begannen ihre Augen zu strahlen, worüber war sie so glücklich? Er wollte es nicht wissen. Wollte keinesfalls hören, was sie getan oder nicht getan hatte in seiner Abwesenheit,

»Ich hätte dort oben sterben können, Natalie«,

Aber warum sagte er das jetzt, zu ihr?

»Ich habe an dich gedacht, Natalie, während ich dalag. Daran, was du getan hättest, wenn ich dort oben gestorben wäre. Was in dir vorgegangen wäre«,

Er streckte die Hand aus, sie wich zurück. Er spürte den Whisky. Stand dennoch auf, ging um den Tisch herum. Beugte sich über sie, legte die Hände auf ihre Schultern, sie schob ihn weg. Stand ebenfalls auf. Lehnte sich an die Wand,

»Sag mal, wie denkst du dir das eigentlich, Robert. Haust einfach nach Amerika ab. Fährst irgendwo herum, erzählst irgendwas, dann kommst du zurück und willst sofort ins Bett«,

War so zart. War hauchdünn, etwas Teures aus Glas. Mit etwas Scharfem darin: Säure vielleicht oder Brennspiritus, Etikettenschwindel, verdammter,

»Du hast mich ja nicht mal mitgenommen! In das Haus, nicht ein einziges Mal in dem ganzen Jahr hast du mich mitgenommen«,

Aber er hatte es angeboten. Sie hatte abgelehnt,

»Du hast es nie ernst gemeint! In Wirklichkeit wolltest du immer ohne mich fahren, du warst ja jedesmal ganz erleichtert, wenn ich abgelehnt habe«,

Er griff nach seinen Mantel. Zog den Mantel an. Hatte ihn schon zugeknöpft, bevor er beschloß, wo er hingehen wollte: in sein Büro,

»Und jetzt willst du also schon wieder gehen. Jetzt läßt

du mich wieder allein, nur weil ich die Wahrheit sage. Nur weil ich nicht sofort mit dir vögle, aber gut, Robert, gut«,

Sie begann ihr Hemd aufzuknöpfen.

»Wenn dir so viel daran liegt«,

Zog das Hemd aus, er wollte gehen. Er legte die Hand auf ihre Brust, wollte ins Büro. Ließ sich den Mantel ausziehen: den er anbehalten wollte, öffnete ihre Hose, zerrte jetzt an ihrer Hose voll Ungeduld, ihr Gesäß, ihre Oberschenkel waren voll Striemen. Waren schwarzblau geprügelt, er starrte sie an. Starrte ihr ins Gesicht, sah hellen Triumph. Sah endlich, was sie glücklich gemacht hatte die ganze Zeit: Prellungen, Striemen,

»Wer war das, war er das«,

Was wollte er hören? Kein einziges Wort, nie wieder im Leben. Ihre Freude war hart jetzt, glänzender Lack,

»Jetzt habe ich ihn. Jetzt weiß ich, was er will, und ich kann es ihm geben. Jetzt habe ich endlich Macht über ihn«,

Die Hose hing ihr um die Fußknöchel, Fessel aus Denim. Die Härchen über der Scham waren hell, transparent, Beine und Hintern schwarzblau von Striemen,

»Er hat ja darum gebettelt! Hat gebettelt, das hier mit mir tun zu dürfen«,

Sie glühte, er konnte nicht wegsehen. Wollte nichts wissen. War weit jenseits jenes Stadiums der Eifersucht, wo man aus dem anderen Geständnisse herauspreßt,

»Nur ich erlaube ihm so was, das kriegt er nur bei mir. Endlich verstehe ich ihn! Er quält mich ja nur, weil er mich liebt«,

Hatte nie etwas aus ihr herauspressen müssen.

Hatte von Anfang an alles gewußt: Sie hatte ihn aufgeweckt in jener Nacht, weinend. War mit einer Freundin unterwegs gewesen, der andere hatte sie angesprochen. Hatte mit ihr geredet, die Hand auf ihrer Hüfte wie zufällig. Hatte sie dann eingeladen, in seiner Wohnung mit ihm Cognac zu trinken. Sich auf seinem Bett mit ihm zu betrinken,

Ich wollte nicht mitkommen, da ist er gegangen! Ich bin ihm noch nachgelaufen, raus auf die Straße, aber da war er schon weg, was soll ich jetzt tun! Ich habe alles verdorben, Robert, was wirst du jetzt tun? Wirfst du mich raus? Willst du mich jetzt nicht mehr haben, aber ich kann doch gar nichts dafür,

Robert verstand nicht. Natürlich warf er sie nicht hinaus: Es war ja gar nichts passiert,

Doch, Robert, doch! Es ist etwas passiert,

Aber was? Wer war der Kerl denn? Was trieb er, was machte er mit seinem Leben?

Sie hob die Schultern: irgend etwas. Import Export, oder so etwas hatte jemand gesagt, er tat nichts oder nichts Definierbares, sie war ungeduldig mit Robert: Es war ihr egal, was der andere tat. Er war Brasilianer, soviel immerhin wußte sie. Oder sein Vater war Brasilianer gewesen, er sprach ja nie über sich: nicht zu Natalie.

Sprach überhaupt wenig. Lachte nie. Stand meistens irgendwo ganz allein: dunkel, groß, still. Verloren, sagte Natalie, er litt, sie konnte das sehen: Litt unter irgendeinem Unglück, das er verbarg, vor allen in sich verschloß, Robert sah einen großen Mann, schlank.

Auf grobe Weise gutaussehend, laut. Laut lachend, redend, er stand breitbeinig in der Kneipe, stemmte die Hände in die Hüften dabei. Nahm Platz ein, scharte andere Männer um sich, die dunkel waren wie er, kleiner als er, er schickte sie Zigaretten holen, Drinks,

Du kannst es nicht sehen, Robert! Du kannst eben

nicht sehen, wie er wirklich ist, mit mir ist er völlig anders,

Aber was meinte sie damit? Sie lehnte an Roberts Tisch, fieberhaft Ausschau haltend nach irgendwem, der in der Nähe des anderen stand. Rannte dann hin. Begrüßte irgendwen wie einen uralten Freund, ließ ihn sofort fallen, wenn der andere weiterging, kam zu Robert zurück. Lächelte Robert verzweifelt an. Trank, stürzte sich erneut ins Gedränge, kämpfte sich durch das überfüllte Lokal, eilig und ungraziös, rettete sich erneut keuchend auf Roberts Felsen, tat das wieder und wieder, bis der andere endlich seinen Mantel ergriff. Bis er das Lokal verließ, manchmal hatte er noch nicht einmal mit ihr gesprochen.

PW! Du bist pussy whipped, laß dir das doch nicht bieten, Robby, setz sie unter Druck,

Das sagte Gabriel. Aber womit? Was hätte er denn zu ihr sagen sollen? Ich liebe dich mehr als der andere, ich behandle dich besser? All das wußte sie doch längst selbst. Und wollte trotzdem den anderen,

Aber das ist ja nicht wahr, Robert! Ich brauche euch beide, ich brauche dich, Robert, komm mit, komm doch mit,

Manchmal sagte der andere irgend etwas zu ihr, dann sang Natalie auf der Heimfahrt. Dann lachte sie, küßte Robert: den schweigenden Robert, sie erzählte ihm, was der andere zu ihr gesagt hatte.

Bestand darauf, es ihm zu erzählen. Es ihm Wort für Wort zu wiederholen, er war der Dolmetscher. Er mußte Natalie erklären, was es bedeutete, wenn ein Mann dies oder jenes zu einer Frau sagte,

Wir würden einander zerstören, Natalie,

Das hatte der andere angeblich gesagt.

Ich brauche eine starke Frau. Ich bin hier allein, kapierst du das nicht? In einem fremden Land, was will ich mit dir,

Der andere hatte voller Verachtung gesprochen. Verachtung für Natalie: die in Tränen ausbrach. Die ihm ihr Geld anbot, ihr Leben, er sagte: Was weißt du denn überhaupt über mich? Nichts, du willst dich verlieren, das ist alles. Du willst dich in irgendeinem verlieren,

Robert fand es unbegreiflich: daß der andere sich nicht in ihr verlor. Sie lag auf dem Sofa, die Augen halb geschlossen, ihr Kopf auf die Lehne des Sofas zurückgesunken, sie war so schön. Es war unfaßbar, daß der andere sie ihm nicht wegnahm, Robert hatte Glück. Sie legte die Hand auf Roberts Brust, dann die Wange,

Ich wüßte nicht, wie ich leben sollte ohne dich, Robert. Das mit dem anderen wird vergehen. Es ist nur eine Phase, du bist mir so nah. Niemand war mir je so nah wie du, habe Geduld mit mir, bitte,

Und was sonst konnte er ihr noch anbieten? Manchmal rätselten sie die ganze Nacht an den Sätzen des anderen herum. Manchmal war er mit einer anderen gegangen, dann krümmte sie sich in ihrem Sessel, schluchzend. Robert saß dabei. Streichelte ihre zuckenden Schultern, rauchte, er trug keine Schuld mehr an ihren Anfällen. Der andere zog nun Natalies Wut, ihre Verzweiflung auf sich, im Morgengrauen schlief sie mit Robert. Lag unter ihm, mit geschlossenen Augen: still, wild. Etwas Hartes, Zusammengeballtes. Das Fließende an ihr fest geworden, wie unter sehr hohem Druck.

Dann kam sie eines Nachts nicht nach Hause. Am Morgen fand er sie vor der Badewanne. Sie kniete im Wasser. Das über den Wannenrand quoll, bereits in den Flur lief, Haarbüschel trieben darin, Kleenexfetzen weichten zu weißlichen Schlieren,

Er hat mich vergewaltigt, es war entsetzlich,

Nichts von dem, was sie sagte, ergab einen Sinn. Er hob sie hoch, sie war leicht. Er trug sie ins Bett. Machte ihr Milch heiß, wiegte sie, bis sie schlief, dann wischte er das Bad auf. Pfiff dabei leise vor sich hin: Nun war es vorüber. Mußte vorüber sein, der andere hatte sich selbst erledigt, Robert war naiv.

Oder vielleicht war er abgestumpft. Betäubt, halbtot: oder wie sonst ertrug er diesen Anblick, der andere tanzte mit ihr, Robert an seinem Tisch sah ihnen zu wie zwei Fremden. Sah ein Paar, das sich umschlungen hielt, der andere hatte die Augen geschlossen. Natalies Gesicht war nicht zu sehen. War an seiner Schulter vergraben, in seinem Pullover, zu Hause ging sie natürlich nicht schlafen.

Blieb auf, nahm ein Bad. Sang in der Wanne. Schrieb dann in ihr Tagebuch, Robert ging zu Bett. Sie schrieb noch am Morgen, als er endlich aufstand. In der folgenden Nacht nahm der andere sie mit in seine Wohnung.

In die Dunkelheit seines Zimmers. In das Blattgewirr der tropischen Pflanzen, die sein Zimmer ausfüllten, oh, Robert! Und dann am Morgen das wunderschöne Gelb der U-Bahn-Station. Eine Pfütze voller Regenbögen. Ein Hund an einer Litfaßsäule, so geschäftig, ganz im Augenblick geborgen,

Robert wußte genau, was sie meinte. Kannte die vibrierende Welt voll geheimer, hoffnungsvoller Bedeutung: aus den frühen Tagen mit Natalie.

Die nun seine Zärtlichkeiten natürlich nicht mehr dulden konnte, er war kastriert. Entsexualisiert: ihr Vertrauter, er sah sich nach einer anderen um. Fand keine: Er war waidwund. War zu bedürftig, roch meilenweit nach krankem Tier, er rief eine Exfreundin an. Ging mit ihr zum Essen, versuchte sie anschließend zu vögeln in ihrem

Apartment, versagte. Machte, daß er nach Hause kam: bevor er am Ende noch anfangen würde zu heulen, sie war da.

Ging in der Wohnung herum, wartete auf einen Anruf: den der andere ihr immer versprach, der aber niemals kam,

Vielleicht bist du noch nicht verletzt genug! Wenn du immer noch keine Sehnsucht nach Frieden hast, nach einer richtigen Beziehung,

Ach geh mir doch weg mit den Sprüchen, Robert. Eine richtige Beziehung! Was ist das denn, vielleicht das, was du mir bietest? Aber du bist doch mit mir zusammen, und warum? Bist du vielleicht selber noch nicht verletzt genug, für deine richtige Beziehung,

Aber er war verletzt. Arbeitete wie ein Verrückter, manchmal bis weit in die Nacht hinein,

Damn! Robert, hau ab nach Amerika. Kümmere dich um mein Haus, sei kein Idiot. Und rede dich nicht raus mit deinen Projekten. Bogner kann durchaus mal die eine oder andere Woche ohne dich auskommen,

Udo Bogner. Roberts Projektpartner, eines Tages würde er vielleicht das Büro übernehmen: Aber noch war es nicht so weit. Noch konnte man ihn nicht alleinlassen mit der Verantwortung, Robert brütete über Plänen, Berechnungen: Neubau einer Spedition, Verwaltung und Lager. Es war Jahre her, daß Robert sich mit der Gestaltung eines Wohnobjekts hatte beschäftigen können,

Dann flieg doch wenigstens mal rüber und sieh es dir an, Robby! Ich brauche einen Mann vor Ort, dem ich vertraue,

Aber er wollte sich nicht retten lassen von Gabriel Phillips. Bereute, Gabriel Phillips zu seinem Vertrauten gemacht zu haben an irgendeinem betrunkenen elenden

Abend, er starrte stundenlang aus dem Fenster. Wollte nicht nach Hause zurück: wo Natalie auf- und abging, wollte nirgendwohin. Konnte nun nicht mehr arbeiten. Lief nachmittagelang durch den Park. Wo ihm alles Schmerzen bereitete: die Weichheit des Grases unter den Sohlen, das Blattgeflitter im Licht. Die bunten Hemden der Mädchen, alles, was lebte, ohne daß er etwas hätte dazutun, etwas wegnehmen können, er setzte sich an den Rand der großen Wiese, entschlossen, es auszuhalten: die ganze freche überhebliche Lebendigkeit. Der er sich nicht mehr nähern konnte, er hatte eine Scheißwut: Was ließ er sich überhaupt bieten? Was geschah mit ihm, Wuttränen bissen in seinen Augen, hinter der Sonnenbrille. Ein junger Mann ging vorbei, Nordafrikaner wahrscheinlich, mit einem mageren sparsamen Körper. Ein Mädchen: wabbelnde Massen, die Eiskrem vertilgten, ein Hund lachte ihn aus und ein Herr mit Brille wischte sich mühsam den Schweiß von der Stirn, der aussah wie Fett, es war unerträglich! Ein Loch hätte sich auftun müssen, um Schönheit und Häßlichkeit zu verschlingen. Ein Schlund im Boden: durch den Robert Brauer hätte aus der Welt stürzen können, in die finale Erniedrigung, im Frühsommer flog er los.

Bekam keinen Flug mehr nach Boston, flog nach New York. Newark Airport, er mietete einen Wagen. Fuhr Richtung Norden, weit drüben, jenseits der Brücken, lagen die Türme Manhattans. Er fuhr dumpf geradeaus. Es war heiß, er schaltete die Air condition ein. Fuhr durch die Bronx. Erinnerte sich an eine Bar in Manhattan. An Natalie auf einem Hocker, am Tresen dieser Bar. Natalie, eine Flasche Budweiser in der Hand, lachend. Natalie auf einem Hotelbett, nackt, lachend mit ihm in einem winzigen

Zimmer: *in dem Hotel, wo wir einst glücklich waren,* ein lausiges Zimmer, mit Fenster zum Lichtschacht, er fuhr auf der Interstate 95 die Küste Connecticuts hoch. Fuhr durch einen Nebel aus Unglück und Jetlag, Stamford, Bridgeport, New Haven, einmal hielt er an einem Drive thru, aß Burger und Fritten. Am Abend parkte er den Wagen vor einem Motel, irgendwo hinter New London.

Lag dann allein auf dem riesigen Bett. Schaltete den Fernseher an, sah einen Fetzen eines Basketballspiels. Später etwas über Transvestiten: ihre Probleme bei der Jobsuche in Torrington, Connecticut, dann sah er einen Moment lang Greta Garbo. Dann einen Kürbis, der aus welchen Gründen auch immer auf dem Broadway zerplatzte, er trank den Whisky, den er in einem Liquor Store gekauft hatte, hörte Stimmen, draußen auf dem Parkplatz. Eine Männerstimme, laut. Das Lachen einer Frau, gedämpft in der Dunkelheit.

Das nichts mit ihm zu tun hatte: Er war allein.

War wirklich allein. Mußte nicht darauf warten, daß jemand kam. Mußte nicht darüber nachdenken, ob sie nach Hause kommen oder mit dem anderen gehen würde. Später, als er sich zum Schlafen umdrehte, hörte er nur noch das Summen der Air condition. Er schlief tief.

Erwachte sehr früh, duschte lange. Rasierte sich, zog ein frisches Hemd an. Trat aus seinem Zimmer auf den Parkplatz, auf dem Asphalt lag Tau. Die Luft war noch kühl, Sonne schien schräg auf den Wald weiter hinten, er hörte den Ruf eines Vogels. Es erinnerte ihn an etwas, dann wußte er es: die ersten Takte von Cirrus Minor. Ein Stück von Pink Floyd. Uralt, auf einer Scheibe aus den Sechzigern: Damals hatte er schon gelebt, er fand das erstaunlich. Fühlte sich einen Moment lang sentimental werden, hatte Lust, sich auszulachen. Ging über nassen Asphalt, in der winzigen Rezeption standen Thermoskannen mit Kaffee auf dem Ecktisch. Muffins dampften in einem beschlagenen Warmhaltegerät, er nickte einem alten Mann zu, der in einer Ecke saß, nahm sich Kaffee. Setzte sich an einen der drei Plastiktische, auf dem Stuhl neben ihm lag eine Straßenkarte aus dem Visitor Center: *Rhode Island – The Ocean State*. Der nächste Bundesstaat, den er durchqueren mußte. Während der Kaffeeweißer die Brühe in seinem Styroporbecher dunkelgrau färbte, las er Ortsnamen: Pawcatuck, Misquamicut. Merkte, daß er zu lächeln begann: Quonochontauk, Matunuck, Narragansett, brachte seine Mundwinkel wieder in Ordnung. Trank seinen Kaffee, der dünn war und heiß. Als er ging, steckte er die Karte ein.

Draußen auf dem Parkplatz war die Sonne jetzt stark. Schien kraftvoll durch die immer noch kühle Luft, von oben drang ein einzelner Möwenschrei zu ihm herab. Er stieg in den Wagen: der unvertraut roch, er konnte nach Quonochontauk fahren, wenn er wollte. Er konnte nach Pawcatuck fahren, nach Misquamicut oder sonstwohin: Er war allein, an der ersten Ausfahrt verließ er die Interstate.

Fuhr auf die US-1, dann weiter nach Nordosten. Sah Factory Outlets, Shopping Malls, Tire Dealers, beschloß, auf Nebenstraßen nach Providence zu fahren. War mutig: bog einfach irgendwo ab. Fuhr ein Stück, ohne genau zu wissen wohin, war nun in einem Wald. Sah auf die Karte. Stellte fest, daß er auf einer Straße sein mußte, die keine Nummer trug, las: Galilee, Jerusalem. Snug Harbour, Point Judith, er berauschte sich an den Namen, ohne die Orte erreichen zu wollen, die sie bezeichneten. Vielleicht würde er nach Usquepaug kommen, wenn er einfach weiterfuhr: auf leeren Straßen, durch Grün. Dichtes Unterholz links und rechts, die purpurnen Wolken riesiger Rhododendren im Schatten des Waldes. Manchmal ein Weg in den Wald hinein. Manchmal ein Haus, tief drinnen zwischen Bäumen. Briefkästen am Straßenrand, windschief im Nirgendwo. Orangerote Blumen am Wegrand, Feuerlilien vielleicht, er hatte das Fenster heruntergekurbelt. Hatte das Radio ausgeknipst, mußte ein paarmal Entscheidungen treffen: rechts links geradeaus, niemand wußte, wo er jetzt war.

Er selbst wußte nicht, wo er war, er kam aus dem Wald heraus, sah vor sich weiße Häuser mit breiten Veranden. Dann ein öffentliches Gebäude. Eine Bibliothek vielleicht, ionische Säulen, Portikus aus Granit, er freute sich, als ihm der Fachbegriff einfiel: Grecian vernacular. Er sah eine Frau mit einer braunen Papiertüte auf dem Arm. Einen Mann in einem Vorgarten mit einem Wasserschlauch, ein paar Läden: *Ye Olde Food Shoppe*, *Harvey's Bait'n'Tackle Store*, Möwen auf dem Dachfirst, mit den Schnäbeln im Wind. Dann tauchte plötzlich das Meer auf.

Zu seiner Linken. Auf der falschen Seite, er fuhr trotzdem weiter, jetzt war auch rechts von ihm Wasser, die Straße endete auf einem Parkplatz. Er war auf einer Landzunge. Der Parkplatz war leer. Der Himmel war atemberaubend leer, er stand im Wind, der stark war, lief dann Richtung Strand. Übermannshohes Schilf an einem Brackwasserteich, der Strand war schmal, er wünschte sich einen Moment, die Sorte Mann zu sein, die etwas völlig Verrücktes tun konnte. Oder Natalie hierzuhaben: die es vielleicht für ihn getan hätte, er schob den Gedanken sofort wieder von sich. Das Wasser war eisblau, weiter drüben auf einem Steg stand ein Angler. Ein paar Segel, draußen auf dem Wasser. Ein paar Boote: die er für Fischkutter hielt. Für Hummerfischer vielleicht, jetzt war er hungrig.

Ging zurück zum Wagen, den Wind im Rücken. Fuhr

die Straße ein Stück zurück, dann an einem Meeresarm entlang, die Schindelhäuser links und rechts waren angefressen vom Salzwind. An einem hing ein Schild: *Martha's Chowder House.* Im Inneren Chromstühle, Resopaltische. Ein dickes, freundliches Mädchen empfing ihn, war sie Martha? Sie trug kein Namensschildchen, auf ihrer blauen Kappe stand: *Harvey's Bait'n'Tackle Store.*

Das wußte er nun immerhin über sie: aus welchem Laden ihre Kappe stammte, er wollte nicht herausfinden, warum ihn das freute. Kletterte die Stiege hinauf in das Restaurant. Bekam einen Fensterplatz: wo er saß wie auf einem Schiff, weil der erste Stock weit über das Erdgeschoß bis aufs Wasser hinausragte, er bestellte gekochten Hummer. Sah Möwen zu, die im Wind standen wie Kinderdrachen, trank Bier. Trank eiskaltes Heineken aus der Flasche, während die Sonne durchs Fenster hereinbrannte, drüben am anderen Ufer schwappten Boote um einen Holzsteg. Auf dem Deck einer kleinen Motorjacht hantierten zwei Männer mit Seilen und Eimern. Wenn er sich vorbeugte, sah er die offene See. Der Hummer wurde mit Fritten und Cole slaw serviert. Mit einem Töpfchen geschmolzener Salzbutter, einem Nußknacker. Einem Ketchuptütchen: das ihn amüsierte. Ihn freute: wie die Resopaltische, Chromstühle. Wie die Kappe aus Harveys Anglerladen, das aufschäumende Wasser am Heck eines Bootes: das vom Schiffsrumpf des Lokals ablegte, während er das süße Fleisch aus den Scheren des Hummers herausbrach, sich nebenbei wünschte, etwas von Booten zu verstehen, das Mädchen mit der Kappe erklärte ihm, wo er war.

Erklärte ihm den Weg nach Providence, nun fuhr er zügig, konzentriert. Dachte zum ersten Mal an den Job, der vor ihm lag: Gabriel Phillips' verrücktes Haus, sah dann irgendwo an der Straße ein Schild: *Artificial limbs. By appointment only.*

Künstliche Gliedmaßen, nur nach Vereinbarung, in seinem riesigen gemieteten amerikanischen Schlitten brach er in Gelächter aus, Verzeihen Sie bitte! Ich kam gerade vorbei und dachte mir, ich würde gern ein Holzbein mitnehmen. Tut uns leid, Holzbeine nur nach Vereinbarung. Aber wie wäre es mit einem Arm? Welche Größe bräuchten Sie denn, also nein, dieser ist doch etwas zu dunkel für Sie. Aber die anderen drei stehen Ihnen ganz ausgezeichnet, er sah Robert Brauer vor sich: in einem Heiligenschein aus Holzarmen wie eine indische Götterfigur, er lachte allein, ein bißchen hysterisch. Als er kurz vor Providence war, begann es zu dämmern.

Als er die Sagamore Bridge erreichte, war es tiefe Nacht, weiter draußen auf der Buzzard's Bay blinkten Schiffe. Er hielt nicht. Überquerte den Cape Cod Canal, übernachtete im ersten Bed and Breakfast, das er auf der anderen Seite fand: wollte das Cape nicht bei Dunkelheit hinauffahren. Wollte die Landschaft sehen, die Bebauung. Mußte auf Windverhältnisse achten, auf Sonneneinfall, um herauszufinden, in welche Umgebung sich Gabriels Haus einfügen sollte, am nächsten Morgen fuhr er die 6a hoch, auf der Seite der Bay.

Colonials unter Bäumen, mit breiten Veranden. Zaunlose Gärten. Salt boxes, die aussahen wie Monopoly-Steine, alle Häuser aus Holz: Shingles, grau verwittert, Clapboard, weiß oder pastellig gestrichen, der Wind roch nach Salz. In Orleans wimmelte es plötzlich von Fahrradfahrern. Um die Tümpel bei Eastham stand hohes Schilf, er sah einen Reiher, der silbrig aufflog. Sah Wolken vom Horizont über den Himmel heraufklettern, Wolkenschatten über die

Wattwiesen wandern, am Strand, auf den Dünenkämmen vor Provincetown reihten sich bonbonfarbene Vorkriegs-Strandhütten aneinander, die ihm gefielen. Gabriels Haus war eines der ersten in Provincetown selbst.

Salzzerfressen. Schwarzverwittert. Mehr Schuppen als Haus. Oder zwei Schuppen: Pfahlbauten, in spitzem Winkel so aneinandergebaut, daß es aussah, als wären sie ineinander verkantet, die Schindeln der Verkleidung waren zum großen Teil abgefallen. Die Sonnendecks ragten in den Raum wie die Ellenbogen eines ungelenken Halbwüchsigen, er las noch einmal den Zettel mit der Adresse, aber es gab keinen Zweifel: Dies hier war Gabriels Haus. Gabriel Phillips' verrücktes Ding. Windschief, gezeitenschief stelzte es durch den Sand der Bucht, ein hochbeiniger alter Wasservogel. Die Pfähle bewachsen mit Algenbärten. Überkrustet von Geisterstädten längst ausgestorbener Muschelkolonien: an denen er mit dem Taschenmesser herumkratzte, er war überwältigt von der Vielfalt der Möglichkeiten, die das Haus bot. Die es ihm bot, er dachte an die Stülpschalung eines Hauses am Oslofjord. Gleichzeitig fiel ihm ein von Wein überwucherter oberitalienischer Schuppen ein, die Sonne war heiß auf seinen Schultern. Der Tangteppich federte knisternd bei jedem seiner Schritte, er verlor sich in Einzelheiten. Dachte über Treppengeländer nach, Fensterrahmen. Erinnerte sich an eine besondere Türklinke: die er einmal irgendwo gesehen, nun unbedingt für dieses Haus wiederzufinden hatte, er rief sich zur Ordnung.

Durfte den Gesamtzusammenhang nicht aus den Augen verlieren: Es ging um ein in sich schlüssiges Wohnobjekt. Funktional, aus einem Guß, er zog seine Schuhe aus. Ging hinunter zum Wasser. Ging ein Stück am Strand entlang, drehte sich wieder zu dem Haus um. Pfiff etwas: Cirrus Minor, er würde hier monatelang zu tun haben. Würde zwischen Deutschland und Amerika hin- und herfliegen, den ganzen langen Sommer lang.

Nach München zurückgekehrt, begann er sofort zu arbeiten. Überließ den Speditionsneubau Bogner, vergrub sich in Fachliteratur: die er seit seiner Studienzeit nicht mehr in den Händen gehabt hatte, das Haus war verletzt: Deshalb lag seine Konstruktion bloß. Sein Wesen, er würde die Fassade restaurieren. Würde das Haus entkernen, Wände einreißen, Decken durchbrechen, freistehende Wandscheiben errichten für Gabriels Grafiken, von der Galerie im obersten Stock würde man hinab in den Hauptraum, zugleich hinaus auf den seewindumtosten Widow's Walk blicken können, Gabriel Phillips war von den Plänen begeistert. War bewegt, drückte Robert die Hand,

Du hast wirklich Gespür für das, was ich mir vorgestellt habe, Robby,

Aber ging es um Gabriel Phillips? Robert flog wieder zurück. Nach Boston, er nahm von Boston nun immer die Sommerfähre: die ihn in Provincetown mit der üblichen Schiffsladung voller Tagesausflüglern ausspuckte, es war Ferienzeit.

Alle waren jung. Oder wirkten doch jugendlich, alle waren durchtrainiert, sonnigen Gemütes: als wäre es erste amerikanische Staatsbürgerpflicht, gesund und glücklich zu sein, die Cafés der Commercial Street waren belagert von Paaren jeglichen sexuellen Bekenntnisses. Paare strudelten durch die T-Shirt-Läden. Braungebrannte Pärchen beträufelten einander mit Sonnenöl, ließen am Herring Cove Beach engumschlungen die Sonne untergehen, flirteten in den Bars bis zum Morgengrauen, ob Natalie wohl den anderen mit in die Wohnung nahm, wenn Robert nicht da war?

Ob sie mit ihm in Roberts Bett schlief, er würde sie verlieren, wenn er nicht da war. Er mußte sich jedenfalls um seine Projekte kümmern. Um den Speditionsneubau, er konnte Udo Bogner nicht ständig alleinlassen, Robert flog zurück nach München.

Flog nach zwei, längstens drei Wochen zurück nach Boston: heilfroh, dem Büro wieder entfliehen zu können. Natalie zu entfliehen: dem exaltierten Rausch ihres Glücks, dem dumpfen Schweigen ihrer Verzweiflung. Dem kleinen Geräusch, das von sich zu geben ihr zur Gewohnheit geworden war, kein Stöhnen: ein Herauspressen der Atemluft durch die zusammengebissenen Zähne, die Arbeit an dem Haus ging langsamer voran als geplant.

Schon weil der Urlaubsverkehr die Straßen verstopfte. Alle Hotels auf dem Cape waren belegt. Alle Pensionen, Privatzimmer waren ausgebucht, zum Glück war Roberts Zimmer bis Ende Oktober reserviert. War bereits bezahlt: von Gabriel Phillips, die Betreiber der kleinen Pension waren nette Leute. Schwule aus Connecticut, Jay saugte die Flure. Bernie wischte Staub. Patrick stand an der Rezeption und stöhnte über seinen Freund, der nicht arbeiten wollte, sie hatten ihre eigene Szene: in der Robert nichts zu suchen hatte. Auch wenn sie ihm, dem Stammgast, erlaubten, in ihrer Küche Kaffee zu kochen, ihm Zeitschriften über Architektur hinlegten, an Wochenenden war ihm Provincetown mit seinen Party people jetzt unerträglich. Er nahm die Fähre nach Boston, nur um irgendwo anders zu sein, in einer Trattoria trank er Campari. Dann schritt er den Freedom Trail ab, zum wievielten Mal? An einem Samstagmorgen fuhr er nach Rhode Island.

Quälte sich durch den Stop-and-go-Verkehr. Schwitzte, schimpfte, verfluchte sich und seine Idee, war drauf und dran umzukehren, sah dann bei Sandwich das Schild: Heritage Plantation. Erinnerte sich mit einmal an Julia.

An die Sammlerin von Americana: die er kennengelernt hatte, als er das zweite Mal auf dem Cape gewesen war, sie hatte neben ihm an der Bar gesessen. War mit einer Freundin übers Wochenende aufs Cape gekommen, nicht etwa wegen der Strände: wegen der Heritage Plantation of Sandwich, was es da gab? Drucke, Auto-Miniaturen. Ein Karussell von 1912, und dann diese fürchterlichen Kinderporträts, Julia und ihre Freundin wollten sich totlachen,

Really, Robert! Die grauenhaftesten Kinderporträts der Kunstgeschichte. More unflattering likenesses of children have never been conceived,

Sie hatten schon etwas getrunken. Warteten wie er an der Bar darauf, daß im Lokal etwas freiwerden sollte. Da er seinen Tisch zuerst bekam, lud er sie ein, mit ihm zu essen. Bat Mario darum, noch einen Stuhl für die Freundin dazuzustellen, Julia aß Sashimi. Mario sang vor sich hin beim Servieren: als bediente er auf der Veranda einer ländlichen Trattoria statt im Hexenkessel des Lobster Pot, er tat das immer, wie die Stammgäste wußten. Aber Julia war natürlich entzückt. Erkannte den Gesang nicht als die Masche, die er war, sie war ein paar Jahre jünger als Robert. Geschieden, Buchhändlerin, sie lebte in Rhode Island,

Wo denn, in Pawcatuck? Misquamicut?

Sie verstand nicht, was ihn daran so erheiterte. Sie wohnte in Kingston: in der Nähe der Universität. Als man sich trennte, gab sie ihm ihre Telefonnummer.

Die er in sein Buch übertrug, dann vergaß,

More unflattering likenesses of children have never been conceived!

Jetzt erinnerte er sich an ihr Gelächter. Fuhr an der Heritage Plantation vorbei, ohne zu halten, hatte er ihre Nummer noch? Ganz bestimmt, er würde sie natürlich nicht anrufen. Als er Kingston erreichte, war es bereits später Nachmittag. Er war durchgeschwitzt: Die Hitze wurde unerträglich, sobald man sich von der Küste entfernte. Eine feuchte Hitze, drückend, so wie er sich den Monsun vorstellte, er wäre jetzt gern an einen Strand gefahren: Aber der Himmel war wolkenverhangen. Gewittrig, er sah sich nach einem Hotel um. In der Nähe des Campus fand er ein Zimmer in einem Privathaus.

Er saß auf dem Bett, draußen donnerte es. Er schlug ihre Nummer in seinem Telefonbuch nach, im Zimmer war es jetzt so dunkel, daß er das Licht hätte einschalten müssen, um die Nummer zu lesen. Dann brach der Regen los. Warmer Pladderregen wie aus einer Dusche, in heißen Stößen drang der Wind durch die Moskitogitter der Fenster und blätterte das Telefonbuch auf dem Bett um. Etwas hatte Robert in die Stirn gestochen. Einer der riesigen Moskitos, die draußen um die Gitter sangen und pfiffen, America: Everything bigger and better, er hatte eine monströse juckende Beule am Kopf wie von einem Wespenstich. Als der Regen etwas nachließ, zog er eine Jacke über den Kopf und rannte zu seinem Auto.

Fuhr durch den Wald. Durch Dickicht, in dem Rhododendron schäumte, heißer Nebel schlug in Schwaden aus dem Unterholz. Wasser spritzte unter seinen Reifen auf, als führe er durch einen Fluß, dann lag vor ihm ein flacher Betonbau. Ein Kneipenschild: *Malcolm's,* er ging durch den Regen hinein.

Setzte sich an die Theke, bestellte Bier. Einen Glaspitcher voll mit Dünnbier, das auf die Resopaltheke schwappte, er saß auf einem Plastikhocker, die Musicbox wimmerte Michael Jackson aus allen Löchern, der andere Malcolm fiel ihm ein. Natalies Tequila-Malcolm,

Aber der Lärm des Schlachtens in der Küche trieb mich wieder hinaus in die gleißende Helle der Straßen, und später in jener Nacht saß ein Geier in meinem Waschbecken,

Neben ihm saß ein Fremder, der ihm von seinem Leben vorlallte. Der in sein Bier sprach, mit dem Ärmel durch den Biersee auf dem Resopal wischte,

Von fünf Dollars gelebt einen Monat lang, aber ich hatte mein eigenes Pferd und dieses indianische Mädchen brachte mir manchmal Essen, geheiratet hab ich dann eine die war fünfzehn Jahre älter als ich zäh wie Leder war die und Irin, eine gute Frau, lieb, aber zäh wie Leder, Irin war die, deswegen. Ein gutes Leben. Ich hatte ein gutes Leben,

Es war ein amerikanischer Film. Irgendein bekannter Streifen aus den vierziger Jahren, die Moskitos surrten und summten in der nassen Hitze vor den Fenstern, Robert war sehr betrunken. Tat sich jetzt leid: ohne daß der nüchterne Teil seines Kopfes einen besonderen Grund dafür hätte nennen können, aber vielleicht reichten die allgemeinen Gründe schon aus. Der Barmann brüllte LAST CALL LAST CALL: wie eine letzte Warnung an die Sünder der Welt, sich zu besinnen, alle bestellten. Mehr Bier schwappte aus Pitchern über die Tische, Robert schwankte in den Gang, der zu den Toiletten führte, rief Natalie an.

Sie war nicht da.

Natürlich nicht, er lehnte sich an die graugrüne Betonwand, die schwitzte, wühlte in seinen Taschen nach dem Telefonverzeichnis. Rief Julia an, mit seinem neuen amerikanischen Handy: war nun betrunken genug dafür, Julia war zu Hause.

Holte ihn am nächsten Tag ab.

Fuhr mit ihm nach Galilee, ans Wasser: Wo sie auf dem

Holzdeck einer der Lobster shacks Hummer aßen, natürlich aßen sie wieder Hummer: Boiled lobster mit Butter, mit Cole slaw in Plastikschüsseln, Ketchup stand auf dem Tisch in bunten Flaschen, Pappbecher mit eisiger Cola, Wolkenfetzen flogen durch den Himmel wie Strähnen von Engelshaar. Die Wellen brausten grau gegen die Küste, riesige Möwen stemmten sich gegen den Wind, ließen sich übers Wasser davonreißen von den Böen, nach dem Essen gingen sie hoch zu George's.

Saßen auf dem Deck in der Sonne, die Füße gegen das Geländer gestemmt. Lachten, während der Wind Elfenknoten in ihre Haare wob, tranken Weißwein aus dünnen Gläsern, er war froh: erleichtert. So daß er jetzt in sie verliebt sein konnte, er war von Anfang an offen mit ihr gewesen. Nie hatte sie etwas aus ihm herauspressen müssen: Er hatte sie immer Anteil nehmen lassen an seinem Leben.

Nicht nur an seinem Leben in P'town: wo sie ihn jedes Wochenende besuchte, wenn er nicht zu ihr nach Rhode Island kam, auch an seinem anderen Leben.

Dem Leben in Deutschland. Seinem wirklichen Leben: So nannte sie das, sie wollte Anteil nehmen an seinem wirklichen Leben. Das sagte sie. Sie wollte seine Beziehung mit Natalie verstehen,

Aber was macht sie denn, was treibt sie beruflich? Ich bitte dich, irgend etwas muß sie doch machen. Aber, Robert! Das ist doch Unsinn! Das kann dir doch nicht einfach egal sein,

Wollte ihn verstehen: ihn, Robert Brauer, es war durchaus schmeichelhaft. Es war manchmal anstrengend: diese Versuche Julias, ihn zu verstehen, in ihrem Laden, ihrer Wohnung konnte er jederzeit anrufen. Sie stellte ihm ihre Freunde, Kollegen vor. Nahm ihn mit zu sommerlichen Clam bakes am Wasser, begann, über Architektur zu lesen. Zog ihn in Diskussionen über seine Arbeit, zeigte ihm die Universitäten der Ivy League, die grandios gräßlichen Mansions von Newport, sie schenkte ihm Bücher aus ihrem Laden. Gedichtbände, Romane, die sie liebte: als sie bemerkte, wie wenig er las, schenkte sie ihm Kassetten. Die mit Gedichten besprochen waren, er lauschte ihnen durchaus, wenn er in Amerika war, im September brachte sie ihn in die Catskills. Die im herbstlichen Farbrausch ertranken, am offenen Feuer eines Gasthauses bestellten sie Whisky, während Herbstnebel fiel. Liebten sich später, voll ruhiger Gelassenheit, es war das letzte Mal: Kurz darauf war Gabriel Phillips' Haus fertig.

Er hatte es um ein Stockwerk erweitert. Hatte das Haus entgrenzt, die Räume zueinander, das gesamte Haus zum Meer hin geöffnet: das man jetzt von jedem Zimmer aus sah, er hatte Wände durchbrochen, Teile der Decks verglast. Hatte die Farben von Wasser, Sand, Himmel ins Innere schwappen lassen: meergrau lichtblau graublau wolkenweiß sandocker sonnengelb, Stiegen verbanden die Decks miteinander: so daß man sich auf der Außenhaut des Hauses bewegen konnte wie in seinem Inneren, Robert faxte die Bilder nach Deutschland.

Aber, Robby, es ist wundervoll! Phantastisch, ganz großartig,

Er stand auf dem unteren Sonnendeck, während er mit Gabriel telefonierte. Der Strand war leer, einsam. Viel Raum aber: mit dem Wind flach darüber, im Licht, er sah zu seinem Haus auf.

Das dem Wind, dem Licht gewachsen war. Das aus dem Sand emporwuchs, organisch, absolut richtig, noch sah man das helle Narbengewebe der neuen Schindeln: Aber der Salzwind würde sie bald verwittern lassen, unkenntlich machen, Robert würde nie mehr hier herkommen. Als Gabriel auflegte, rief er Julia an, um ihr das zu sagen.

Sie war gefaßt. Er hatte nichts anderes von ihr erwartet. Er bedankte sich für die gemeinsame Zeit: Da zog sie scharf die Luft ein. Wünschte ihm aber alles Gute, er schob das Handy in die Jackentasche. Ging dann noch einmal hinunter zum Wasser. Ging noch einmal am Wasser entlang, bevor er endgültig fortfuhr, ging ohne Schuhe, wünschte sich einen kurzen Moment lang einen Hund: Andererseits, was sollte er mit einem Hund?

Ein Hund war nichts als eine weitere Verpflichtung: für einen, der ohnehin seinen Verpflichtungen nicht gerecht wurde, Warum hast du mich allein gelassen, Robert? Was geht dich diese fremde Frau an, reicht es denn nicht, daß du sie gerettet hast? Ich bin hier allein,

In seinem Arbeitszimmer in Deutschland legte Robert Brauer das Gesicht in die Hände.

In der Küche hörte er Natalie singen. Ihr Gesäß, ihre Oberschenkel waren voll Striemen. Waren schwarzblau geprügelt, in ihrem Gesicht heller Triumph, sie wollte kochen, für heute abend. Er hatte gesagt, er wollte sich vor dem Essen noch hinlegen, was wäre geworden, wenn sie ein Kind von ihm bekommen hätte?

Sie hatte sich das einmal gewünscht. Damals, am Anfang ihrer Liebe, aber er war dagegen gewesen: hatte keine zusätzlichen Verpflichtungen auf sich nehmen wollen, er war todmüde. Seine erfrorenen Füße schmerzten, war es schon Abend? Ihm graute davor, sein Arbeitszimmer zu verlassen. In die Küche zu gehen, mit ihr zu essen. Die Geschichte zu hören, während er kaute: wie der andere sie geschlagen hatte,

»Ich habe es erst am Morgen gesehen. Erst als ich an dem Spiegel in seinem Flur vorbeikam, habe ich die Striemen gesehen, mir wurde mit einmal ganz flau im Bauch. Ganz heiß, es war eine langsame heiße Schwäche, ich habe mich an die Wand gelehnt. Dann habe ich mich auf den Boden gesetzt. Gleich da vor den Spiegel habe ich gesessen, er hat mir Kaffee gebracht, dorthin, wo ich saß«,

Er konnte sich sagen hören: Bitte sei still. Hörte sich sagen: Natalie, bitte, zieh wieder zurück in deine Wohnung, er war erstaunt. Wollte keinesfalls, daß sie ging. Wollte, daß sie bei ihm war, mußte dann aber weiteressen. Mußte weiter schlucken und weiter zuhören, solange sie blieb, sie sagte: »Es hat nicht mal weh getan, Robert. Ich habe gar keinen Schmerz gespürt, nur seine Hände. Nur Hitze auf der Haut, die ein bißchen brannte, und Überwältigung: als hätte er endlich mit mir geredet. Als hätten mir seine Hände etwas verraten über ihn, ein Geheimnis, das keiner sonst weiß«,

Er sagte: »Bitte zieh aus, Natalie. Von mir aus vögle den Kerl, bis du endlich genug von ihm hast. Laß dich verdreschen, wenn du das brauchst, aber zieh bitte aus.«

Sie schrie ihn nicht an, wie er es erwartet hatte. Wurde im Gegenteil still, starrte ihm ins Gesicht, über die verschmierten Teller hinweg. Suchte nach etwas in seinem Gesicht: war vielleicht deshalb jetzt häßlich, zum ersten Mal. Holte plötzlich tief Luft,

»Wie heißt sie?«

Er verstand nicht, was sie meinte. Sie wiederholte die Frage, er sah den Zorn: der in ihren Augen aufzuwallen begann, heiße Milch in einem Topf,

»Wie sie heißt, Robert. Los! Wie sie heißt, will ich wissen. Die Frau, die du in Amerika gefunden hast«,

Er verstand noch immer nicht. Die Frau, die er gefunden hatte? Sie war bewußtlos. Lag im Koma,

»Im Krankenhaus nennen sie sie die Eisprinzessin«,

Der Zorn sprudelte hoch. Kochte über, überschwemmte ihr Gesicht,

»Verdammt noch mal, gib es doch wenigstens zu! Mach mir doch keinen verdammten Müll vor, gib wenigstens zu, daß du in Amerika eine andere hast! Komm endlich von deinem verdammt hohen Roß runter, du bist doch genau nicht besser als ich, denkst du eigentlich, ich wäre blöd? Was hast du denn dort oben gemacht, in der Nacht? Als du diese Verletzte gefunden hast, da warst du doch auf dem Weg zu einer Frau«,

Zu Julia. Die in der Wild Mountain Lodge auf ihn gewartet hatte,

O Robert, how lovely! Wie wundervoll, du bist zurück, Gott, wir sind ja am Wochenende beim Skifahren! Ach Robert, komm doch auch mit, okay? Bitte, oder sonst fahre ich einfach nicht,

Er hatte zugesagt. War nie in der Lodge angekommen. Hatte nie mehr mit Julia telefoniert, ihr das mit der Eisprinzessin niemals erklärt: hatte nur eine Nachricht an der Rezeption hinterlassen, aber Julia besaß keinerlei Rechte auf ihn! Hatte das gewußt, von Anfang an, er hatte ihr immer die Wahrheit gesagt,

»Du lügst, Robert«,

Natalie schrie jetzt. Klang wie in einem Film,

»Lügst und lügst und lügst und lügst, das ist alles, was du tust«,

Trommelte auf seine Brust, wie in einem Film,

»Lügst sogar, wenn du gar nichts sagst«,

Er hielt ihre Arme fest, bis sie nicht mehr nach ihm schlug. Brachte sie dann ins Bett. Brachte ihr ein Glas Wein ans Bett, stopfte die Bettdecke um sie fest. Hätte jetzt mit ihr schlafen können, wenn er gewollt hätte, ging lieber zurück in die Küche. Räumte die Küche auf, ging in sein Arbeitszimmer. Schlief auf dem Sofa im Arbeitszimmer, ging am nächsten Morgen in sein Büro, als er am Abend zurückkam, war Natalie immer noch da.

Hatte wieder für ihn gekocht. Hatte den Tisch für zwei gedeckt, trug seinen Bademantel, er gab vor, bereits in einer Kneipe gegessen zu haben. Ging in sein Arbeitszimmer, sie kam ihm nach. Sie setzte sich auf das Sofa,

»Robert, ich muß dir was sagen«,

Redete also trotz allem noch weiter. Sah an ihm vorbei,

»Es ist ja nicht, wie du denkst, Robert, es geht nicht um Sex, mit dem anderen. Du mußt mir das glauben, Robert«,

Sie senkte den Blick. Sah wieder auf, ihm in die Augen,

»Robert, ich muß dir das sagen, ich kriege ja nicht mal einen Orgasmus bei ihm. Ich kann mich nicht gehenlassen bei ihm, verstehst du, er ist meine Verzweiflung, das ist alles. Nur meine Verzweiflung, mein Fels. Das Wirkliche, in diesem Meer von Unwirklichkeit«,

Das also war es: Er war niemals wirklich gewesen. Er, Robert Brauer, hatte für sie niemals existiert,

»In dieser ganzen Schwammigkeit, dieser Leere hier, es ist, als wäre ich nur lebendig, weil ich seinetwegen leide. Solange ich seinetwegen leide, solange es diesen Mann gibt: den ich will und den ich nicht bekomme«,

Sie begann jetzt zu weinen. Er ging zu ihr hinüber, nahm sie in den Arm. Tat das nur, damit sie nicht mehr weinte,

»Robert, du meinst es nicht ernst, oder? Daß wir uns trennen, du meinst das nicht ernst«,

Sie sank gegen ihn, er begann sie zu küssen. Schob seine Hände unter den Bademantel: der nach ihm roch, nach ihr. War erhitzt jetzt, atemlos. Existierte, küßte ihre Brust. Zog am Gürtel des Bademantels: der auffiel, da waren die Striemen, flammend. Er ließ sie los. Saß einen Moment still neben ihr, stand dann auf. Ging zum Fenster, wartete, bis er endlich ihre Schritte auf dem Parkettboden hörte, das Zufallen seiner Tür.

In den nächsten Tagen kam er kaum nach Hause. Blieb bis in die Nacht im Büro, ging dann mit Bogner in eine Kneipe. Ging zweimal mit einer jungen Architektin aus, die er im letzten Jahr eingestellt hatte, er erwog mehrmals, im Krankenhaus anzurufen. Hatte den Hörer schon in der Hand, legte dann doch wieder auf, Gabriel rief ihn an.

Sie trafen sich zum Essen. Saßen bis in die Nacht in einer Kneipe zusammen, betranken sich mit Rotwein: zum erstenmal, seit das Haus fertig war, Robert berichtete von der Nacht im Schnee. Sprach sachlich, wie vom Erlebnis eines anderen: ohne seinen eigenen Worten nachzulauschen, dennoch konnte er das Frösteln nicht ganz unterdrücken. Das stur in seinen Knochen festhockte, Gabriel sagte: »Du hast dich verändert, Robert. Du bist anders, irgendwie, vielleicht ernsthafter«,

Lachte. Hob sein Glas: wie um die Bedeutung seiner Worte zu mildern, wechselte dann das Thema, es war Robert recht. War er denn nicht schon immer ein ernsthafter Mann gewesen? Wenn er nach Hause kam, ging er Natalie aus dem Weg.

Zog sich ins Bad zurück, in sein Arbeitszimmer, er sah sie

selten. Traf sie manchmal im Flur oder spätnachts in der Küche, ihre eigene Wohnung sei zur Zeit untervermietet, sagte sie einmal, es würde noch dauern, bis sie einziehen könnte. Er wußte nicht, ob das stimmte. Sah, daß sie Verschiedenes aus seiner Wohnung fortgeräumt hatte: die Kiste mit ihren Kostümen, ihren Computer, er wußte nicht, ob sie den anderen traf. Erwischte sie einmal im Flur, vor dem großen Spiegel, sie betrachtete die Striemen auf ihrem Körper. Die verblaßt waren zu schillernden Regenbögen, hellblau und grün, violett, ocker, sie fuhr langsam mit den Fingern darüber. Über die Male, die ihren Körper zeichneten: dies war nun ihr Körper.

Unter Jeans, unter Kleidern, Bademänteln würde dies fortan der Körper sein, den sie hatte: auch wenn die Brandnarbe, die Striemen eines Tages völlig verblaßt sein sollten, er wußte ganz sicher, er konnte es nicht.

Konnte keine Frau lieben, die sich dermaßen verletzte. Die sich so gräßlich verletzen ließ, er konnte nicht länger leben mit einer Frau voller Wunden, er bewohnte nur noch sein Arbeitszimmer.

War angespannt, schlief schlecht. Träumte, schreckte hoch. Wollte nicht wissen, was er geträumt hatte, er wartete auf etwas: vielleicht darauf, daß Natalie auszog, der Anruf, als er endlich kam, erreichte ihn im Büro.

»Mr. Brauer? How are you, Mr. Brauer«,

Es war Dr. Mathai. Der junge indische Arzt, die Eisprinzessin war endlich erwacht.

Er flog drei Tage später. Ließ Udo Bogner wieder mit einem Projekt allein: das noch in der Akquise war, Büro und Lagergebäude für einen Großhändler der Bürotechnikbranche. Vielleicht zeigte Robert sein schlechtes Gewissen etwas zu deutlich: Bogner war gekränkt. Wies schnippisch darauf hin, daß es nicht in Roberts Macht läge, den Bebauungsplan endgültig zu verabschieden, sondern ausschließlich in der des Bauamts, Gabriel Phillips, der dazugekommen, als alter Freund einfach in Roberts Büro hineingestiefelt war, grinste. Tippte hinterher in der Kneipe mit seinem Glas an das Roberts,

»Du Romantiker. Gib es doch zu, du mußt ihr unbedingt den Märchenprinz machen. Du willst sie wachküssen«,

Aber sie war bereits wach. Sprach jedoch nicht. Verriet nicht, wer sie war. Was in jener Nacht in den Bergen geschehen war, Robert sagte: »Ich möchte sie noch einmal sehen, das ist alles. Ich möchte wissen, wer sie ist. Mit wem ich beinahe gestorben wäre, dort oben im Schnee. Oder für wen«,

Gabriel schob ihm die Schlüssel für das Haus auf dem Cape zu. Robert wollte sie nicht. Nahm sie dann doch: mußte jedenfalls Gabriels Auto abholen, das noch immer bei der Polizei in Vermont stand, der Himmel über München war grau verhangen.

Das Flugzeug schoß über die Rollbahn, Robert sah auf die Uhr: acht Uhr zwanzig. Vielleicht hatte Natalie seinen Zettel jetzt schon gefunden. Auf dem Küchentisch. Mit einem Kiesel von einem lange vergangenen Urlaub als Briefbeschwerer darauf: *Bin in den Staaten, rufe dich an,* er wußte, daß er feige war. Oder noch schlimmer: bequem, er sah aus dem Fenster, in den Nebel hinaus. Das Flugzeug hob ab.

Stieg auf durch Nebel, fettigdunkel wie Linsensuppe. Fraß sich durch Kartoffelschnee-Wolken, quirlende Sahneschlieren, flog nun durch Blau. Flog in sonniges Blau hinein, wenn Robert aus dem Fenster sah, sah er unter sich nichts: nur die Wolken, sonnenbeschienen. Jetzt beinahe flach.

IV

Mallory Dock, Key West. Florida. Das allabendliche Ballyho: Sitarklänge, ein tanzender Affe. Ein vergoldeter Mann, statuenstill. Ein Mädchen, das selbstgebackene Brownies aus einem Bauchladen verkaufte, ein Junge, der mit Macheten jonglierte, Sina blickte zu dem Seiltänzer auf. Der ein Scherenschnitt vor rotem Hintergrund war, die Sonne ging gerade im Golf von Mexiko baden. Wer nicht an den Ständen mit knallbunten T-Shirts, magischen Steinen, New-Age-CDs herumwühlte, starrte pflichtschuldigst in den Himmel. Hatte schließlich eine Menge Geld dafür bezahlt, der Erde mal von woanders als sonst bei ihrem Gedrehe zuzusehen, Sina Muffkopf: Was für eine Entschuldigung würde ihr wohl dafür einfallen, daß sie hier nicht glücklich war? Daß sie sich Amerika häßlich quatschte, Key West: wo sogar die Grabsteine launige Stimmung verbreiteten,

I told you I was sick

At least I know where he is sleeping tonight

Die Inschriften standen im Reiseführer. Sina hatte lediglich nachprüfen können, daß der Führer recht hatte wie immer, in der Calle Ocho hatte sie Tacos und Tortillas gegessen. In Miami Beach hatte sie die Art-déco-Hotels bewundert, die Beautiful people, sie hatte am Strand gelegen, in einem Laden in der Duval Street ein paar T-Shirts gekauft, wieso litt sie nicht wengstens unter Kulturschock? Florida war ein Diavortrag. Inklusive Geruch, taktilen Reizen, vielleicht mußte sie demnächst irgend jemanden ansprechen. Jemanden bitten, sie zu schütteln, kräftig zu kneifen: damit sie aufwachte, zu ihrem Erstaunen feststellte, daß sie hier war und am Leben, am Nachmittag war sie durch Little Bahamas geschlendert. Mitten durch ein Straßenfest, Geruch von Barbecue, dröhnender Reggae, ein Stück weiter die Straße hinauf hatte sich ein Schwarzer aus dem Autofenster gebeugt. Hatte mit sehr sanfter Stimme etwas zu ihr gesagt,

Hey girl! Wanna suck my dick?

Hatte die Lippe hochgezogen in tiefer Verachtung. War dann davongebraust, einen Moment lang war sie sich des Asphalts unter ihren Sohlen bewußt gewesen. War sich der sonnendurchglühten Straße, ihres Körpers auf dieser Straße bewußt gewesen: der hier nichts verloren hatte, die Sonne war jetzt nur noch ein Fingernagel.

Blutig, wohl zu tief abgeschnitten: Aber was war das denn für ein abscheulicher Einfall? In der Dämmerung entzündete der Jongleur Fackeln. Schleuderte die Fackeln hoch in den Abend mit wirbelnden Armen, stand ansonsten sehr still inmitten der Feuerkreisel, die Zuschauer applaudierten. Applaudierten kurz darauf noch einmal: als das letzte Stück Sonne endlich unter den Horizont rutschte, wunderschöner Special effect. Sehr professionell gemacht, kam jetzt der für die Veranstaltung zuständige Engel mit einem Hut?

Sina stand ganz vorne, am Wasser. Das an der Mauer hochschwappte, das Dock begann sich zu leeren. Sobald die Sonne untergegangen war, wurde es dunkel, wo sollte sie nun hinfahren? Nach New Orleans vielleicht. Oder die Ostküste hinauf: *Von Florida bis Maine*, wie es ihr Reiseführer vorschlug, das Wasser schwappte an der Dockmauer hoch, schwarz in der Dunkelheit. Vielleicht konnte sie einen Job als Busfahrer annehmen.

Eine Möglichkeit finden, bis in alle Ewigkeit auf der US-1 hin- und herzufahren, auf dem Overseas Highway zwischen Key West und Miami: mehr als vierzig Brücken mitten durchs Meer, in dem beinahe leeren Bus hatte sie die Hand auf den Mund gedrückt. Hatte ihr Gesicht verborgen: damit der alte Mann schräg vor ihr sie nicht für verrückt hielt, am liebsten wäre sie in all den Raum hineingesprungen, der sie mit einmal umgab. Am liebsten wäre sie draußen auf der Straße gewesen, wäre gerannt. Hätte die Arme hochgerissen, laut singend oder rufend vielleicht, hätte mit den Armen gewedelt: Sina, der Trampel. Sinalina: mit ausgebreiteten Armen auf dem Brückengeländer der Seven Mile Bridge balancierend, mitten durch die blaugoldene Leere zwischen Himmel und Wasser,

»Hey, willst du da reinspringen, oder was?«

Sie fuhr herum. Schnauzte, bevor sie noch sah, zu wem sie sprach,

»Laß mich verdammt noch mal in Ruhe!«

Sah, daß sie mit ihm allein war. Auf dem Mallory Dock, in der Dunkelheit, er war groß, mager. Lachte auf,

»Ich soll dich in Ruhe lassen? Klar, und morgen lese ich dann in der Zeitung: Unbekannte Frauenleiche am Strand von Key West angetrieben, rauchst du?«

Fummelte ein Päckchen Zigaretten aus seiner Jackentasche. Eine uralte Jeansjacke, darunter ein T-Shirt. Im Licht des Feuerzeugs sah sie, daß er jung war: allenfalls Mitte Zwanzig, lange schwarze Strähnen hingen ihm in die Stirn. Die Schatten unter den Wangenknochen waren scharf im Licht des Feuerzeugs. Das erlosch, hatte sie ihn nicht schon einmal gesehen? Er hängte sich die Zigarette in den Mundwinkel. Wischte das Haar mit dem Handrücken aus dem Gesicht,

»Und, was ist los mit dir? Du kannst es ruhig sagen, ich weiß, wie Leute aussehen, die vom Leben die Schnauze vollhaben. Mann, oft genug muß ich dafür bloß in den Spiegel gucken«,

Ein Kindskopf. Ein Zwanzigjähriger mit einem Kurt-Cobain-Komplex: Das war wirklich das letzte, was sie jetzt brauchte, sie stellte ihre Stimme auf scharf,

»Du kennst dich wohl aus mit dem Leben und seinen Härten«,

Der Junge hörte den Sarkasmus nicht oder ging nicht darauf ein. Wiegte den Kopf,

»Keine Ahnung, vielleicht. Jedenfalls, was das Umbringen angeht. Mein eigener Vater hat sich schließlich umgebracht«,

Schob die Hände in die Taschen. Nahm sie wieder heraus, um zu rauchen,

»Hat eine Schrotflinte in den Mund genommen und abgedrückt. Schrot, verstehst du. Eine Riesenschweinerei«,

Schnippte die Kippe ins Wasser: ein Bogen aus Glut, jetzt wußte sie, wer er war: Der Junge, der vorhin mit den Fackeln jongliert hatte, er sagte,

»Na ja, ich habe ihn aber sowieso fast nie gesehen. Es hat auch was Gutes, wenn man seinen Vater kaum sieht, man vermißt ihn dann nicht so, wenn er tot ist, sag mal, gehst du mit mir was trinken?«

Die Hose hing ihm so tief auf den Hüften, daß man vier Zentimenter der Unterhose über dem Bund sah. Das war der letzte Schrei hier: aber nur, wenn die Unterhose von Tommy Hilfiger war oder von Calvin Klein, als sie ins helle Licht der Straßen kamen, sah sie, daß bei ihm kein Name auf dem Gummiband stand. Daß es eine hellblaue Unterhose war: die sich über dem Hosenbund bauschte, lächerliche Falten warf, an der Ecke war eine Bar.

Oder eher ein Laden, hell erleuchtet wie ein Waschsalon: Aber in den in die Wand eingelassenen kleinen Waschmaschinen wirbelten statt Lauge knallbunte gefrorene

Drinks herum, Hättest du gern etwas Sex am Strand? Oder lieber einen Orgasmus,

Aber es waren nur Drinks gemeint. Peach Colada, Strawberry Margharita, Sex On The Beach, Orgasm, ein Junge zapfte ihnen etwas Rotes in riesige Plastikbecher, sie zahlten, jeder für sich. Gingen wieder auf die Straße hinaus: wo es immer noch warm war, er sprach ihren Namen mit stimmlosem S aus: Seena. Sein Name war Jacques. J-A-C-Q-U-E-S, er buchstabierte es für sie,

»Das kommt daher, daß ich eigentlich Franzose bin. Nämlich der Vater von meiner Mutter, der war Franzose, ein Nachkomme der Hugenotten«,

Seine Haare waren zum Pferdeschwanz gebunden. Die Augen lang, schmal, indianisch vielleicht,

»Die Hugenotten hatten Probleme in Frankreich. Deswegen kamen sie rüber nach Florida. Wollten hier noch mal von vorne anfangen, aber die Spanier haben sie alle umgebracht. Na ja, nicht alle. Sonst könnte ich ja nicht von ihnen abstammen«,

Wo gingen sie hin? Wanderten durch die Straßen, die voller Menschen waren,

»Hast du Hunger, wollen wir etwas essen gehen? Ich lade dich ein«,

Sie war es, die das sagte. Er sah sie von der Seite an, sah dann schnell wieder weg. Hob die Schultern,

»Ja klar. Warum nicht«,

War mit einmal verschlossen. Zugeklappt wie eine Auster, sie konnte sich nicht denken, warum. Ging schweigend neben ihm her, schlug dann ein paar Straßen weiter vor, einfach an einem Imbiß zwei Pizzas zu kaufen.

Er nickte. Sah ein wenig erleichtert aus, hatte er vielleicht Bedenken gehabt, sie würde ihn in ein edles Lokal schleppen? Sie zahlte. Ließ die Pizzas einpacken, sie gingen

Richtung Wasser. Setzten sich auf eine Mauer an einem Meeresarm, über den eine kleine Brücke führte, oben auf dem Brückchen war ein Restaurant.

Das Lokal, in das sie ihn nicht geführt hatte: Austern überbacken auf Blattspinat, Blackened Red Snapper, ein Lokal für Emanuel Ullrich: eiskalter kalifornischer Weißwein, Motten, die in den Flammen der Windlichter brutzelten, Jacques trank aus seinem Becher. Benagte den Becherrand, beantwortete ihre Fragen, ohne sie anzusehen,

»Ich bin aus der Gegend hier. Big Pine Key, kennst du Big Pine Key? In den Lower Keys. Little Duck Key, Cudjoe Key, Saddlebunch Key, Sugarloaf Key«,

Die mageren Schultern waren zusammengezogen. Waren eckig unter der Jacke,

»Miami. Ich wohne jetzt meistens in Miami. Meine Mutter hat meinen Alten verlassen, als ich zwölf war. Ist mit mir nach Miami gegangen, aber hin und wieder komme ich noch hier rauf. Jongliere eben manchmal drüben am Dock«,

Im Wasser zu ihren Füßen brannten Scheinwerfer. Färbten das Meerwasser grünlich, wie einen Pool, zogen Fische an, Meeresgetier. Riesige Quallen,

»Portuguese Men of War«,

Mit schimmernden unheilvollen Tentakeln, er legte den Arm um sie ohne Ankündigung. Sein Atem roch wie der ihre: nach Pizza, nach dem roten Drink aus den Plastikbechern, seine Augen waren geöffnet. Sie roch das andere an ihm: seine Jacke, sein Haar. Etwas Bitteres, wie kalter Rauch, seinen Schweiß: der gut roch, seine Zunge fuhr über ihre Lippen. Kleine Eidechsenzunge, die ihr gefiel, dennoch widerstrebte sie. Er ließ sie sofort los. Wandte sich ab,

»Sorry. Tut mir leid«,

Zündete sich eine Zigarette an. Hielt ihr das Päckchen hin, ohne sie anzusehen,

»Tut mir echt leid, ich habe wohl deine Signale falsch verstanden, sorry«,

Sie begriff nicht, worum er so ein Aufhebens machte.

Wunderte sich: über ihr eigenes Widerstreben, wünschte sich einen Moment lang, er würde sie noch mal umarmen. Wartete, bis der Moment vorüber war, sagte dann: »Ich bin einfach so viel älter als du. Du könntest mein kleiner Bruder sein«,

Er warf ihr einen raschen Blick zu. Grinste plötzlich. Warf die Zigarette fort, glitt von der Mauer herunter,

»Hör mal, warum fahren wir nicht an den Strand. Wir holen noch was zu trinken, und dann fahren wir an den Strand«,

Sah zu ihr hinauf, sie blieb sitzen. Er legte den Kopf schief. Rieb seine Hände an der Hose ab, berührte dann ihren Arm,

»Es ist, weil ich dich geküßt habe, oder? Gib zu, das ist es. Du willst nicht mit mir an den Strand gehen, weil du denkst, ich falle dort sofort über dich her«,

Er zog die Lefzen hoch, knurrte. Krümmte die Finger zu Klauen,

»Du denkst, ich falle über dich her wie ein Tier«,

Stakste hochbeinig an der Mauer entlang, ein magerer Wolf. In hellblauen Unterhosen, sie begann zu lachen. Sprang zu ihm herunter, er legte den Kopf in den Nacken. Heulte seinen Triumph in die Nacht.

Sein Auto war ein uralter Chevy. Er räumte den Beifahrersitz für sie frei. Warf Colabüchsen, Kissen, Taschen nach hinten,

»Wohnst du in deinem Auto, Jacques?«

Er sah einen Moment lang an ihr vorbei, geistesabwesend. Antwortete dann aber doch,

»Manchmal. Nicht im Moment. Im Moment passe ich auf die Wohnung eines Freundes auf, drüben in Coral Springs«,

Auf dem Festland. Ein paar hundert Kilometer von hier,

»Oder eigentlich erst ab morgen. Ab morgen habe ich seine Wohnung«,

Ein Schlafsack lag auf der Rückbank, halb ausgerollt. Vielleicht schlief er am Strand. Was verboten war, sie sah aus dem Fenster,

»Sag mal, Sina. Warum bist du eigentlich ganz allein hier?«

Es war eine normale Frage. Eine vollkommen harmlose Frage, sie verschränkte die Arme. Rutschte von ihm ab, sie fuhren am Meer entlang,

»Ich meine, du hast doch sicher Leute, die mitgefahren wären. Du bist doch bestimmt so eine Frau«,

Was meinte er damit?

»Mit einem Beruf. Mit einer Wohnung, Familie. Mit Freunden«,

»Mein Vater ist vor kurzem gestorben, an Krebs«,

Das war die Antwort, die ihr einfiel. Tränen stiegen ihr in die Augen, ätzend wie Säure, sie beschimpfte sich lautlos dafür. Drehte den Kopf weg, er sagte,

»Sorry. Tut mir leid, sorry«,

Hielt ihr seine Zigaretten hin, während er fuhr. Parkte dann den Wagen, oberhalb des Strandes, sie nahmen das Bier mit, das sie gekauft hatten. Die Luft war kühler als in der Stadt. Er kramte auf seinem Rücksitz herum, bis er eine Decke gefunden hatte. Sie zogen die Schuhe aus, der Sand war weich und kalt unter ihren Füßen. Nahe der Flutlinie breiteten sie die Decke aus, er sagte,

»Also ich, ich würde niemals nach Florida fahren, wenn ich woanders wäre.«

Der Himmel über ihnen war dunkel, mit ein paar Sternen darin. Key West war ein Heiligenschein in der Nacht.

»Wenn ich könnte, dann würde ich nach Tahiti fahren. Ich würde nicht direkt hinfahren. Ich würde ein Boot haben und damit fortsegeln. Ich würde einfach herumsegeln, überall hin. Und ganz zuletzt, da käme ich dann nach Tahiti«,

»Und was würdest du tun, auf Tahiti?«

Sie meinte die Frage ernst. Er trank Bier, ließ die Dose in den Sand rollen. Sein Gesicht war sehr dünn. Ein scharfes Profil gegen den Himmel, sie hörte sich sagen,

»Am liebsten würde ich auch irgendwo anders hingehen. Was Neues tun, ganz von vorne anfangen«,

Fand es abgedroschen, so etwas zu sagen: noch dazu in Amerika, er lachte plötzlich auf.

»Soll ich dir erzählen, warum meine Mutter meinen Alten verlassen hat?«

Lachte noch einmal. Schüttelte den Kopf,

»Das ist eine Geschichte, die mußt du gehört haben«,

Wollte die Geschichte offensichtlich als Anekdote verstanden wissen. Öffnete ein neues Bier, während er sprach,

»Also, das war nämlich so: Mein Alter, der war immer weg. War Fernfahrer, fuhr kreuz und quer in den Staaten herum, dann einmal, da kam er zu früh zurück. Fand meine Mutter im Bett, mit einem anderen Kerl. Ich weiß noch, wie der Kerl hieß: Maurice«,

Unterbrach sich. Drückte seine Zigarette aus. Zündete umständlich eine neue an, sah übers Meer,

»Er war natürlich total aus dem Häuschen, der Alte. Hat dem anderen erst mal eine geballert, dann hat er ihn ans Fenster gescheucht. Hat ihn mit seiner Knarre rübergescheucht, splitternackt, wie er war, hat ihn dazu gezwungen, sich aufs Fensterbrett zu stellen. Hat sich dann in aller Ruhe einen Joint angezündet und dem anderen die Glut an den Hintern gehalten. Hat ihm so lange die Glut an den Hintern gehalten, bis der Kerl aus dem Fenster gesprungen ist«,

Seine Hand lag neben ihrer im Sand.

»Ich habe die ganze Zeit im Flur gestanden. Ich war zwölf damals. Der Alte wußte genau, ich war da. Er hat nur so getan, als ob er mich nicht sieht. Der andere hat sich beide Beine gebrochen, das hat meiner Mutter dann endgültig gereicht. Das war irgendwie schlimmer für sie als die ganzen Prügel, die sie selber immer eingesteckt hat«,

Sie berührte seine Hand, mit zwei Fingern. Er verstummte. Regte sich nicht, nach einer Weile nahm sie die Hand wieder weg. Er ließ sich auf die Decke zurücksinken. Sagte dann,

»Sie ist in Tallahassee, meine Mutter. Hat einen Typen kennengelernt, ist mit ihm rauf nach Tallahassee«,

Wellen leckten am Strand hoch wie Hundezungen. Das Mondlicht auf dem Wasser war eine holprige Straße, Sina sagte,

»Ich kenne meine Mutter gar nicht. Sie ist gestorben, als ich noch sehr klein war. Ich erinnere mich noch nicht mal an sie«,

Jacques richtete sich auf. Wandte sich ihr zu, starrte in ihr Gesicht,

»Ist das sehr schlimm? Sag. Ist das ganz gräßlich für ein Kind, oder kommt man irgendwann damit zurecht«,

Sina wich seinem Blick aus. Hob die Schultern,

»Man kommt zurecht. Was sonst. Natürlich kommt man zurecht«,

Oben auf der Straße fuhr ein Auto vorbei.

Fuhr nicht vorbei: hielt. Der Motor erstarb. Jacques sprang auf. Spähte angespannt hinauf zum Parkplatz, die Türen des Wagens flogen auf. Musik quoll heraus, im Schein der Innenbeleuchtung sahen sie einen Mann, eine Frau.

Die ausstiegen. Sich weiter oben in den Sand setzten, aus den offenen Türen strömte die Musik den Strand hinab: Salsa, Jacques' Schultern, Arme entspannten sich wieder. Er machte ein paar Tanzschritte, grinste. Kam auf sie zu, streckte die Hand aus,

»Nein. Nein, ich kann gar nicht Salsa tanzen«,

Ergriff ihre Hand. Zog sie hoch. Zog sie mit sich hinunter zum Wasser: wo der Sand fest war, seine Jacke war rauh an ihrer Wange. Sie spürte seine Schenkel. Spürte den Druck seiner Muskeln an ihren Schenkeln, gehorchte dem Druck. Spürte die Muskeln seines Rückens unter ihrer Hand, er zwang ihr die richtigen Schritte, Hüftschwünge auf mit einer Art lässiger Autorität, langsam wurde sie sicherer.

Wurde locker. Ließ sich gehen: Sinalina, Jacques ließ sie entkommen. Zog sie wieder an sich, sie spürte ihre eigenen Muskeln: die sich anspannten, entspannten, jetzt lachte sie. Sah seine Zähne, wenn sie zu ihm emporsah, spürte den Schweiß: der ihren Nacken, ihre Brüste herabrann, die Autotüren schlugen zu. Der Wagen sprang an, die Musik brach ab, sie taumelten durch die Dunkelheit: auf der Suche nach Schuhen, Bierbüchsen, ließen sich auf die Decke fallen. Lagen eine Weile still, atmeten. Tranken Bier, er sagte: »Hör mal.«

Richtete sich auf, sah sie an,

»Als ich dich vorhin geküßt habe und du wolltest nicht, da war ich froh«,

Sah auf sie herunter. Die auf der sandigen Decke lag, ihn anstarrte, er sagte,

»Ich meine, das gibt es ja. Solche Frauen, die älter sind. Die sich einen jüngeren Typen suchen und den dann dafür bezahlen, vorhin, als du mich zum Essen eingeladen hast, da hab ich gedacht: jetzt. Jetzt ist es soweit«, er schüttelte den Kopf. Lachte leise,

»Ich hab ja immer davon geträumt, daß mir mal so eine begegnet. Eine schöne Frau mit Erfahrung, die mir auch noch Geld dafür gibt, denk nur, wenn das passiert wäre! Dann wäre jetzt alles noch genauso wie sonst. Stell dir das mal vor! Dann wäre überhaupt nichts passiert«,

Aber was war denn passiert? Sie spürte den Wind vom Meer. Spürte den kalten Sand unter ihrem Rücken, den Beinen: die Erde, die sie trug, er beugte sich über sie, kam ihr sehr nah. Griff nach den Zipfeln der Decke, um sie einzuhüllen, sie sagte: »Laß das.«

»Aber dir ist doch bestimmt kalt. Es wird nachts kühl, im Winter, hör mal, komm doch mit. Du könntest doch mitkommen. In diese Wohnung, meine ich. Auf die ich aufpassen soll«,

Er schlug die Decke um sie. Hockte neben ihr, im kalten Sand,

»Sie ist direkt an einem Golfplatz, die Wohnung. Es gibt einen Pool und alles, du könntest umsonst da wohnen. Du kannst in deinem eigenen Zimmer wohnen, komm doch bitte mit.«

Sie schliefen auf seinem ausgebreiteten Schlafsack, unter der Decke. Schliefen Rücken an Rücken, irgendwann in der Nacht spürte sie das Gewicht seines Arms: den er im Schlaf über sie gelegt hatte, sie schlief weiter. Gegen Morgen fiel Tau. Der sie frösteln ließ, sie fuhren in der Dämmerung los. Hielten an ihrem Hotel, warfen ihre Sachen auf die Rückbank zu seinen. Kauften irgendwo Kaffee in Styroporbechern. Fuhren aus Key West hinaus, dann auf den Overseas Highway: über dem blendend die Sonne aufging.

V

In Vermont lag immer noch Schnee. Die Sonne schien aber: Fünfunddreißig Grad Fahrenheit, sagte der Radiosprecher, Robert im Auto rechnete nach: ungefähr zwei Grad Celsius, nachts sollte es noch viel kälter werden. Er war froh, daß er das Krankenhaus vor Einbruch der Dunkelheit erreichen würde. Daß es sich erübrigte, nach der Kurve Ausschau zu halten, in der der Junge gestanden hatte: Er näherte sich von der Gegenseite. War von Boston nach Montpelier weitergeflogen, hatte dort ein Auto gemietet, wie lange war die Nacht im Schnee nun schon her? Siebzehn Tage. Im Krankenhaus wurde er bereits erwartet.

Von Dr. Mathai, dem jungen indischen Arzt, er streckte Robert die Hand entgegen. Erkundigte sich nach Roberts Gesundheit, sie hatten die Eisprinzessin auf seine Ankunft vorbereitet. Sie hatte geschwiegen. Wie sie zu allem schwieg,

»Dabei haben die Untersuchungen keinen Hinweis auf eine bleibende Schädigung ergeben. Und sie spricht ja durchaus, wenn sie Hilfe braucht. Wenn ihre Schmerzen stärker werden. Wenn sie Durst hat. Es wäre möglich, daß sie sich an nichts mehr erinnert. Oder daß sie sich noch nicht erinnert, sollte ich sagen, nach einem Schädelhirntrauma sind vorübergehende Störungen des Gedächtnisses durchaus zu erwarten«,

Sie gingen einen Krankenhauskorridor entlang. Robert versuchte nicht einzuatmen: Er haßte den Geruch. Der ihn an seinen Vater erinnerte, an den langsamen peinvollen Tod seines Vaters, Dr. Matthai blieb stehen.

Vor einer Zimmertür: 312, er sagte,

»Eigentlich dürften wir Ihnen ja gar keine Auskünfte

über ihren Gesundheitszustand erteilen. Sie sind kein Verwandter, andererseits, sie scheint niemanden zu haben, der sie vermißt. Wirklich, sie tut mir leid. Sie hat ja noch einiges vor sich, ihre Zehen sind wohl nicht mehr zu retten. Und das Bein muß genagelt werden. In sechs Tagen wird sie operiert, sie hat große Schmerzen. Vergessen Sie das nicht«,

Robert starrte auf die Tür. Wartete darauf, daß der Arzt sie öffnete, im Zimmer standen zwei Betten, umgeben von Vorhängen. Dr. Mathai ging zu dem Bett am Fenster. Zog den Vorhang auf,

»There's somebody here to see you. Robert Brauer«,

Wedelte mit der Hand in Roberts Richtung. Sagte,

»Robert Brauer, the one who found you«,

Robert stand in der Tür. Mit leeren Händen: Die er nun in die Taschen schob, er hatte den Gedanken verworfen, ihr Blumen, Trauben mitzubringen wie einer alten Bekannten. Jetzt verwünschte er sich dafür, sie trug noch immer den Kopfverband. War noch immer eingespannt in das Foltergestell des Fixateur externe, er nahm die Hände aus den Taschen. Ging vorsichtig durch das Zimmer, wie über eine Eisdecke, im Hinausgehen drückte der Arzt ihm den Arm. Robert trat ans Fußende ihres Betts. Ihr Körper hatte auf dem seinen gelegen. Das Blut in ihrem Haar war getaut von seiner Wärme, sollte er ihre Hand nehmen? Er roch etwas. Erschrak zutiefst vor diesem Geruch: der süßlich war, unangenehm, sie sah ihn an. Wandte keinen Blick von ihm. Von Robert: der dastand und sie ansah und schwieg, er erschrak noch einmal, als ihm klar wurde, wie lange er nun schon einfach so dastand, er sagte,

»I am the one who found you«,

Aber das wußte sie ja bereits: daß er es war, der sie gefunden hatte, etwas flackerte in ihren Augen auf, als er sprach. Flackerte nochmals auf, als er sagte, daß er sich über ihr Erwachen freute: etwas wie Erstaunen, hatte sie sich ihren Retter anders vorgestellt? Möglich. Jung und schön wahrscheinlich, wie einen Prinzen, etwas war ihm im Weg: die fremde Sprache. Die er sonst einigermaßen beherrschte, aber mit einmal fühlte sie sich sperrig an. Störend, wie die Ecke einer mißlungenen Zahnkrone: an der man sich die Zunge aufreißt, so daß man zu lispeln beginnt beim Versuch, sie zu vermeiden, verstand die Eisprinzessin überhaupt, was er zu ihr sagte? Nahm sie den Sinn von Worten auf, sie machte eine winzige Handbewegung.

Deutete auf den Stuhl an der Wand: Aber das mußte er sich eingebildet haben, dennoch ging er um das Bett herum, zog den Stuhl näher. Setzte sich hin. Saß nun neben ihr, in einigem Abstand, sie hatte ein anderes Gesicht, jetzt, wo sie bei Bewußtsein war. Ein herbes Gesicht: eckiges Kinn, Schattenwangen. Kräftige Kieferknochen: wie jemand, der oft die Zähne zusammenbiß. Mit den Zähnen knirschte womöglich, er wollte sich nicht fragen, ob er sie schön fand. Er mußte etwas sagen, er fragte, ob er etwas für sie tun könnte. Ob er ihr etwas besorgen sollte, hatte er allen Ernstes eine Antwort erwartet? Geglaubt, mit ihm, Robert Brauer, würde sie schon reden, sie schloß die Augen.

Schloß ihn aus: mit Augenlidern, die lila waren, hauchdünn, schlief sie nun ein? Auf ihrer Stirn stand eine steile Falte,

»Das arme Kind.«

Wer hatte gesprochen? Die Patientin hinter dem anderen Vorhang. Robert hatte das ganz vergessen: Er war nicht allein mit der Eisprinzessin,

»Sie ist so allein«, sagte die Stimme hinter dem Vorhang. »Es ist wirklich schrecklich, ich bin die einzige, die mit ihr spricht. Ich bin sehr froh, daß Sie sie besuchen kommen, würden Sie wohl mal meinen Vorhang aufziehen?«

Er gehorchte. Sah in ein kleines Gesicht, runzlig, tiefgebräunt. Mit einem Kopfverband, wachen braungelben Augen darunter: die ihn betrachteten, eine Hand streckte sich ihm entgegen,

»Dorothy. Dorothy Benning«, es war die linke Hand. Der rechte Arm, das Bein lagen in Gips. Der krakelig mit roten Herzen bemalt war, Dorothy Benning sagte,

»So also sieht ein Held aus. Ich habe mir immer gewünscht, mal einen richtigen Helden zu sehen«,

Machte sie sich über ihn lustig? Sie lächelte. Ihre Augen waren schön: golden, wie die eines großen Hundes. Eines Setters vielleicht, sie sagte,

»Sie sind aus Deutschland, nicht wahr?«

Er spürte den üblichen Stich. Den kurzen Moment des Widerwillens: der ihn mehr als alles andere an das Land band, aus dem er stammte, er nickte. Räusperte sich, sagte,

»Ich bin Robert Brauer.«

»Ich weiß«, sagte Dorothy Benning. »Die Ärzte haben über Sie gesprochen. Und es stand ja auch in der Zeitung, wer Sie sind, was Sie getan haben, ich sage Ihnen mal was: Die Ärzte glauben, sie kann sich nicht erinnern. Aber das stimmt nicht. Sie will sich nur nicht erinnern. Sie hat keine Lust dazu, nachts weint sie ja immer! Und nachts, das ist doch die Zeit, wo man sich erinnert, natürlich versuche ich sie zu trösten. Es ist schwierig, ich kann sie ja nicht anfassen. Aber ich sage etwas zu ihr. Oder ich singe ihr vor. Manchmal singe ich ihr irgendein Kinderlied vor, wissen Sie was? Ich glaube, sie möchte sterben. Und sie wird auch sterben, wenn sie sich nicht trösten läßt. Sie wird einfach aufhören zu leben. Sie versucht, mit dem Leben aufzuhören, darum spricht sie nicht, wie lange bleiben Sie denn?«

Sein Rückflug war für die nächste Woche gebucht. Aber er konnte zurückfliegen, wann er wollte,

»Ich werde nämlich in ein paar Tagen entlassen«, sagte Dorothy Benning. »Ich hatte ja nur einen Skiunfall, dämlich, was? Wenn alte Schabracken wie ich sich noch auf der Piste herumtreiben müssen, ich bin wirklich froh, daß Sie sich nun um sie kümmern. Sie werden doch sicher ein bißchen hierbleiben und sich um sie kümmern, nicht wahr? Sie zu trösten versuchen«,

Aber das hatte er nie gekonnt. Hatte Natalie nicht trösten können und nicht seinen Vater, er hörte sich etwas Vages murmeln. Etwas über Verpflichtungen. Er hatte natürlich berufliche Verpflichtungen,

»Natürlich«, sagte Dorothy Benning und nickte. »So ist es immer. Man muß ja so viel unter einen Hut bringen, als Mann«,

Die Eisprinzessin schwieg.

Dorothy Benning schwieg, Robert konnte jetzt gehen. Er hatte die Eisprinzessin gesehen: Dafür war er doch hergekommen, die Eisprinzessin war nicht mit ihm verwandt. Er war ihr nicht verpflichtet, die Eisprinzessin bewegte sich. Über ihre Lippen kam ein kleiner Laut. Ein Stöhnen, Robert fuhr hoch: Aber ihre eigene Hand glitt schon über das Laken. Faßte ein Kabel, drückte einen Knopf, an der Wand begann ein Licht zu blinken.

»Das arme Kind«, sagte Dorothy Benning. »Sie hat wieder Schmerzen, bleiben Sie nur sitzen! Gleich kommt Schwester Melanie«,

Die ein Tablett trug mit einer Spritze, Robert höflich zu gehen bat, er stand sofort auf. Knöpfte seinen Mantel zu,

»Also dann bis morgen«, sagte Dorothy Benning. Die Eisprinzessin hielt die Augen geschlossen. Er ging zur Tür. War schon an der Tür, als er die Stimme hörte. Die Stimme der Eisprinzessin, sie flüsterte. Hauchte,

Pain,

War es das, was sie gesagt hatte? Er sah nur den Rükken der Schwester, die sich über sie beugte, auf dem Korridor lehnte er sich an eine Wand. Wartete darauf, daß das Zittern seiner Knie verging, wieso zitterte er dermaßen? Wieso tat er sich dies hier überhaupt an, er würde es beenden: aber was denn überhaupt? Es war ja gar nichts passiert, was man hätte beenden können, draußen dämmerte es bereits. Er fuhr zu seinem Hotel.

Zu seiner Lodge, mitten in einem Vermonter Skigebiet: wo er nun doch noch gelandet war, sollte er Julia anrufen? Oder Natalie. Die Wucht seines Widerwillens verblüffte ihn. Er aß im Speisesaal des Hotels, ging dann auf sein Zimmer.

Lag allein auf dem riesigen Bett. Schaltete den Fernseher an, sah den Fetzen eines Footballspiels. Später einen alten Hitchcock: dessen deutscher Titel ihm nicht mehr einfallen wollte, er trank den Whisky, den er in einem Liquor Store gekauft hatte, draußen auf dem Hotelflur hörte er Stimmen. Eine Männerstimme, das leise Lachen einer Frau: die nichts mit ihm zu tun hatten, er war allein.

Würde fortan allein bleiben. Würde nun altern. Ohne Natalies Blick würde er alt werden: ohne den verwandelnden Blick, *Du bist wunderbar, Robert,* er mußte sein Leben nun entsprechend einrichten. Er konnte sich immerhin einen Hund kaufen. Konnte sich gelegentlich eine Geliebte nehmen, schon der Gedanke daran erschöpfte ihn. Er hatte noch seinen Beruf. Trug die Verantwortung für fünfzehn

Mitarbeiter, für die wirtschaftliche Situation ihrer Familien, er würde Udo Bogner anrufen.

Würde seine sofortige Rückkehr ankündigen, er hatte den Hörer schon in der Hand: Aber in Deutschland war es nach sechs. Bogner war vielleicht schon zu Hause. Bei seiner Frau, den beiden Kindern: deren Namen Robert immer verwechselte, es war besser, bis morgen zu warten. Morgen würde Robert Gabriels Wagen abholen, nach Cape Cod zurückbringen, dann abreisen, ein Satz fiel ihm ein.

Den er einmal irgendwo gelesen hatte: *Ein Unternehmen, das man für eine Frau nicht verrät, ist nichts wert und dem Leben nur schädlich*, und warum riß der Satz mit einmal einen Abgrund auf? Den er sofort mit berühmten Namen zu überbrücken suchte, was war denn mit denen, die alles Persönliche für das Gemeinwohl geopfert hatten?

Sie hatten vielleicht gesiegt.

Die, die ihre Frauen verrieten: Aber was sollte das alles? Was sollte der Satz denn bedeuten: für ihn, Robert Brauer, was hätte er für Natalie verraten können? Was bedeutete ihm so viel, daß ein Wort wie Verrat angemessen gewesen wäre: und hätte Natalie einen solchen Verrat denn bemerkt?

Aber darum ging es nicht. Es ging nicht darum, was Natalie bemerkt oder nicht bemerkt hätte, Robert stand auf. Ging zum Fenster, das sich nicht öffnen ließ, sah hinaus in die Nacht.

Die draußen wartete, eisig und leer. Die Vermontnacht: reglos vor Frost. In der er mit ihr im Schnee gelegen hatte, mit einem Ruck zog er die Vorhänge vor. Gleich morgen früh würde er Gabriels Wagen abholen. Dann würde er abreisen.

Die Formalitäten zogen sich länger hin, als er gedacht hatte. Als er endlich ins Hotel zurückkam, war es schon gegen Mittag. Er packte. Fuhr dann in die Stadt. Aß einen Hamburger in einem chromblitzenden Fifties-Diner in der Nähe des Krankenhauses, sah dabei aus dem Fenster, der Tag war strahlend, blausilber. Er sah ein Pärchen in Ski-Overalls, das sich küßte. Sah das Haus gegenüber: Bürogebäude. Mit kleinteiligem, von geschnitzten Säulchen umrahmtem Sprossenfenster, darüber ein Gesims mit einem Dreiecksgiebel: Aedicula. Ursprünglich ein freistehendes Tempelchen für den Hausgott, in der Renaissance Fassadenbestandteil geworden, der Fachausdruck verlieh ihm Sicherheit. Das Fachwissen: das ihn wirklich werden ließ für sich selbst, er war der Architekt Robert Brauer. Aber das Tempelchen drüben umrahmte nichts mehr. Noch nicht einmal die üblichen Ikonen geborgener Häuslichkeit: Vorhänge oder eine Topfpflanze vielleicht, er sah das kälterote Gesicht einer Frau, die ihr Spiegelbild in der Dinerscheibe betrachtete. Hinter der Robert saß und Kaffee trank, bis er endlich Bogner anrufen konnte, vielleicht hätte es der Eisprinzessin gutgetan, wenn man sie spazierengefahren hätte? In einem Rollstuhl möglicherweise, es war natürlich ein absurder Einfall. In München war alles in bester Ordnung. Bogner kam gut allein zurecht: Das sagte er zu Robert, mit dem leicht irritierten Unterton, der Robert auf die Nerven ging, Robert fuhr durch die Stadt, auf der Suche nach einem Blumenladen.

Fand keinen, ging schließlich in ein Warenhaus: um der Eisprinzessin zum Abschied ein paar Pralinen zu bringen, sie durfte doch sicher Pralinen essen? Dorothy Bennings Bett war leer, als er hereinkam. Die Vorhänge um das Bett der Eisprinzessin waren geschlossen. Er flüsterte etwas,

»Hello? Hello«,

Zog vorsichtig den Vorhang zur Seite, sie schlief. Er setzte sich auf seinen Stuhl, so geräuschlos wie möglich. Legte die Pralinen auf den Nachttisch: die ihm jetzt albern vorkamen in ihrem blumigen Karton, er saß neben ihrem Bett, wartete. Mußte doch wenigstens warten, bis sie erwachte, er sah sie an, sah wieder weg. Hatte nichts zu lesen dabei: sah aus dem Fenster. Sah die Vorhänge an. Betrachtete seine Hände. Betrachtete endlich doch wieder ihr Gesicht, ihre Züge waren schlafweich. Die Wimpern lagen reglos und schwarz auf den Wangen, der Mund war ein wenig geöffnet. Es war ein seltsam altmodischer Mund: feinlippig und geschwungen wie Münder auf manchen alten Gemälden, er sah wieder aus dem Fenster. Ein Baum stand davor. Stand schwarz und nackt in der Sonne, er fühlte eine tiefe Trauer.

Die mit ihm selbst zu tun hatte: nicht mit der Schlafenden, einen Moment lang sah er sich selbst, von außen. Sah einen leicht übergewichtigen Mann, zusammengesunken auf seinem Stuhl, draußen auf dem Flur hörte er manchmal Stimmen. Von Zeit zu Zeit näherten sich Schritte, verklangen dann wieder, er war umsonst hergekommen. Würde allein bleiben mit dem, was geschehen war. Würde einsam zurückbleiben: in einer Nacht, die reglos gewesen war vor Frost, die Einsamkeit war ein Kokon, wattig. Seine Einsamkeit, die der Frau auf dem Bett, es mußte irgendein magisches Wort geben. Das ihre Zunge lösen, sie zum Sprechen bringen würde: wenn es ihm nur endlich einfiele, als er das nächste Mal zu der Schlafenden hinsah, erschrak er: Ihre Augen waren offen.

Waren auf ihn gerichtet ohne jede Regung, wie lange sah sie ihn schon so an? Und sah sie ihn denn, nahm sie ihn überhaupt wahr,

»Please«, sagte er.

Er beugte sich vor, sagte,

»Erinnern Sie sich denn gar nicht, wir lagen im Schnee«, sagte, »Bitte. Wir beide. Es war keiner sonst da. Es war keiner mehr da, als ich ins Auto zurückkam, natürlich, das können Sie nicht wissen, aber erinnern Sie sich denn nicht an den Jungen? Er war sehr mager, er blutete. Ein junger Mann, er hatte ein Kind auf dem Arm. Erinnern Sie sich nicht an das Kind, es war der Junge, der mein Auto angehalten hat. Der mich zu Ihnen geschickt hat, er hat Sie gerettet«,

Ihr Gesicht hatte jeden Ausdruck verloren. Unter den wieder geschlossenen Lidern quollen Tränen hervor, das also war seine Magie: Sie zu berühren, wo es ihr weh tat, er biß sich auf die Lippen, hart. Sagte,

»Bitte weinen Sie doch nicht.« Sagte, »Sorry, sorry, es tut mir leid«,

Die Tränen rannen in den Verband. Er sah sich nach etwas um, womit er sie abwischen konnte, fand eine Serviette auf dem Nachttisch. Unterdrückte ein Aufstöhnen: Sie verstand also alles. Nahm den Sinn von Worten auf, begriff also auch, was man mit ihr machen würde: die Haut, die Muskeln ihres Beins aufschlitzen, die Knochen bloßlegen. Die Schrauben des Foltergestells aus ihren Knochen herausdrehen. Nägel in ihre Knochen treiben, ihr die Zehen abschneiden,

»Es tut mir so leid, bitte glauben Sie mir, es tut mir so leid«,

Aber das hatte er ihr ja schon längst gesagt: daß ihm etwas leid tat,

Pain.

Es war kein Wort: nur ein Atemzug, mühsam, ihre Hand flog über die Laken. Fand das Kabel, das Licht an der Wand zuckte auf,

Pain, Pain,

Und wo hatte der Baseballschläger sie zuerst getroffen? Am Kopf vielleicht. So daß sie nur diesen einen Schlag hatte fühlen müssen, aber das war nicht möglich: Er war Blutspuren gefolgt. Sie mußte versucht haben, von ihrem Folterer fortzukriechen: während der Schläger ihr die Knochen zertrümmerte, die gesplitterten Knochen tief ins Gewebe trieb, die Abwehr schnürte ihm den Magen, den Brustkorb zusammen. Die Genauigkeit seiner Vorstellung: die sich nicht abwehren ließ damit, daß er die Muskeln von Bauch und Rücken anspannte, bis sie sich verkrampften, und wessen Kind hatte der Junge überhaupt auf dem Arm gehabt, sein eigenes? Oder womöglich das ihre, die Schwester stand neben dem Bett. Sah auf die Kranke herab, sah dann auf die Uhr. Sagte freundlich,

»Aber es ist noch zu früh. Es ist noch viel zu früh für Ihr Schmerzmittel, Sie müssen noch zwei Stunden durchhalten«,

Die Kranke keuchte. Winselte dann: eine Hündin. Oder eine Wölfin vielleicht. Die Stahlklammern der Falle hatten ihr die Pfote zerschmettert, bissen ihr immer noch in den nackten Knochen, das taten Wölfe: Sie nagten die eigene Pfote ab, um sich zu retten, Robert Brauer floh, schwach vor Entsetzen.

Draußen fiel neuer Schnee, lautlos.

Die Nacht war schwarz, stockstill.

Schnee fiel auf das Krankenhaus. Schnee fiel auf das Dach der Lodge, auf den Wald. Auf die Bäume des Waldes, Schnee fiel lautlos auf dünnes Eis. Verdeckte das Eis: über das man ging. Über das man festen Schrittes marschierte wie alle anderen auch, an manchen Stellen war das Eis dünn wie Papier: auf einer Straße vielleicht.

Über die ein Auto fährt. Das ins Schleudern gerät, Eis bricht, splittert zu langen Dolchen wie Glas, Blut spritzt über den Schnee: der das Eis nun nicht mehr verdeckt. Den Abgrund. Das strandlose Meer: über dem nur das Eis ist, die anderen ziehen weiter, Morgen ist wieder ein neuer Tag!

Aber das Eis schmilzt unentdeckt, unter dem Schnee. Unter den Strahlen eines Röntgengeräts vielleicht, bei einer Routineuntersuchung. In einem Tal in den Alpen, unter den Trümmern von Drachenflügeln, das Eis kann überall schmelzen, in jedem Moment. Um Mitternacht, wenn die Treppe knarrt unter leisen Schritten. In den Stunden vor Morgengrauen: wenn es dreimal an die Tür eines dunklen Hauses pocht, Robert liegt auf dem Bett.

Er liegt vollkommen still: Er wagt keine Regung. Der Fernseher läuft. Aber er kommt nicht an gegen das Knistern des Eises. Gegen die Lautlosigkeit des Schnees: der auf einen Wald fiel. Auf eine einsame Straße in einem Wald, irgendwo in den nordöstlichen Ausläufern der Appalachen, in einer Februarnacht, die reglos war vor Frost, jemand stand in einer Kurve, winkte. Robert hielt an. Stieg aus, fand etwas im Schnee, nun kann Robert das Knistern des Eises hören.

Das Risse bekommt. Haarfeine Risse, Robert kann den Abgrund nun spüren. Den Abgrund unter Robert: der immer da war, aber nun hört Robert das Knistern des Eises. Unter dem Eis ist der Abgrund: das strandlose Meer. Sonst gibt es nichts.

Er saß auf seinem Stuhl. Die Eisprinzessin war wach. Ihre Augen waren aber geschlossen, Dorothy Benning war fort. Sie war heute entlassen worden. Sie hatte Robert ihre Adresse aufgeschrieben,

»Wir würden uns wirklich freuen, Robert, kommen Sie, sobald Sie können«,

Er sah aus dem Fenster. Wo der Baum immer noch stand: unerreichbar für Robert Brauer. Für die Eisprinzessin, im Bett neben ihm, er würde sie nicht noch einmal behelligen, versuchen, sie zum Sprechen zu bringen. Sie sprach ja: Einsilbensätze, an niemanden gerichtet,

Tea,

Das hatte sie vorhin gesagt. Der Tee war in einer Schnabeltasse. Die auf dem Nachttisch stand, gleich rechts neben ihm, er hatte Dorothy Bennings Blick gefühlt. Die goldenen Setteraugen, er hatte die Tasse in die Hand genommen, dabei die Pralinen vom Tisch gestoßen. Hatte die Tasse wieder weggestellt, sich nach den Pralinen gebückt. Sie dann doch auf dem Boden liegen lassen, er war aufgestanden. Hatte sich über die Kranke gebeugt, die Zähne zusammengebissen. Vorsichtig seinen Arm unter ihren Kopf, die Hand unter ihre Schulter geschoben, und wenn sie jetzt schrie?

Er hob sie an, sie schrie nicht. Aber nun konnte er den Tee nicht mehr erreichen. Konnte nicht mit dem linken Arm über den rechten zurückgreifen bis zum Nachttisch, mußte sie also wieder in die Kissen gleiten lassen, noch einmal von vorne beginnen: zuerst den Tee in die Linke nehmen, dann den Arm unter ihren Kopf, ihre Schulter schieben, sie stöhnte. Er grub die Zähne in seine Lippe. Hielt ihr die Schnabeltasse an den Mund. Sie trank. Er konnte sehen, daß er ihr weh tat.

Konnte dann aber noch etwas anderes sehen: den genauen Zeitpunkt, zu dem sie genug getrunken hatte, er begriff etwas: Es gab den Moment des Durstes, den Moment der Sättigung. Es gab Schmerz, Variationen des Schmerzes. Es gab das Zimmer, in dem er neben ihr saß: nun allein mit ihr und dem knisternden Eis. Das unter ihr wegbrach, sie hing schon bis zur Hüfte im Meer. Dem Meer ohne Strand, wieviel Gewicht hielt das Eis um sie aus? Würde es Robert Brauer aushalten: der vorsichtig auf sie zukroch, er konnte nicht mehr zurück. Konnte die Richtung nicht ändern, schon gar nicht innehalten auf papierdünnem Eis, es blieb ihm nichts anderes übrig als weiterzukriechen. Sich leichtzumachen, ganz leicht: Das Gewicht eines Gedankens mochte bereits zuviel sein für das Eis, er begriff, es gab Schlaf. Es gab Verlangen nach Schlaf auf dem Eis, sonst gab es nichts. Es waren noch vier Tage bis zu der Operation.

Dann noch drei Tage, zwei, den Weg zwischen Krankenhaus und Hotel legte er nun immer zu Fuß zurück. Es war ein weiter Weg, er brach gegen neun auf: so daß er am späten Vormittag ankam, wenn die meisten Untersuchungen, Visiten, Therapien bereits vorüber waren, er ging langsam, Schritt für Schritt. Atmete tief dabei: Schneeluft, die nach Blechlöffeln schmeckte, morgens sah er die Häuser an. Beschloß, sich zu freuen auf bestimmte Häuser, Fassadendetails: auf die im kaltblauen Morgenlicht weichen Schatten eines Verandageländers. Auf einen Anbau, elegant wie ein Möwenflügel und ebenso weiß. Auf die geschnitzten Balken, Laubsägefüllungen eines weit vor die Fassade gezogenen Windgesperres: Er verwarf den Fachausdruck in selben Moment, in dem er ihm einfiel. Mußte sehen, was er sah: nicht, was er gelernt hatte zu bezeichnen, im Schaufenster eines Buchladens betrachtete eine Schaufensterpuppe bäuchlings einen Bildband. In einem Reisebüro waren Gläser und Flaschen voll Meersand aufgereiht. Grobkörniger und kiesiger und mehlfeiner Meersand, anthrazit, graugelb, muschelweiß, er las die Beschriftungen auf den

Flaschen: Maui, Hawaii. Venice, California. West Palm Beach, Florida. Zanzibar, Bali, Tobago, Cape Cod, er nahm das Gesehene mit in ihr Zimmer: wo er an ihrem Bett saß bis in den Nachmittag, abends war er erschöpft.

Ohne doch viel mehr getan zu haben, als sie zu füttern, ihr Tee zu geben, auf dem Heimweg sah er nur noch den Weg zu seinen Füßen. Sah den Schnee, der verharscht war und schmutzig, im Hotel nahm er ein Bad. Blieb lange im Wasser liegen, kleidete sich dann an. Ging hinunter ins Restaurant: Wo sich der Kellner jeden Abend diskret nach dem Befinden der Kranken erkundigte, man wußte, wer Robert war. Warum er hier war, er antwortete vage.

Erkundigte sich aber seinerseits nach dem Befinden des Kellners: der Mitte Dreißig sein mochte, in seiner Freizeit an seinem Haus herumbastelte, er hieß James Healey. Er hatte eine Frau, einen kleinen Sohn. Er war ein begeisterter Angler, Robert merkte sich all das. Er fragte nach dem Befinden des Sohnes, während er die Karte studierte. Hörte sich Kindergeschichten an: was der Fünfjährige gesagt, was er angestellt hatte, später aß er, allein.

Er aß langsam, mit Konzentration. Wollte schmecken, was er aß, hinterher setzte er sich vor den Kamin. Spürte seinen Körper in dem tiefen Sessel, starrte ins Feuer. Betrachtete das Zucken der Flammen. Beobachtete genau, wie sie die Holzstücke anfraßen, er sammelte Gegenwart: Das war es, was er tat.

Er hatte nicht gewußt, daß er das konnte. Daß er Gegenwart sammeln konnte, bewußt und allein: um sie dann auszugeben an ihrem Bett. Wo er saß und die Tage zählte, für sie. Die Tage bis zu ihrer Operation, noch immer hatte niemand nach ihr gefragt. Sie war vielleicht eine interessante Frau. Vielleicht war sie klug, brillant gar, wie sah sie aus, wenn sie ging? Wenn sie lachte, tanzte, er wollte nicht darüber nachdenken. Manchmal hielt er ihre Hand. Die er schön fand, es war eine kräftige Hand, ohne Weichheit. Eine sehnige Hand: die vollkommen schlaff blieb in seiner, so hatte er sie gefunden: ohne Geschichte. Manchmal sprach er zu ihr. Sprach englisch oder deutsch, wie es gerade kam, sagte etwa,

You are strong, you know. You are very brave.

Er glaubte das auch. Er sah das Gesicht an mit den starken Knochen, er sagte,

The weather is lovely today! Spring is coming, look,

Er zog alle Vorhänge auf. Wies zum Fenster: vor dem der nackte Baum in der Sonne stand, von ihrem Bett aus hätte sie den Himmel gesehen und die äußersten Zweige des Baumwipfels. Aber sie sah niemals zum Fenster. Er legte seinen Kopf auf ihr Kissen, um zu wissen, was sie gesehen hätte: die Kalligrafie dünner Zweige auf blauem Himmel, er sagte,

Dein Blut fing an zu schmelzen, verstehst du das nicht? Du hattest gefrorenes Blut in den Haaren, ich habe gedacht, warum tust du das, Robert Brauer? Warum stirbst du hier, für eine Fremde,

Jetzt sprach er deutsch: damit sie ihn nicht verstand. Er saß auf seinem Stuhl, sah aus dem Fenster, wo der Baum stand, er sagte,

Es ist an meinem Hals geschmolzen, dein Blut, soll ich das vielleicht vergessen? Und nun liegst du hier und hast solche Schmerzen, wie soll es denn weitergehen? Mit dir, mit mir, ich habe dir das doch gesagt, im Schnee. Ich habe dir gesagt, daß es alles umsonst war, wenn du mir stirbst. Daß du nicht einfach so sterben kannst, als hätte es diese Nacht für mich nicht gegeben. Als hätte es mich nicht gegeben, in dieser Nacht,

Er selbst verstand nicht, was er ihr sagte. Wahrscheinlich sagte er gar nichts. Konnte nicht einmal fühlen, was er da redete. Redete aber trotzdem weiter: so lange, bis das Reden in ihm für diesmal versiegte, einmal fand er eine Muschel auf der Straße, mitten im verharschten Schnee. Die nahm er mit.

Einmal mußte er draußen vor ihrer Tür warten: ein Verband wurde gewechselt. Er hörte sie weinen, durch die geschlossene Tür, dann durfte er wieder zu ihr hinein. Er nahm ihre Hand. Hielt sie, hob sie an. Strich mit einem Finger der anderen Hand über ihren Handrücken, spürte etwas: einen Gegendruck.

Nur den Hauch eines Drucks. Es war nicht mehr als eine Erhöhung des Gewichts ihrer Hand. Es war das Maximum von Kraft, das sie aufbringen konnte, dessen war er ganz sicher, es nahm ihm den Atem. Es warf ihn um.

An diesem Abend war er nicht müde. Fand keine Ruhe zu seinem Gespräch mit James Healey, fand keine Ruhe vor seinem Kamin, er ging in der Lobby herum, besah sich die Stiche. Die aus unerfindlichen Gründen englische Jagdszenen darstellten, er wünschte, er hätte sich für sie interessieren können. Er ging nach oben und holte seinen Mantel. Ging noch einmal auf die Straße hinaus: die leer war, der Wind war eisig, wo wollte er überhaupt hin? In eine Kneipe vielleicht, um sich zu betrinken. In den Diner am Krankenhaus, er ging wieder zurück ins Hotel. Schaltete in seinem Zimmer den Fernseher an, während er noch im Mantel war, Robert de Niro hing dreckverschmiert und irre unter einem fahrenden Auto: *Cape Fear*, Robert schaltete wieder ab.

Setzte sich aufs Bett, um die Stiefel auszuziehen, pfiff jetzt tonlos vor sich hin: einen alten Beatlessong, über eine Amsel. Erwog, irgend jemanden anzurufen. Jemandem zu erzählen, was heute passiert war, was war passiert? Auf Sokken ging er durchs Zimmer, löste ein Bier aus einem Sixpack. Öffnete es mit einem Feuerzeug, trank, das Bier war bitter, noch kühl. Allein in seinem Hotelzimmer lachte er plötzlich auf, leise. Schüttelte dann den Kopf über sich, nahm das Bier mit hinüber zum Bett. Las liegend das Etikett, als stünde etwas Wichtiges darauf: *Miller light*. Am nächsten Tag sprach sie zu ihm.

Er war noch im Mantel. Saß auf seinem Stuhl, hielt ihre Hand in der seinen, um sie zu begrüßen,

»Good morning«,

Wartete auf den Druck ihrer Hand. Auf einen Hauch ihrer enormen Kraft, ihre Hand blieb schlaff. Unter seinen Fingern zuckte ihr Puls. Er spürte seinen eigenen Puls, in Hals und Schläfen, die Enttäuschung war eine Schwächewelle. Die in den Beinen begann, langsam durch den Solarplexus hinaufstieg, er legte ihre Hand auf das Bett. Wartete darauf, daß die Welle der Schwäche abebbte, sie sah ihn nicht an.

Sah zur Decke oder nirgendwohin, hatte sie Angst? Morgen würde sie operiert werden, er hatte mit Dr. Mathai gesprochen. Hatte ihn gebeten, sein Bestes zu tun, sich dann erboten, die Kosten der Operation zu übernehmen, Dr. Mathai hatte abgewunken: Es gab irgendeinen Fonds für dergleichen, oder jedenfalls glaubte Robert so etwas verstanden zu haben, er hatte eine Zeitung dabei.

Begann darin zu blättern, las Überschriften oder betrachtete ihre Buchstaben, gegen Mittag ging er für eine halbe Stunde hinaus, um in dem Diner um die Ecke etwas zu essen. Als er zurückkam, weinte sie.

Sie war allein im Zimmer. Hatte nicht die Schwester gerufen, sie weinte vollkommen lautlos, mit weit offenen

Augen. Nun konnte er es sehen: Sie war angststarr. Angstgeschüttelt, er nahm ihre Hand. Nahm ihre Hand in beide Hände, begann zu murmeln,

»Ist ja gut, ist ja alles gut«,

Aber das war natürlich Unsinn. Ihr Gesicht war wie gefroren. Die Augen blicklos, was sah sie, mit diesen Augen? Er wußte, er konnte sie nicht trösten. Konnte nichts Tröstendes finden in der fremden Sprache, er sagte,

»Everything will be fine. You'll be fine, die Operation wird gut verlaufen, ich bin ganz sicher«,

Aber er wußte ja nicht, was er redete: War es denn überhaupt die Operation, vor der sie Angst hatte? Was hatte sie denn mit ihrem Leben gemacht? So daß jemand versucht hatte, sie totzuschlagen mit einem Baseballschläger, die Gegenwart war nun ausgegeben, die Robert gesammelt hatte für sie.

Die Tage dieser Gegenwart: die er heruntergezählt hatte bis zum Tag Null, jetzt kehrte mit einem Ruck die Zeit zurück, was erwartete sie denn draußen? Oder wer erwartete sie, ein Junge hatte in einer Kurve gestanden. War dann in der Nacht verschwunden, ein Kind auf dem Arm, sie flüsterte,

Papa,

Redete. Sprach, mit rauher Stimme, er hörte, was sie sagte,

Papa, mein Papa soll kommen,

Das hatte sie gesagt. Das Begreifen, als es endlich kam, war sehr still. Stieg durch den Magen hinauf in seine Kehle: Sie sprach nun.

Sprach deutsch. Flüsterte deutsch, keuchte Worte in seiner eigenen Sprache, er ließ ihre Hand los. Sank gegen die Lehne seines Stuhls. Beugte sich dann wieder vor, sie flüsterte,

»Jacques«,

Erinnerte sich jetzt: oder brach endlich zusammen. Konnte die Verweigerung nicht länger aufrechterhalten: die Verweigerung ihrer eigenen Sprache, in der die Erinnerung war,

»Jacques, Jacques soll kommen«,

Das sagte sie. Und wer war Jacques? Ihr Mann vielleicht. Ihr Freund, ihr Geliebter, ihr Bruder, aber er wußte es schon. Wußte genau, wer Jacques war, nun also war es so weit. Nun endlich kam sie zu ihm: durch die Nacht, die reglos war vor Frost,

»Das Baby das Baby«,

Nun brachte sie ihm den Jungen: der durch die Nacht taumelte, im Arm ein wimmerndes Bündel, Robert hielt den Atem an: um alles zu hören, was sie ihm sagte, die Eisprinzessin verstummte. Starrte zur Decke hinauf, Robert ergriff ihre Hand. Flüsterte,

»Bitte!«

Drückte ihre Hand. Hielt an sich, um sie nicht zu schütteln, flüsterte,

»Bitte! Bitte sprich weiter. Sprich jetzt, zu mir«,

Aber sie schwieg. Sie sah ihn nicht einmal an,

»Wer seid ihr! Wer bist du, bitte! Der Junge«,

War zurück in die Nacht gegangen. War unerreichbar, die Augen riesig. Leer, in einem grauen Gesicht.

VI

Jacques fuhr. Der Chevy brauste auf Miami zu, über den Overseas Highway, sie saß neben ihm auf dem Beifahrersitz. Das Baby schlief. Es lag hinten in seinem Kindersitz, sie waren schon kurz vor Big Pine Key gewesen, als er gesagt hatte: »Wir müssen erst noch ein Baby holen. Mein Baby, es ist hier auf Big Pine Key. Bei meiner Tante. Ich lasse es immer bei meiner Tante, wenn ich in Key West bin«,

Jacques hatte also ein Kind. Dieser Junge war jemandes Vater: oder das hatte jedenfalls Mari Carmen behauptet. Eine Mexikanerin, sie hatte Jacques zweitausend Dollar dafür bezahlt, daß er sie geheiratet hatte. Einen Tausender vor, einen nach Unterzeichnung aller Papiere,

»Und wo hatte sie soviel Geld her?«

Er hatte auf die Straße gesehen. Hatte die Frage mit der Hand weggewischt,

»Was weiß denn ich, von irgendwelchen Kerlen. Von irgendwelchen Sachen, die sie gemacht hat, mir doch egal«,

War in eine Seitenstraße eingebogen. Hatte den Wagen vor einem Holzhaus geparkt. Einem altersschiefen Häuschen, tief in wucherndem Grün, durch das sich Wäscheleinen schlangen mit verwaschenen T-Shirts, Shorts, Jacques faßte sie am Arm, als sie aussteigen wollte.

»Warte. Ich muß dir noch was sagen. Nenn mich nicht Jacques, solange wir hier sind. Sag lieber Flaco, okay? So haben sie gesagt, als ich klein war«,

»Aber warum? Was soll das denn, Jacques«,

Er zog die Brauen zusammen. Starrte auf das Häuschen seiner Tante,

»Weil sie es nun mal nicht leiden kann, darum. Weil sie

es nicht kapieren will, daß ich Franzose bin. Daß ein Franzose meine Mutter gezeugt hat, nicht der miese Indianer, der ihr eigener Vater war, na, ist auch egal. Ansonsten ist sie ziemlich in Ordnung. Nenn mich nur einfach Flaco, solange wir da sind«,

Die Veranda sackte unter den Schritten ein wie ein durchgesessenes Sofa. Sina sah einen Korbstuhl, einen blaugestrichenen Tisch, von dem die Farbe abblätterte, Jacques stieß die Fliegentür auf. Drinnen war es stickig, fast dunkel. Die Tante kam aus der Küche. Umarmte Jacques, sprach spanisch zu ihm, ihre Zähne waren sehr schlecht. Die Fingernägel waren rissig und grau, das Kind lag in einem Hinterzimmer auf einem Bett. Es mochte etwa ein dreiviertel Jahr alt sein. Es schlief. Lag auf der Seite, gekrümmt wie eine Erdnuß, es hatte einen Schopf schwarzen Haars. Lächerlich viel Haar für ein so kleines Gesicht, Schweißperlen standen auf seiner Oberlippe. Die Tante deckte in der Küche den Tisch. Es war ein Resopaltisch, sie saßen auf Holzhockern, die selbstgebaut aussahen, und aßen Guacamole. Aßen kalte Tortillas, heiße Bohnen von Plastiktellern in Schockfarben, die Tante redete auf Jacques ein.

Auf Flaco Flacito, das Kind hieß Maurice. Maurice, Maurice, die Tante erwähnte den Namen wieder und wieder, hatte Sina ihn nicht schon einmal gehört? In einem ganz anderen Zusammenhang, auf englisch fragte die Tante Sina, woher sie sei. Wohin sie wolle, wie ihr Amerika gefiele, als das Kind nebenan zu quengeln begann, sprang Jacques sofort auf. Kam einen Moment später in die Küche getanzt, das Kind auf dem Arm. Das an seiner Schulter lehnte, es war sehr dünn. Großäugig, die Tante stand auf der Veranda, während sie durch den Vorgarten gingen. Sah ihnen nach, als sie losfuhren: nach Coral Springs. Zu dem Haus von Jacques' Freund,

»Billy. Er heißt Billy Todd, früher war er mal ein bißchen auf Koks. Aber jetzt nicht mehr. Jetzt ist er clean, soweit ich weiß, er ist ein echt netter Typ. Ein Freund, total korrekt, es war immer okay, mit ihm was zu machen. Geschäfte oder so, früher mußte ich ihm ja manchmal was besorgen. Als er noch auf Koks war, aber jetzt hat er einen richtigen Job. Baut Mikrowellen und so was in Küchen ein, er ist aus dem Norden. Aus Vermont, seine Familie lebt noch da oben. Deswegen ist er ja jetzt da hingeflogen«,

Das Baby schlief. Sina sah aus dem Fenster, wo war die Mutter des Kindes? Mari Carmen, Sina wollte nicht nach ihr fragen. Sie fuhren auf die Seven Mile Bridge.

Fuhren hinein in den leeren Raum voll blaugoldenem Mittag, Sina hielt den Arm aus dem Fenster. Lenkte mit dem Arm noch mehr Wind in den Wagen hinein, ließ sich die Zügel schießen: lachte laut auf, er fragte sie nicht nach dem Grund. Lächelte ihr aber zu, irgendwo auf der Brükke: während der Wind leeren Raum in das Auto spülte, kurz vor Marathon Key fragte sie ihn dann doch.

»Und wieso habt ihr es eigentlich bekommen, das Kind?« Fragte angelegentlich, während sie jetzt von der Brücke herunterkamen, »Ich meine, du und Mari Carmen. Wenn ihr euch gar nicht geliebt habt«,

Jacques schwieg einen Moment. Schnaubte dann durch die Nase, sagte,

»Wir haben gevögelt.« Der Ton absichtlich brutal, er sagte: »Mann, Sina, sie war eben da. Also habe ich sie auch gevögelt«,

Sie nickte. Sah aus dem Fenster: die Einkaufszentren von Marathon Key. *Publix Supermarket, Dixie Food Store. Hi-rise Condos. Southern Mobile Homes. Seafood dinner $ 1.99. Hot dogs 3 for 1 $. Sale! Sale!! Sale!!! 20 $ off each item,* Jacques sagte,

»Okay. Gut! Natürlich weiß ich nicht sicher, ob das Baby wirklich von mir ist. Wie soll man so was wissen, mir doch egal, eigentlich wollte sie es sowieso abtreiben. Keine Ahnung, warum sie es nicht gemacht hat, sie ist ja längst abgehauen. Hab ich das schon gesagt? Das Baby war noch keine zwei Wochen alt, da ist sie abgehauen, keine Ahnung, wo sie jetzt ist. Also! Dann ist es jetzt eben mein Baby. Dann muß es jetzt ja wohl mein Baby sein, wenn es überhaupt jemandem gehören soll«,

Am Spätnachmittag kamen sie an.

Stellten das Auto auf dem riesigen Parkplatz ab, die Wohnanlage war groß, zweigeschossig. Weiß und gekrümmt wie die Mondsichel, lila umschäumt von Bougainvilleen, Billy Todds Wohnung lag im Erdgeschoß. Hatte einen eigenen Eingang, wie alle Wohnungen, Jacques holte den Schlüssel bei einem Nachbarn ab. Sina blieb im Auto, das Kind war jetzt wach. Es betrachtete Sina, mit zusammengezogenen Brauen. Mit der tiefen, seltsam erwachsenen Skepsis sehr kleiner Kinder, Jacques kam zurück. Ging Sina voran, das Baby auf der Schulter, schloß Billys Wohnungstür auf. Trat zur Seite. Blieb in der Tür stehen, während sie hineinging,

»Na, wie gefällt es dir? Ich hoffe, es gefällt dir, der Pool ist oben, auf dem Dach. Ich denke, es wird dir gefallen«,

Beobachtete sie. War unsicher jetzt, Sina sagte,

»Es ist sehr schön.«

Der Raum war groß, niedrig. War dunkel: vollgestopft mit Küchenmobiliar, einer gemauerten Eßtheke, einem großen runden Tisch mit zu vielen Stühlen. Die drei Sofas paßten nicht zusammen. In einer Ecke stand ein überdimensionaler Fernseher. Glastüren führten auf eine kleine Terrasse, dahinter lag der Golfplatz, das Kind auf Jacques' Arm begann zu quengeln. Jacques sagte,

»Er hat Hunger. Ich gehe mal eben zum Auto und hole ihm was«,

Legte das Baby auf eines der Sofas. Es begann zu brüllen. Sina beugte sich vor, um es auf den Arm zu nehmen, es widerstrebte. Strampelte, wand sich: kämpfte gegen Sina, aber sie hatte doch Jenny so oft in den Armen gehalten! Jenny, Lisa: Gabys und Toms Töchter, Ach Sina, wie machst du das nur! Du kannst die Kinder so wunderbar beruhigen,

»Schsch«, sagte Sina zu dem kämpfenden Kind. »Ruhig, gut, ist ja alles gut«,

Das Gesicht des Kindes war dunkelrot. Sein Mund war ein Loch, aus dem Geschrei kam, mit einem Ruck warf es sich nach hinten, sie konnte es gerade noch auffangen. Als Jacques zurückkehrte, war Sina schweißnaß. Er schüttelte den Kopf. Sagte,

»Sorry. Tut mir echt leid. Er kann ein richtiger kleiner Teufel sein, sorry«,

Er nahm ihr das Kind ab. Setzte es auf seinen Schoß, in das Dreieck von Arm, Bauch und Schenkel, öffnete ein Gläschen: irgendein bräunlicher Schlamm. Sina stieß die Tür zur Terrasse auf. Atmete, holte Luft, der Golfplatz lag in tiefem nassem Grün unter den Rasensprengern. Ein riesiger Schmetterling taumelte vorüber. Eine Eidechse huschte über die Terrasse, irgendwo summte leise ein Rasenmäher, sie sagte: »Er muß ja ganz gut Geld verdienen, dein Freund, mit seinen Mikrowellen. Daß er sich so was hier leisten kann«,

Hinter ihr begann das Baby wieder zu quengeln. Jacques seufzte. Sagte,

»Jetzt langweilt er sich. Wenn er satt ist, dann langweilt er sich, und wenn er sich nicht langweilt, dann hat er Hunger, na kommt. Ich zeige euch beiden erst mal die Wohnung«,

Zog sie und das Kind zusammen: *you two*. Machte sie zu einem Paar, Sina folgte ihm, durch zwei weitere Zimmer. Schlafzimmer: in beiden standen breite Betten. Identische Kommoden, weitere Fernseher, zu jedem Zimmer gehörte ein Bad. Sie entschied sich für den Raum, der zum Golfplatz hinausging. Holte ihre Tasche aus dem Auto, als sie wieder zurückkam, hörte sie das Baby brüllen.

Es lag auf dem Bett in Jacques' Zimmer. Jacques hielt es fest. Hatte einen Schnuller in der Hand, tauchte den Schnuller in eine Tasse, die auf dem Nachttisch stand. Schob den Schnuller in den Mund des Babys, sie sagte,

»Was machst du denn da?«

»Ihn beruhigen«,

Das Kind war rot im Gesicht. Strampelte, trat, Jacques stippte den Schnuller erneut in die Tasse. Zwang ihn zwischen die Lippen des Kindes: das spuckte, keuchte. Nach Luft rang, Jacques sagte,

»Warte. Nur einen Moment. Er wird gleich ruhig sein. Er schläft gleich, warte«,

Sie ahnte es schon. Konnte es aber noch nicht glauben: war plötzlich im falschen Film. War mitten in einen sozialkritischen Roman hineingeraten: an die Stelle, wo der Rückblick auf die schlimme Kindheit des Helden beginnt, sie sagte: »Was ist denn in der Tasse?«

Jacques schwitzte. Hielt das Kind fest,

»Gin, mit etwas Honig drin. Das hilft ihm beim Ruhigsein. Warte nur einen Moment«,

Sie ging auf das Bett zu. Er sagte: »Das hier ist viel besser, als wenn ich ihn haue. Ich habe ihn einmal gehauen, da hat er noch mehr geschrien, ich kann es genausowenig haben wie du, wenn er immerzu schreit. Wenn er unbedingt seinen Kopf durchsetzen will«,

Sie nahm die Tasse vom Nachttisch, sehr vorsichtig.

Ging in die Küche, trat den Mülleimer auf. Schleuderte die Tasse in den Müll: die zerbrach, hielt sich einen Moment am Küchenschrank fest, schwindlig vor Wut. Als sie sich umdrehte, stand er vor ihr. Fuhr sie an,

»Was soll denn die Scheiße?«

Ihre Stimme war vollkommen ruhig. War freundlich, glatt: eine Wachstuchdecke mit Blümchen darauf,

»Ich bitte dich, Jacques. Das ist doch offensichtlich, oder? Babys trinken nun einmal keinen Gin. Sie mögen ihn nicht. Er bekommt ihnen nicht«,

»Was weißt denn du!«

Jetzt schrie er. War blaß unter der Bräune, schrie,

»Scheiße weißt du! Du hast doch noch nicht mal selber ein Kind«,

Sie stieß ihn zur Seite, verließ die Küche. Lief in ihr Zimmer. Stand dort eine Weile einfach herum, starrte vor sich hin. Starrte auf den Teppich: der blau war, Velour. Dicht wie ein Tierfell, ihr Fuß bürstete blaues Fell gegen den Strich, wieder und wieder, sie sah auf die Uhr. Für heute war es zu spät, um abzureisen. Sie würde bis morgen früh warten müssen, mit zitternden Fingern suchte sie ihr Badezeug zusammen. Ging durch die Küche hinaus: die nun leer war, Jacques hatte recht: Was wußte sie denn? Was ging sie das Ganze überhaupt an, sie konnte jedenfalls tun, was sie wollte! Und was tat sie dann hier?

In dieser spießigen Eigentumswohnanlage. In Coral Springs: das noch nicht mal am Meer lag, mit einem Jungen, der nicht ihr Lover war, an diesem Pool: der sich auf dem Dach befand, wie es Jacques gesagt hatte, sie breitete ihr Handtuch auf den Fliesen aus.

Setzte die Sonnenbrille auf, blätterte in ihrem Führer mit Fingern, die immer noch zitterten, wo würde sie hingehen? Nach New Orleans vielleicht. Oder lieber nach

San Francisco, Minneapolis: in irgendeine Stadt, die nicht in ihrem Führer verzeichnet war, ob Jacques dem Kind noch mehr Gin gegeben hatte?

Sie konnte es nicht mehr schreien hören. Aber vielleicht hatte er ja alle Türen verschlossen. Vielleicht wollte er nicht mehr gestört werden, während er das Kind mißhandelte, und? Überall auf der Welt wurden Kinder mißhandelt.

Wurden gefoltert, getötet, was war im Vergleich mit diesen Qualen ein bißchen Gin? Sina Beatrice Fischer jedenfalls würde die Welt nicht retten. Sie würde noch nicht einmal Maurice retten, was hatte das Kind denn schon zu erwarten, in dieser Welt? In Jacques' Welt: in die es nun einmal hineingeboren war, es hatte ein ernstes dünnes Gesicht, voller Skepsis. Es sah nicht aus, als würde es viel von der Welt erwarten,

»Kommst du mit zum Einkaufen?«

Er stand auf der Treppe zum Pool. Sah sie nicht an, nestelte an seinem Hosenbund. An der hellblauen Unterhose darüber, er sagte,

»Hey. Jetzt sei doch nicht sauer, Sina. Entschuldige schon, ich wollte dich nicht anschreien«, kam zwei weitere Stufen herauf. Dann noch einmal zwei, stand jetzt neben dem Pool, »Du hast ja recht. Du hast total recht, ich weiß selber, ich mache alles verkehrt. Ich mache immer irgendwas verkehrt, du kannst es mir ruhig sagen. Wenn ich was verkehrt mache«,

Sie antwortete nicht. Sah weg, über den Golfplatz, er sagte,

»Ich bin ja froh, wenn du mir hilfst mit dem Baby. Ich meine, ich kann das alles nicht richtig, ich bin ja keine Frau. Ich würde so gern alles richtig machen, mit ihm«,

Sie verschränkte die Arme. Zog die Schultern zusammen, er sagte: »Ich wollte bloß nicht, daß er noch mal so schreit. Ich wollte nicht, daß du dich über ihn ärgerst, du hast dich doch vorhin schon über ihn geärgert«,

»Quatsch«, sagte sie. »So ein Quatsch, ich wollte ihn bloß beruhigen. Wie kann man sich über ein Baby ärgern, ich wollte nur, daß er sich beruhigt. Und er wollte sich eben nicht beruhigen lassen«,

»Ja«, sagte Jacques. Er nickte,

»Ja, genau. Das ist es eben. Genauso geht es mir doch auch immer mit ihm«,

Eine Weile lang schwiegen sie beide. Dann stand Sina auf und zog ihre Shorts an.

Später kochte sie für alle Spaghetti. Schmorte Paprikaschoten, deckte den Tisch, Jacques fütterte das Kind mit kleingeschnittenen Nudeln. Dann lagen sie auf den Sofas herum. Der Fernseher lief, ohne Ton. Sie rauchten, tranken Bier, Jacques hatte eine CD aufgelegt: wieder Salsa, er sah zur Decke. War still jetzt, sagte dann plötzlich: »Ich liebe das Baby.«

Durch die Terrassentüren sah man die Nacht. Jacques stand auf. Ging zur Terrassentür, sah hinaus auf den Golfplatz. Konnte nichts sehen: Der Golfplatz war ausgelöscht von der Dunkelheit, Jacques sagte: »Ich liebe es wirklich, bloß weiß ich nicht genau, wie das geht. Ich weiß nicht, wie das eigentlich funktioniert, das mit der Liebe und allem«,

Sie wußte nichts zu antworten. Wußte nicht einmal, ob er tatsächlich zu ihr gesprochen hatte: oder zu seinem Spiegelbild, er blieb noch eine Weile da stehen. An der Terrassentür, die ihn spiegelte: ihn, Sina. Die Küchentheke, die brennende Deckenleuchte. Später übten sie Handstand auf dem Golfplatz, draußen im Dunklen.

Am nächsten Morgen fuhren sie ans Meer. Es war noch früh, die Sonne stand tief. Blendete in den Augen, der Strand war lang, beinahe leer. Riesige Stege wanderten über ihn hin. Waren unerreichbar: begannen meterhoch über ihren Köpfen, brachen weit draußen in der Leere über dem Wasser ab, ihr Holz war zu schwarzem Silber verwittert. Das Wasser hatte vielleicht achtzehn Grad.

War Jacques viel zu kalt, Sina ging allein schwimmen. Genoß die Gänsehaut, die über ihren Bauch, ihren Rükken rann wie eine Berührung, die Dünung war flach. Weiter draußen war das Wasser so still, daß sich der Schatten des Steges darauf kaum kräuselte. Schwimmend drehte sie sich auf den Rücken. Sah in den Himmel, dann zurück zum Strand: den eine Frau mit zwei Ziegen herunterkam.

Die Ziegen waren weiß. Sie hatten Stricke um den Hals, die Frau führte sie ins Wasser. Die Ziegen machten kleine Sätze: versuchten vielleicht zu fliehen oder an den flachen Wellen emporzuklettern, Sina hörte die Frau etwas rufen. Die Ziegen begannen zu schwimmen. Ruderten wild mit den Vorderbeinen, die Frau hielt sich an ihnen fest. Rubbelte ihnen das Fell mit den Händen, Sina konnte nun hören, was sie rief: *Nip! Tuck!* Die Namen der Ziegen, die Frau hob die Hand, um Sina zu grüßen.

»Good morning! Isn't it a lovely morning«,

Das Gesicht der Frau war dunkel. Ihr Haar war sehr hell, wie alt war sie? Um die fünfzig vielleicht, Sina sagte,

»Ich wußte gar nicht, daß Ziegen schwimmen.«

Die Frau lachte. Schwamm langsam auf Sina zu, sagte,

»Die meisten Tiere können das doch. Sie können es, wenn sie müssen, und Ziegen schwimmen sogar ganz gut. Es ist sehr gesund für sie, wir kommen jeden Morgen hierher«, ihre Augen waren sehr hell in dem dunklen Gesicht. Sie sagte, »Wo sind Sie denn her?«

»Deutschland«,sagte Sina. »Ich bin aus Deutschland.«

»Tatsächlich!« sagte die Frau. »Ich nämlich auch, gewissermaßen. Meine Familie kommt aus Deutschland. Mein Vater«,

Sie waren jetzt einander so nahe, daß Sina die Augen der Ziegen sehen konnte. Die Ziegenpupillen: schmale böse Höllenschlitze, die Frau sagte,

»Mein Vater ist in Hamburg geboren, kennen Sie Hamburg? Ich wollte immer mal hinfahren und es mir ansehen. Er ist in den Dreißigern ausgewandert, ich wollte mir immer mal ansehen, wo er herkommt«, sie streckte Sina die Hand hin. »Judith«, sagte sie. »Ich bin Judith, willkommen in Amerika«,

Sina ergriff die Hand. Trat Wasser. Suchte nach etwas, das sie hätte sagen können: zu einer Judith, deren Familie in den Dreißigern Deutschland verlassen hatte, schluckte Wasser im Versuch, den Ziegen nicht zu nahe zu kommen,

»Sie müssen keine Angst haben«, sagte Judith. »Ziegen sind nette Tiere, in Tobago veranstalten die Leute mit ihnen Rennen. Kennen Sie Tobago? Eine Insel in der Karibik, ich habe da mal eine Weile gewohnt. Danach habe ich mir diese Ziegen besorgt«,

»Sie sind wohl viel gereist«, sagte Sina. Um überhaupt irgend etwas zu sagen, Judith nickte.

»Ich habe mal auf einem Schiff gearbeitet, als Sängerin. Auf einem Kreuzfahrerschiff, dann bin ich ein paar Jahre in Brasilien hängengeblieben. Ich war auch mal in Europa. In Spanien, in Portugal, nur nach Deutschland bin ich nicht gekommen«,

»Es lohnt sich auch nicht«, sagte Sina. »Es lohnt sich nicht, nach Deutschland zu fahren«,

Judith lachte auf,

»Was lohnt sich denn schon. Von dem ganzen Kram,

den man macht in seinem Leben, mir geht es gar nicht mehr darum, ob sich etwas lohnt. Ich habe jetzt jedenfalls diese Ziegen«,

Sie schwammen langsam zum Strand zurück. Die Ziegen rochen nach nassem Pullover. Judith rubbelte sie mit einem Badetuch ab, sie sagte: »Wie lange bleiben Sie in Amerika?«

»Ich weiß nicht«, sagte Sina. »Sechs Wochen, ich weiß nicht«,

»Bleiben Sie bloß im Süden«, sagte Judith. »Wenn Sie noch ein bißchen herumreisen wollen, dann bleiben Sie hier unten, oben im Norden ist es zu kalt jetzt«,

Sie hatte keine Kleider dabei, keinen Bademantel. Schlang sich das nasse Ziegenhandtuch um die eigenen Schultern, lächelte Sina zu. Gab den Ziegen einen Klaps, ging mit ihnen davon, Sina sah ihr nach. Sah sie den Strand hinaufgehen, barfuß, weiter oben drehte Judith sich noch einmal um. Winkte Sina zu. Rief etwas,

Take good care of yourself,

War es das, was sie gesagt hatte? Sina war nicht ganz sicher. Erwog einen Moment lang, ihr nachzulaufen, sie zu fragen, ließ es dann aber bleiben, Jacques saß mit dem Kind im Sand. Türmte Sand über die Füße des Kindes, das brabbelte, quietschte: Und was mochte Judith wirklich gerufen haben? In dieser Nacht träumte Sina von ihrer Mutter.

Träumte den Kindertraum, zum erstenmal wieder seit langem, ihre Mutter stieg langsam eine Leiter herab. Stieg mitten durch die Decke in Sinas Kinderzimmer, ihr Gesicht war weich, traurig. Sie sah nicht aus wie die Frau auf den Fotos: Sie sah Sina ähnlich. Lächelte mit Sinas Mund: kam aber nicht an ihr Bett. Trat statt dessen an den Tisch. Faltete sorgsam die Kleider zusammen, die Sina unordentlich über die Stuhllehne geworfen hatte, Sina wollte aufspringen. Wollte die Decke abwerfen, in die Arme ihrer Mutter laufen, konnte sich aber nicht regen. Konnte sich überhaupt nicht bewegen, versuchte es mit aller Macht. Konnte nicht einmal rufen: quälte und quälte sich, bis sie schließlich erwachte. Im Morgengrauen, auf einem tränendurchweichten Kissen. Wie immer.

In der Küche machte Jacques Frühstück.

Machte jeden Morgen das Frühstück, briet Eier, buk Pfannkuchen bei Radiogedudel, das Kind robbte Sina entgegen, sobald sie die Küche betrat. Es krabbelte nicht. War fast ein Jahr alt, hätte doch sicher schon krabbeln sollen, sie würde sich darum kümmern müssen: Und was meinte sie damit? Wie lange hatte sie denn vor zu bleiben? Nach dem Frühstück fuhren sie immer an einen Strand. Lagen im Sand, sahen den Pelikanen zu, die über dem Wasser kreisten. Buken Sandkuchen mit dem Kind, kauften Austern in einer Raw Bar, einmal sahen sie weit draußen Delphine.

Einmal gingen sie in die Eisdiele neben dem Einkaufszentrum. Wo Maurice mit zusammengezogenen Brauen Strawberry Fudge in seinem Mund zerfließen ließ, Sina kauerte vor dem Buggy. Schob einen Finger in die Hand des Kindes: die ihren Finger umklammerte, entschlossen und eisklebrig, als sie gingen, hob Sina Maurice aus dem Buggy. Ließ sich den Hals mit Strawberry Fudge vollschmieren. Trug das Kind zum Auto zurück, spürte es schwer werden auf ihrem Arm: wußte, daß es jetzt einschlief, im Auto setzte sie sich in den Fond, hinter Jacques. Hielt das Kind auf dem Schoß, spürte ihren Arm feucht werden von dem Schweiß, der sich in seinem Nacken bildete. Als sie aufsah, begegnete sie im Rückspiegel Jacques'

Blick. Den er sofort wieder abwandte: eilig, als hätte sie ihn bei etwas ertappt.

Manchmal gingen sie abends in eine Kneipe. Saßen auf rohen Holzbänken, auf Plastikstühlen. Tranken Bier, Margaritas aus Pitchern, aßen Barbecued chicken wings oder Fried shrimps, das Kind zerbröselte Taco chips. Zermantschte Brot in dem Bier, das auf den Tisch geschwappt war, sein Gesicht eine Karikatur erwachsener Nachdenklichkeit,

»Ich glaube, er wird Wissenschaftler«,sagte Jacques. »Oder Forscher, oder Philosoph«,

Er nannte das Kind niemals Maurice. Nannte es immer das Baby, das Kind: als wäre es das einzige seiner Art,

»Warum eigentlich, Jacques? Warum nennst du ihn nie bei seinem Namen«,

Er sah an ihr vorbei. Hob die Schultern, verschränkte die Arme,

»Tue ich nicht? Was weiß ich, ist doch egal«,er sagte, »Komm, wir gehen. Schau mal, das Baby schläft schon.«

Manchmal fuhren sie tagsüber zu weit, um am Abend zurückzukehren. Übernachteten irgendwo an der Westküste in einem pastellfarbenen Billighotel, saßen auf Hockern vor der Zimmertür, die direkt auf den Parkplatz ging, die Nacht war kühl. Er holte ihr einen seiner Pullover: der schwach nach ihm roch, Zigarettenrauch, Sommerhaut, gegenüber blinkte eine Leuchtreklame an einem geschlossenen Take out, *Miller light*. Einmal hörten sie Stimmen, irgendwo weiter weg auf der verlassenen Straße. Dann wurde es wieder still. Weiter drüben rauschte das Meer,

»Soll ich dir was erzählen?«

So begannen seine Geschichten.

»Soll ich dir was erzählen von früher«,

Sie konnte seine Zigarette in der Dunkelheit aufglühen sehen. Das Kind schlief schon lange drinnen, auf dem großen Bett, sie wußte nicht, warum sie jetzt daran dachte. Sie sagte,

»Ja, Jacques, erzähl was«,

Er schwieg. Rauchte. Lauschte vielleicht der Geschichte in seinem Kopf: bevor er sie Sina erzählte, er sagte,

»Also.« Drückte die Zigarette aus, fixierte die Leuchtreklame gegenüber, »Was ich jetzt erzähle, das war in Miami. Ich kam von irgendwoher nach Hause. Es war ziemlich spät, vielleicht so gegen zwei. Ich war erst fünfzehn, aber ich konnte so ziemlich machen, was ich wollte, wir wohnten damals bei meinem Onkel im Haus, meine Mutter und ich. Aber der war nie da. Und meine Mutter bediente abends in einer Kneipe, ich mußte also sogar machen, was ich wollte. Niemand sonst wollte schließlich irgendwas von mir, jedenfalls, ich gehe durch den Vorgarten. Es ist stockdunkel. Nirgendwo brennt ein Licht, es ist also mal wieder niemand da. Ich gehe die Stufen zur Veranda rauf. Krame in der Tasche nach meinem Schlüssel, da höre ich, daß der Schaukelstuhl wippt. Krrk krk, krrk krk. Es ist keiner da, verstehst du? Aber der Schaukelstuhl wippt. Ich kann nichts sehen, dazu ist es zu dunkel. Ich kann mich kaum rühren, vor Schreck, da steht er aus dem Schaukelstuhl auf. Es ist ein Mann. Ein Riesenkerl, ich dreh mich um und will türmen, aber da hat er mich schon am Kragen. Hält mich am Kragen gepackt, hebt mich hoch, es ist mein Vater. Mein Alter, seine Stimme ist total freundlich. Er sagt zu mir: Ich könnte dich jetzt totmachen.«

Jacques hielt inne. Zündete eine neue Zigarette an,

blickte in die Dunkelheit: wo die Miller-Reklame aufflammte, erlosch, erneut aufflammte,

»Weiter«, sagte Sina. Jacques nickte. Sah durch die zugenagelten Fenster des Take out in die Vergangenheit, sagte,

»Meine Füße baumeln einen halben Meter über dem Boden. Mir klappern die Zähne, vor Schiß, der Alte schaut mir ins Gesicht. Er denkt richtig angestrengt nach. Er sagt: Weißt du, warum ich dich nicht totmache? Seine Stimme ist total glatt, wie frisch geölt. Er schüttelt mich so ein bißchen, wie eine Katze es mit einer Ratte macht. Dann sagt er: Weil ich gut bin. Er sagt: Ich mach dich nicht tot, weil ich gut bin.«

In der Dunkelheit rauschte das Meer sehr laut. Ein Auto fuhr langsam an ihnen vorbei: irgend etwas Hellblaues mit Chrom, das um die Kurve verschwand, Jacques rauchte, trank Bier. Sagte,

»Am nächsten Morgen habe ich dann mit den Messern angefangen. Ich hatte natürlich schon längst ein Messer. Aber ich konnte noch nicht jonglieren. Ich konnte noch nicht auf fünf Meter das Herz-As ins Herz treffen«,

»Und dein Vater?« sagte Sina. »Was hat dein Vater gemacht«,

In der Dunkelheit konnte sie sehen, wie Jacques die Schultern hob. Wie er die Arme verschränkte,

»Nichts, was weiß ich. Er hat mich wieder hingestellt. Ist die Stufen runter in den Garten, dann weg, in die Dunkelheit rein«, Jacques hustete. Kratzte sich am Arm, sah sie nicht an. Sah die Neonreklame an: in deren Licht die Vergangenheit aufflammte, wieder erlosch, er sagte: »Kurz danach hat er sich ja erschossen. Hat sich mit einer Schrotflinte in den Mund geschossen, er hatte recht, weißt du. Ich denke, er hatte recht mit dem, was er in der Nacht gesagt hat. Oder weißt du einen anderen Grund? Weißt du, warum man nicht jemanden umbringt«,

In dieser Nacht teilten sie zum erstenmal miteinander ein Bett. Nahmen das Kind in die Mitte, schliefen in ihren T-Shirts. Schliefen, ohne einander zu berühren: jeder auf seiner Seite, in dem riesigen Bett.

Die Rechnungen beglichen sie gemeinsam. Darauf bestand er: Er wollte nicht, daß Sina Geld für ihn ausgab, warum eigentlich nicht? Sie sparte schließlich Hotelkosten in Billy Todds Wohnung, wovon lebte Jacques überhaupt? Vielleicht vom Jonglieren. Vielleicht von kleineren Drogendeals, Gelegenheitskriminalität, manchmal telefonierte er, wenn Sina nicht im Zimmer war. Beendete das Gespräch, sobald sie wieder hereinkam, sie fragte ihn nichts. Einmal sagte sie zu ihm: Ich wollte Tänzerin werden, aber es hat nicht geklappt. Danach wollte ich überhaupt nichts mehr werden,

Sie gestand das zum ersten Mal. Er lachte auf, nickte. Sie hörte sich sagen: Ich habe mein Leben absichtlich verplempert. *I think I fucked up my life, on purpose,*

Die fremde Sprache neutralisierte die Bedeutung der Worte. Schuf Distanz zwischen Worten und Gefühlen, er akzeptierte, was sie sagte.

Akzeptierte es wie das Wetter. Oder wie eine Landschaft: die man interessiert betrachtet, ohne nach zusätzlicher Bedeutung zu forschen im offensichtlich Vorhandenen: ein Hügel, ein Wald. Oder ein See vielleicht. Sämigbraunes Wasser, Trauerweiden am Ufer, ihre silbrigen Finger angelnd nach Plastiktüten, Eispapierchen, ein nesselüberwucherter Pfad. Dann ein halbverfallenes Haus, konnte man es instandsetzen, reparieren? Wieder bewohnbar machen,

Kommt-ein-Mäus-chen-an-das-Häus-chen. Klingelinge-ling! Nock-nock-nock! Kei-ner-da?, Maurice gurrte, wenn ihre Finger seinen Arm hochwanderten, linkes Ohr rechtes Ohr Nase anstupsten.

Manchmal holte Jacques seine Messer hervor.

Holte seine Macheten aus dem Kofferraum des Chevy, jonglierte für die Eisesser in einem Strandlokal. Jonglierte mit Eiern für die Hungrigen, die auf einen freien Tisch warteten vor einem populären Restaurant, riß dabei Witze,

»Hol doch mal einer eine Pfanne aus der Kneipe! Dann backe ich schon mal ein Omelett«,

Zog sein T-Shirt aus, seine Schuhe. Jonglierte mit Äpfeln. Biß zwischendurch in einen der Äpfel. Aß den Apfel allmählich auf, während er immer weiter jonglierte, die Leute lachten, klatschten. Eine Fremde sagte zu Sina: »Übrigens, Ihr Kleid ist wunderschön.«

Sina war verblüfft. Kannte die Frau nicht, sah an ihrem Kleid herunter: das sie mit Jacques in Fort Lauderdale gekauft hatte, es war aus mehreren Lagen loser Gaze, sandfarben und blau. Jacques entzündete seine Fackeln, in der sich vertiefenden Dunkelheit. Er war ganz entspannt, dennoch konzentriert wie ein Brennglas,

»He is great!« sagte die Frau neben Sina. »Er ist wirklich phantastisch«,

Sina sah den Hunger in den Augen der Frau: *Jacques The Dark Stranger,* er ließ keinen Blick von den Flammen, die ihn gehorsam umstrudelten. Seine Füße schmiegten sich an die Erde. Standen genau dort, wo sie hingehörten: wie Steine oder Wurzeln, er war mager. War kräftig und sonnenverbrannt, wie Sina selbst. Wie ihre Arme und Beine, ihr eigener Körper: den sie fühlte unter dem Kleid, aus der Kneipe drang Musik durch die Nacht, ein stetiger harter Beat. Sina streifte die Schuhe ab. Fühlte die warme Rauheit des Asphalts unter den Füßen. Fühlte das Kind: sein Gewicht auf ihrer Hüfte, das Kind roch nach Salz. Sina flüsterte: »Schau nur. Dein Vater«,

Die Finger des Kindes krallten sich in ihr Haar. Das lang war, ungekämmt, verklebt von Meerwasser, Sina bückte sich, hob einen Schuh auf. Jacques löschte jetzt seine letzte Fackel. Löschte sie in seinem Mund, den Kopf in den Nacken geworfen, Sina schritt die Schlange der Wartenden ab. Sah Münzen auf Scheine, Scheine auf die Münzen in ihrem Schuh fallen, hinterher im Auto lachte Jacques laut heraus.

»Wunderbar!« Wischte sich schweißfeuchte Haarsträhnen aus den Augen. Rief, »Wir sind ein Team! Von heute an sind wir ein echtes Team, du warst wunderbar! Du, mit deinem Schuh in der Hand«,

Sie lachten beide. Hüpften auf ihren Sitzen herum, schlugen einander auf die Schenkel im Überschwang: als wäre ihnen etwas Grandioses passiert,

»Und den anderen Schuh habe ich vergessen«, sagte Sina. »Ich habe ihn liegenlassen, vor der Kneipe.«

Jacques heulte auf vor Vergnügen.

»Und jetzt kommt der Prinz! Der nächstbeste Prinz, eigentlich wollte er nur Boiled crab legs essen. Und nun steht er da, mit dem Schuh in der Hand. Nun muß er die ganze Gegend durchkämmen, auf der Suche nach deinem schuhlosen Fuß, was bleibt ihm sonst übrig? Das ist sein Job! Aber er wird dich nicht finden, Prinzessin. Er hat sein Leben verpfuscht! Vertan, ruiniert, gleich morgen kaufe ich Schuhe für dich. Die schönsten Schuhe, die es gibt, diesseits des Mississippi«,

Am nächsten Tag kehrte der Hausherr zurück.

»Sina, das ist Billy Todd.«

Seine Koffer blockierten die Haustür. Vor der Sina stand mit ihren Einkäufen auf dem Arm,

»Billy, das ist Sina. Eine Freundin von mir, ich habe sie mitgebracht, ich hoffe, das ist in Ordnung«,

Billy Todd streckte Sina die Hand hin. Nahm ihr mit einer Hand die braunen Papiertüten ab: damit sie die andere schütteln konnte, er war blond, groß. Typ amerikanischer Footballspieler, er kippte die Einkäufe in den Kühlschrank, achtlos. Lud sie dann alle zum Abendessen nach Fort Lauderdale ein, Billy Todd bestellte Steak. Bestellte Wein, Backkartoffeln, Sina war ein bißchen betrunken. War neugierig darauf, was nun geschehen würde, sie mußten natürlich ausziehen aus Billy Todds Wohnung: Aber Jacques hatte keine feste Bleibe. Hatte das vorhin zu ihr gesagt,

Wir könnten vielleicht zu Freunden von mir. Zu irgendwelchen Leuten, ich kenne eine Menge Leute,

Er hatte ihr nicht ins Gesicht gesehen dabei. Billy Todd sprach jetzt von Vermont. Bestellte für alle Kaffee, sprach von seiner Familie. Sagte dann,

»Ach übrigens, Jacques. Ich habe da ein kleines Problem«,

Wenn er den Arm über den Tisch ausstreckte, um nach der Weinflasche zu greifen, dem Zucker, traten seine Muskeln hervor. Wenn er kaute, sah man die Bewegungen seiner Kiefermuskeln bis hoch zur Schläfe,

»Also«, sagte Billy Todd. »Ich habe da nämlich dieses Wohnmobil, Jacques. Ich habe es erst vor ein paar Monaten gekauft, aber ehrlich, ich habe keine Ahnung, warum. Was ich mir eigentlich dabei gedacht habe, es ist ein Riesending! Ich brauche es überhaupt nicht, jetzt will Henry es mir abkaufen. Mein Bruder, er will es irgendwo hinstellen, an einen See, wo er angeln geht, ich bin verdammt erleichtert, das kann ich dir sagen. Es müßte allerdings hochgebracht werden. Rauf nach Vermont, jemand müßte es rauffahren, Henry und ich, wir kommen im Moment nicht dazu. Ich habe mir gedacht, das wäre doch was für dich, Jacques. Was hältst du davon? Du würdest mir einen Riesengefallen tun. Ich brauche jemanden, dem ich vertrauen kann. Natürlich machst du das nicht umsonst. Ich zahle dir dreihundert Hühner, ich übernehme alle Spesen, also, was meinst du dazu?«

Jacques wischte sich mit dem Arm das Haar aus der Stirn. Sah an Sina vorbei, sagte,

»Dreihundert, Billy? Ich weiß nicht so recht.« Sagte: »Dreihundert, ich weiß nicht, ob das reicht, so ein Riesending ist ja langsam wie eine Schnecke. Da ist man ja eine Ewigkeit unterwegs«,

Billy Todd winkte ab.

»Fünf«, sagte er. »Dann eben fünfhundert, von mir aus, ich brauche schließlich einen, dem ich vertraue. Fünfhundert, das ist doch okay? Die Hälfte kriegst du von mir, wenn du losfährst. Den Rest oben in Vermont von meinem Bruder«,

Jacques nickte. Rührte in seinem Kaffee, deutete dann mit dem Kinn auf Sina,

»Und sie? Was ist mit ihr und dem Baby, kann ich sie mitnehmen«,

Billy Todd zögerte, einen winzigen Augenblick lang. Dann sagte er,

»Klar.« Lachte, legte Jacques die Hand auf die Schulter. Drückte seine Schulter, sagte, »Natürlich! Nimm sie ruhig mit. Es wäre doch eine ganz tolle Tour, gerade für deine Freundin«,

»Das stimmt«, sagte Jacques.

Er sah Sina nicht an. Billy Todd sah sie nicht an, sie sprachen über sie wie über eine Abwesende.

»Aber er hat es uns doch erklärt, Sina. Er hat doch gesagt, daß er einfach keine Zeit dazu hat, das Auto selbst nach Vermont zu schaffen, ich verstehe dich nicht. Ich verstehe nicht, warum du so mißtrauisch bist«,

Es war der Morgen nach Billy Todds Rückkehr. Billy war schon zur Arbeit gegangen, Sina hatte das Kind auf dem Arm. Ging mit ihm im Zimmer umher, das Kind war unruhig. Oder Sina war es, die unruhig war, ihre Nervosität auf das Kind übertrug, Jacques saß noch am Frühstückstisch. Hatte Sinas USA-Karte vor sich ausgebreitet, sagte,

»Ich verstehe nicht, daß du dir nicht Amerika ansehen willst. Florida, Georgia, die Carolinas, Virginia, Maryland, Pennsylvania, New York, Vermont! Und von mir aus auch noch New Jersey. Und Connecticut, Massachusetts von mir aus, wir könnten auf der Interstate 95 bleiben. Wir können auch die US-1 nehmen, direkt an der Küste hoch, klar, Billy will natürlich, daß wir uns beeilen. Aber ich hab ihm schon gesagt, in ein paar Tagen ist so ein Trip nicht zu machen. Nicht mit diesem Riesending«,

Das auf dem Parkplatz vor dem Haus stand. Schon die ganze Zeit lang stand es dort, das hatte Billy Todd behauptet: Aber wieso hatten sie es dann niemals bemerkt? Immerhin war es an die acht Meter lang. Verfügte über Küche und Bad, Sitzgruppe, Doppelbett, woher hatte Billy Todd überhaupt soviel Geld?

Oder vielleicht war das das Problem. Vielleicht kam ihn der Wagen zu teuer, und er mußte ihn deswegen an seinen Bruder verkaufen: Aber das konnte doch Sina egal sein, Jacques knetete einen Brotrest zu einem Ball. Sagte:

»Ich hab überhaupt nur wegen dir zugesagt, Sina! Nur weil ich mir gedacht habe, du bist sicher begeistert«,

Und war es nicht wirklich genau das, was sie hatte tun wollen? *Handbuch USA. Die Ostküste*: damit hatte das Ganze angefangen, Jacques folgte Sina mit den Augen. Sagte: »Bitte, Sina.«

Sagte: »Also ohne dich fahre ich auch nicht, Sina. Jetzt komm schon. Entscheide dich«,

Aber im Grunde hatte sie sich schon entschieden. Oder hatte die Entscheidung akzeptiert: die für sie getroffen worden war, sie würde natürlich mitfahren.

Etwas war allerdings noch zu tun. Etwas mußte noch ausgeschlossen werden, Sina ging in ihr Zimmer und packte. Räumte Kleider in die Schränke des Wohnmobils, Waschsachen ins Bad, dann gingen sie in den Supermarkt. Füllten den Kühlschrank, die Wasserkanister, als Billy Todd am Abend zurückkehrte, war alles fertig. Er war erleichtert. Zückte ein von einer Klammer zusammengehaltenes Bündel Geldscheine,

»Erste Rate und Spesenvorschuß«,

Jacques zwinkerte Sina über Billys Kopf hinweg zu. Sina sah weg. Wollte nicht wissen, wieviel Geld Billy Jacques gab, sie gingen früh schlafen: in Sinas Bett, das Kind zwischen sich. Noch vor Sonnenaufgang schlich sich Sina aus dem Haus.

Nahm im Vorbeigehen Jacques' Autoschlüssel vom Tisch, ging über den dunklen Parkplatz. Fuhr aus Coral Springs hinaus, dann auf die Interstate 95 in nördlicher Richtung. Als sie den Strand erreichte, war der Himmel über der See perlgrau. Sie parkte den Wagen, ging hinunter zum Wasser. Setzte sich in den Sand, der kalt war, morgenfeucht, sah den Möwen auf den absurden Holzstegen zu, langsam stieg die Sonne höher. Es wurde warm. Sie wartete bis gegen zwölf: auf Judith, die Frau mit den Ziegen, sie hatte doch gesagt, sie ginge hier jeden Morgen zum Schwimmen! Aber heute war sie nicht gekommen, und was wollte Sina überhaupt von ihr? Eine Auskunft vielleicht. Eine Einladung womöglich, ein Angebot: Sinas Führerin zu sein in Amerika, Sina wußte es nicht. Fuhr schließlich wieder zurück, Jacques rannte ihr über den Parkplatz entgegen. War außer sich,

»Verdammt noch mal, Sina, wo bist du gewesen! Ich habe gedacht, du bist abgehauen. Ich habe gedacht, du bist mit meinem Wagen getürmt«,

Sie gab ihm seine Autoschlüssel zurück. Entschuldigte sich: erklärte aber nichts, sie machte sich ein Sandwich, während er Billy Todd anrief, um ihm zu sagen, daß sie jetzt losfahren würden. Sie benutzte die Küche des Wohnmobils zum ersten Mal. War plötzlich aufgeregt. War so etwas wie glücklich: erwartungsfroh, Jacques kletterte auf den Fahrersitz. Ließ den Wagen an, sie sagte,

»Ich freue mich, Jacques. Ich freue mich so, daß du mir jetzt Amerika zeigst«,

Sein Gesicht hellte sich sofort auf.

Sie hielt das Kind auf dem Schoß, als sie Coral Springs verließen. Kaute ihr Sandwich: Smoked Turkey, Hellman's Mayonnaise, sie fuhren auf die Interstate 95. Fuhren nach Norden: dieselbe Strecke, die Sina heute morgen allein gefahren war, aber jetzt in der Mittagshitze schimmerte der Asphalt, als wäre er naß. Sina kurbelte das Fenster herunter, trotz der Air condition. Schaltete dann das Radio an, suchte einen Salsasender: *Mi destino, mi suerte*, Jacques begann mitzusingen. Sang von Liebe und Schmerz, von Schicksal, Verrat, Sina ließ den Kopf gegen die Kopfstütze zurücksinken. Schloß für einen Moment die Augen, um ihre Freude intensiver zu spüren, ließ ihre Zehen im Takt mitwippen, diesmal wurden sie nicht in Billy Todds Wohnung zurückkehren. Würden weiterfahren und weiter, mitten hinein in den Horizont. In das verschwommene Blau dahinter: wo sich die schnurgerade Straße verlor.

VII

Die Operation war gut verlaufen. Das Foltergestell war nicht mehr da. Der Kopfverband war nicht mehr da, nun konnte er sehen, wo man sie genäht hatte. Die Narbe war rotblau. Die Haut um die Narbe war weiß, mit schwarzen Haarstoppeln, ihr Fuß war viel zu klein in seinem Verband: wie die eingebundenen Füße chinesischer Frauen, er wollte das nicht denken. Dachte es jedesmal, wenn er ihren Fuß sah, sie sollte mit ihrem Gehgestell laufen. Wollte nicht. Wollte ihre Armmuskeln nicht trainieren: deren Kraft sie für die Krücken brauchte, sie wollte überhaupt nicht aufstehen. Weinte, wenn er sie beschwor: Willst du denn nicht leben? Willst du nicht gesund werden,

Weinte, Nein! Nein, es ist mir egal, ich kann nicht, ich will nicht,

Er sagte, Aber ich. Ich will es, ich verlange es von dir,

Sie gab nach, aus reiner Erschöpfung. War ihm nicht gewachsen: seinen Bitten, versteckten Drohungen, wenn er sie hielt, spürte er ihre Rippen unter seinen Händen. Ihre Hüftknochen standen hervor, ihre Ellenbogengelenke. Schon nach ein paar Schritten war sie vollkommen erschöpft. War fast verrückt vor Schmerzen, wollte nie wieder aufstehen, er sagte, Du mußt durchhalten! Du mußt weitermachen, was glaubst du, wofür ich das alles tue? Warum ich noch hier bin, jeden Tag herkomme,

Aber das wußte er ja selbst nicht. Er war todmüde. Hatte keine Lust mehr, haderte mit sich: Konnte er noch immer nicht abreisen? Er war seit über zwei Wochen hier. War Ewigkeiten nicht mehr in seinem Büro gewesen, mußte sich allmählich auf seine Verpflichtungen besinnen, sie freute sich jedesmal, wenn er kam. Fragte ihn, wenn er ging: Wann kommst du wieder, Robert? Kommst du morgen wieder, Robert,

Sie wußte nun seinen Namen. Sprach seinen Namen aus: verriet aber nicht den ihren, er sagte zu ihr,

»Du sprichst deutsch. Du bist offensichtlich keine Amerikanerin, kannst du dich nicht daran erinnern, wann du hier hergekommen bist und warum«,

Sie saß in ihrem Bett. Die Schatten unter ihren Augen waren pflaumendunkel. Ihre Lippen waren wund: zerbissen, sie war heute zum erstenmal auf Krücken durchs Zimmer gelaufen. Sie gab ihm keine Antwort. Sagte nach einer Weile,

»Und du? Warum bist du hier. Warum tust du das alles für mich, hast du denn kein eigenes Leben«,

Aber darum ging es doch jetzt nicht: um sein Leben, er sagte,

»Ich will mein Leben jedenfalls behalten. Ich würde darum kämpfen. Ich würde mein Leben nicht aufgeben, niemals«,

Er wußte nicht, ob er log oder nicht. Sie sah die Wand hinter ihm an. Schien ernsthaft über seine Worte nachzudenken, sagte dann,

»Ich habe nie ein Leben gehabt. Dann habe ich es einmal probiert. Und dies hier ist das Ergebnis. Dies hier«,

Sie konnte also über ihr Leben reden. Konnte sich sehr wohl erinnern, sogar philosophisch werden, wollte ihm nur nichts verraten, der Ärger, der in ihm aufstieg, war beinahe angenehm. Sie sagte,

»Ich wünschte, ich wäre tot.«

Das brachte sie fertig: sich den Tod zu wünschen, während er neben ihr saß und sich um ihr Leben bemühte, es war alles vollkommen sinnlos. Er vergeudete seine Zeit.

In der Nacht lag er wach und überlegte, ob er ein eigenes Leben hatte.

Am Morgen rief er Bogner an. Ließ sich Bericht erstatten: über das Büro und Lagergebäude für den Großhändler der Bürotechnikbranche, alles ging glatt.

Auch ohne Robert: der sich selbst überflüssig machte, er mußte verrückt sein. War schließlich kein junger Mann mehr, riskierte aber seine Existenz, ohne auch nur zu wissen, wofür, die Eisprinzessin versuchte nicht, ihn zurückzuhalten.

Er stand an ihrem Bett, sein Flug war für den nächsten Morgen gebucht. Er hatte seinen Mantel nicht abgelegt: mußte noch eine Menge erledigen, packen, Gabriels Auto irgendwo unterstellen, sie murmelte,

»Ja, natürlich, es ist ja klar.«

Sagte ohne Ironie oder Vorwurf: »Du hast auch wirklich genug für mich getan, Robert«,

Rechtfertigte ihn also, er konnte es nicht erwarten, endlich hier wegzukommen. In der Tür wandte er sich noch einmal um. Sie hatte das Gesicht zur Wand gedreht.

Im Flugzeug bestellte er Whisky Soda. Bestellte zum Essen Rotwein, sein Nachbar kommentierte das Hähnchenfilet. Stellte sich vor: irgendein schwäbischer Name, den Robert sofort wieder vergaß, der Mann importierte Ledergürtel, Westernhüte, Armeejacken nach Europa. Kommentierte später den amerikanischen Wirtschaftsaufschwung, die Spielergebnisse der Stuttgarter Kickers. Die überfällige Reform des deutschen Sozialsystems, wer kaufte denn bloß noch Westernhüte, in Deutschland? Robert fragte ihn nicht danach. Genoß es, über Dinge zu reden, die ihn nicht persönlich betrafen: Männersprache, die ohne Intimitäten auskam, später las er Zeitung.

Las jede Zeile, genußvoll, der Kanzler vertrat in China deutsche Wirtschaftsinteressen. Der DAX-Index hatte leicht angezogen. Die deutsche Literaturszene wartete weiterhin auf den wirklich großen, den finalen Berlinroman. Es gab ein Land namens Inguschetien. Über das auf einmal mit so lässiger Selbstverständlichkeit berichtet wurde, als hätte jeder einigermaßen weltläufige Journalist dort seit Jahren ein Ferienhaus, ein paar Wissenschaftler waren der Weltformel auf der Spur. Würde sich die Welt samt aller ungeschriebenen Romane, aller korrupten EU-Kommissare und des Landes Inguschetien auflösen, sobald man ihrer Beschaffenheit auf die Schliche gekommen war? Mit einem leisen, erschrockenen *Puff* vielleicht, die Bilder von den Opfern einer Erdbebenkatastrophe in Asien überblätterte Robert eilig. Später versuchte er zu schlafen, unter der dünnen Wolldecke.

Natalies Trenchcoat hing am Garderobenständer. Sie wohnte also immer noch hier, er ging in sein Arbeitszimmer. Der Ficus in der Ecke war kahl, ein Baum im Winter: Es war aber bereits Anfang April, er öffnete Post. Rechnungen. Werbung. Eine Urlaubskarte: Mallorca im Frühling, er erinnerte sich an etwas: *April, the cruellest month.* T.S. Eliot. Julias Kassette, was genau war nun grausam am Frühling? Er wußte es nicht mehr. Nahm ein Bad, schlief dann bis in den späten Nachmittag, als er aufstand, war Natalie noch immer nicht da. Er ging ins Büro. Besah Pläne, Entwürfe. Ließ sich von Bogner Bericht erstatten. Der sagte,

»Also ich persönlich gehe ja gar nicht in Krankenhäuser. Nicht, wenn es sich irgendwie vermeiden läßt, ich fin-

de die Atmosphäre so bedrückend. Ich weiß wirklich nicht, wozu man sich so etwas antun muß«,

Robert mußte an sich halten, um ihm nicht ins Gesicht zu schlagen.

Später blätterte er in seinem Adreßbuch. Rief Claudia an: die er von früher kannte, sie freute sich über seinen Anruf. Ging mit ihm essen: japanisch, danach in eine Bar, er trank Whisky. Sie nippte an ihrem Cocktail, der Pianospieler klimperte pflichtbewußt Casablanca: *As Time goes by*, Robert war nicht Bogart. Sah Claudia aber dennoch in die Augen, während sie von ihrem Job erzählte, sie war Sekretärin. War glücklich in ihrem Job: wirklich die rechte Hand des Chefs, sie sagte das mehrmals. Robert war sehr betrunken. Stellte ihn sich vor, diesen Chef: Armanianzug, Platinkreditkartenfresse. Statt einer eigenen rechten Hand eine Miniatur-Claudia, deren modisch dicksohlige Stiefeletten direkt aus seinem Handgelenk wuchsen, Claudia hing mit dem Kopf nach unten. Schleppte das Attachéköfferchen ihres Chefs, ihre Händchen ruderten emsig erst auf seinem Schreibtisch, nachher auf dem Klo in seiner Hose herum, später auf Claudias Sofa trank Robert immer noch weiter. Das Sofa stand noch an genau derselben Stelle wie früher, Robert fand das beruhigend. Noch später lag er auf dem Teppich, nackt, sie ritt auf ihm. Ersparte ihm die Mühen der Masturbation, er sah ihre Brüste wippen, warum tat es ihr nicht weh? Dieses Hochfliegen, ruckartige Herabsakken weichen Fleisches, vorsichtshalber fing er es mit den Händen ab. Sie trabte schneller. Wimmerte, keuchte. Galopierte dann: nach San Diego vielleicht oder nach Tipperary, sie kam kurz vor ihm an. Also war wenigstens das in Ordnung gegangen.

Dann war Natalie wieder da. Saß rauchend am Küchentisch, als er aus dem Büro kam, sein Herz begann den gewohnten stolprigen Sprint. Sie sagte,

»Schimpf nicht, ich haue ja sofort ab, wenn du willst. Ich werde schon irgendwo unterkommen, meine Wohnung ist eben noch immer nicht frei. Die Untermieterin hat noch nichts Neues gefunden, ich kann sie doch nicht einfach so auf die Straße setzen«,

Er winkte ab. Sagte: »Du störst mich nicht, bleib ruhig noch hier.«

Ging in sein Arbeitszimmer, sie kam ihm nach. Stand mitten im Raum, sagte: »Willst du denn gar nichts wissen? Erzählst du mir gar nichts, willst du mir nicht sagen, was in Amerika passiert ist«,

»Es gibt nichts zu erzählen«, sagte er.

Einen Moment lang stand sie noch da, dann knallte die Arbeitszimmertür hinter ihr zu. Wenig später knallte die Wohnungstür. Robert saß auf dem Sofa, das Gesicht in den Händen. Heulte.

Bogner aquirierte ein neues Projekt. Umbau einer alten Fabrikhalle, für eine Model-Agentur, er hatte alles ganz allein in die Wege geleitet: während Robert in Amerika gewesen war, Robert saß im Büro.

Saß hier seit Tagen, Jahren. Dekaden. Saß immer auf demselben Stuhl, wenn er in seinem Büro war, stand auf. Er würde einen neuen Stuhl kaufen. Ging hinunter auf die Straße, er würde das Büro renovieren oder überhaupt umziehen, irgendwo aß er einen Hamburger, der nicht schmeckte. Später überwies er zweihundert Mark auf das Spendenkonto für die Opfer des Erdbebens. Las dann Zeitung, während er einen Kaffee trank, der DAX war gefallen. Der Kanzler war aus China zurück, eine Kinderkrippe in Augsburg war asbestverseucht, abends aß er mit Gabriel thailändisch. Trank. Sagte irgendwann spätnachts,

»Ich hoffe, sie kommt zurecht ohne mich. Was soll ich denn machen? Ich kann nicht ewig in Amerika bleiben. Ich werde schließlich im Büro gebraucht. Ich muß mich um mein eigenes Leben kümmern«,

Fand es unerträglich albern, was er da daherredete. Redete trotzdem weiter, Gabriel sagte: »Ich denke, keiner hat was davon, wenn du dein Büro kaputtgehen läßt, Robby. Du hast getan, was du konntest. Du hast wirklich mehr als genug getan«,

Bestätigte also die Worte der Eisprinzessin: *Du hast wirklich genug getan für mich, Robert,* Robert war wütend auf Gabriel.

Stand später auf der Straße. Hatte keine Lust, nach Hause zu gehen: in seine Wohnung, vielleicht würde er Natalie die Wohnung überlassen. Würde sich ein kleines Apartment suchen, sollte er sich ein neues Auto kaufen? Was brauchte man für ein eigenes Leben? Für ein richtiges Leben: das einen Kampf wert war, was waren die Zutaten? Beruf, Familie, gesellschaftliches Engagement? Kind zeugen Wolkenkratzer bauen Zwölfzylinder fahren, er hatte jedenfalls keine Lust, nach Amerika zurückzufliegen.

Haßte das Krankenhaus. Ertrug sie nicht mehr: die Selbstbezogenheit, den Egoismus des Schmerzes, sie hatte sich den Tod gewünscht, während er neben ihr saß. Während er sich um sie bemühte, er hatte sein Bestes getan! Ohne ihn wäre sie schon viel früher gestorben.

Wäre in der Nacht im Schnee gestorben. Wäre einfach eingeschlafen im Schnee, man hätte ihr nicht die Zehen amputiert. Man hätte sie nicht operiert und wieder operiert, sie hätte all diese Schmerzen nie zu erdulden gehabt: wenn Robert Brauer sie nicht gerettet hätte.

»Mr. Brauer? Großartig, daß Sie anrufen, es gibt nämlich ein Problem. Nein, nein, es geht ihr ganz gut, den Umständen entsprechend, sie kann inzwischen einigermaßen mit den Krücken umgehen, aber sehen Sie, genau das ist es: Sie könnte eigentlich in ein paar Tagen entlassen werden. Nur, wohin mit ihr? Wenn sie nicht weiß, wer sie ist, wo sie wohnt. Wenn sie niemanden hat außer Ihnen, Mr. Brauer«,

Robert saß im dunklen Büro. In der einsamen Lichtpfütze vor ihm auf dem Schreibtisch schwamm das Adreßbuch: *Dr. Matthai.* Der sagte,

»Natürlich könnten wir sie unter Umständen noch eine Weile behalten. Man müßte sehen, was sich da machen läßt, aber auch damit schieben wir das Problem nur vor uns her«,

»Vielleicht könnte man sie herholen«, sagte Robert. »Nach Deutschland, in ein deutsches Krankenhaus. Nach München. Wo ich mich besser um sie kümmern könnte«,

Dr. Mathai schwieg eine Weile. Sagte dann: »Ich muß leider abraten, aus ärztlicher Sicht. Wenigstens sollten ihre Wunden verheilt sein, bevor man sie einem so langen Flug aussetzt. Sie sollte weitestgehend schmerzfrei sein, und das ist kaum vor Anfang Mai anzunehmen. Außerdem wäre es gut, wenn vorher ihre Erinnerung zurückgekehrt wäre. Glauben Sie mir, Mr. Brauer, das ist lediglich eine Frage der Zeit! Eine Frage von ein paar Wochen, und danach könnte sie selbst entscheiden, wo sie hingehen will. Aber was machen wir so lange«,

Die Leitung summte vor Schweigen. Etwas raschelte: als blätterte Dr. Mathai in irgendwelchen Papieren, Robert schlug die Beine übereinander.

Hob einen Kugelschreiber auf, legte ihn wieder hin, Aprilschauer prasselten gegen die dunklen Scheiben. Er hörte sich sagen,

»Gut. Also gut, ein Freund von mir hat ein Haus auf Cape Cod. Vielleicht können wir dort hingehen.«

Zu seinem großen Erstaunen war er erleichtert.

Die Schlüssel zum Haus auf dem Cape hatte er noch. Es genügte, mit Gabriel zu telefonieren, Bogner schien erleichtert, ihn wieder loszusein. Für Natalie hinterließ er den üblichen Zettel: *Bin auf dem Cape*, sein Fortgehen wurde mit jedem Mal einfacher. Im Taxi zum Flughafen fiel ihm ein Song ein: *Just hop on the bus, Gus, Just drop off the key, Lee, And set yourself free,* aber das war nur Rockromantik: Das Eis unter Robert war längst geborsten.

Er kauerte auf einer dünnen, unsicheren Scholle. Trieb dahin über das Meer ohne Strand. Trieb ziellos dahin unter dem vollkommen leeren Himmel, allein bis auf sie. Bis auf die Eisprinzessin: die in seinem Arm hing, die keuchend und fluchend zu stehen versuchte auf ihrem zerschlagenen Bein, ihrem verstümmelten Fuß.

Ihr Gesicht verzerrte sich, als er es ihr sagte. Als er von Gabriels Haus sprach, sie hatte aufrecht im Bett gesessen, als er hereingekommen war. Hatte ihm entgegengelächelt, jetzt zogen sich ihre Lippen noch weiter von den Zähnen zurück: Aber dies war kein Lächeln, eher ein Krampf, er erschrak. Sagte rasch,

»Es war nur ein Vorschlag. Wir müssen nicht in das Haus fahren. Wir können auch woanders hin, es war nur eine Idee«,

Sie schien ihn nicht gehört zu haben. Sagte,

»Das Haus eines Freundes, um das du dich kümmerst.«

Schloß die Augen einen Moment. Öffnete sie wieder, sagte: »Ist er ein netter Typ, dein Freund? Ist er total korrekt?«

»Ja«, sagte Robert.

War verwirrt, dachte an Gabriel. Sagte: »Er ist Amerikaner. Er lebt in München. Ich kenne ihn schon sehr lange«,

Sie winkte ab. Wollte nichts hören über Gabriel Phillips, und warum begann sie nun schon wieder zu weinen? Aber sie weinte gar nicht. Lachte vielmehr auf: wie über eine Ungeheuerlichkeit. Sagte: »Aber klar komme ich mit. In das Haus deines Freundes«,

Brach dann doch noch in Tränen aus, was redete sie überhaupt? Es gab Momente, da zweifelte er ernstlich an ihrem Verstand.

Zweifelte an seinem eigenen: weil er sich in eine Lage wie diese hineinmanövriert hatte, allmählich beruhigte sie sich wieder. Sah ihm in die Augen, sagte: »Du mußt das nicht tun. Ich habe dir schon einmal gesagt, du hast wirklich genug für mich getan«,

Er wußte nicht, was er antworten sollte. Ging mögliche Sätze durch: Ich tue es gern. Es macht mir nichts aus. Es ist meine Pflicht, ist mir ein Vergnügen, was bleibt mir denn anderes übrig, verdammt! Sie sagte: »Ich bin Sina Fischer.«

Als ob es gar nichts wäre. Als ob sie etwas bestätigt hätte, was er längst wußte, sie sah ihm voll ins Gesicht. Sagte: »Schau mich nicht so an, so heiße ich eben. Sina Fischer. Sina Beatrice Fischer, aus München, du weißt schon. Die ohne Zehen. Die Verstümmelte«,

Sie kam aus derselben Stadt wie er. Er hätte ihr schon viel früher begegnen können. War ihr womöglich längst einmal begegnet: in einem Café an der Leopoldstraße, in einer Jazzkneipe, es war unglaublich. Sie sagte: »Sina Fischer, Robert Brauer. Heute fisch ich, morgen brau ich. Übermorgen hol ich der Königin ihr Kind.«

Er saß auf seinem Bett, in seinem Hotelzimmer. Hatte den Telefonhörer in der Hand, erwog, Gabriel Phillips anzurufen: Gabriel konnte vielleicht etwas herausfinden. Konnte in Telefonbüchern blättern: Band 1, A-K, wie viele Fischers gab es wohl in München? Man würde sie alle anrufen müssen, vielleicht konnte man Eltern ausfindig machen, einen Ehemann.

Oder sie stand selber im Telefonbuch: Sina Beatrice Fischer, Gabriel konnte ihre Nummer wählen. In ihrer leeren Wohnung würde sich der Anrufbeantworter einschalten. Würde den Raum mit ihrer körperlosen Stimme füllen, *Dies ist der Anschluß von Sina Fischer. Leider kann ich Ihren Anruf im Moment nicht entgegennehmen,* dann der Pfeifton. Das Knacken der Maschine, die sich abschaltete, dann Stille.

In einem Zimmer voll toter Möbel, aber vielleicht war auch die Straße eingetragen, in der sie wohnte. Dann konnte Gabriel ihren Vermieter kontaktieren, erwartete sie womöglich genau dies von Robert?

Hatte sie ihm deshalb ihren Namen, ihre Heimatstadt verraten: damit er ihre Vergangenheit für sie aufdeckte? Damit er an ihr Bett trat und sagte, Ich weiß, wer du bist. Ich weiß, wo du arbeitest, wer dein Vater ist, ich habe mit deinem Mann gesprochen,

Aber er wußte, das war es nicht, was sie von ihm wollte. Und was, wenn bei Gabriels Suche etwas Furchtbares ans Licht kam? Wenn sie ihm ihre Vergangenheit aus nur allzu guten Gründen verschwieg: Aber das war natürlich Unsinn. War Kolportage, billiger Krimi, jedenfalls würde ihr Mann nach Vermont kommen. Oder ihre Mutter, ihre beste Freundin, irgend jemand würde Robert ablösen.

Robert würde wieder völlig frei sein. Würde sofort zurück nach München fliegen können. Würde endgültig zurückkehren: in sein Büro, in seine Wohnung. In seine leere Wohnung: oder zu Natalie womöglich, wie konnte er denn nur ernsthaft erwägen, Gabriel Phillips anzurufen?

Ihm eine dermaßen aufwendige Suche zuzumuten, Gabriel Phillips war schließlich ein vielbeschäftigter Mann. Es wäre schlicht unverschämt gewesen, Gabriel jetzt auch noch mit Detektivarbeiten zu belästigen, Robert legte den Hörer auf.

Sie brauchte Kleider. Brauchte Nachthemden, einen Bademantel, was noch? Sie wußte es nicht. Er ging in ein Warenhaus. Versuchte sich daran zu erinnern, was Natalie für gewöhnlich zu Hause trug oder Julia, er suchte einen Bademantel aus, sonnengelb. Kaufte ein paar weiße T-Shirts, zwei Jogginganzüge. Größe 38: daran hatte sie sich erinnert, die Verkäuferin sah in einer Liste nach, um die entsprechenden amerikanischen Größen zu finden. Er brauchte Wäsche für sie. Slips, Socken. Womöglich BHs: aber dem fühlte er sich nicht gewachsen, er kaufte eine Haarbürste. Eine Zahnbürste, Zahncreme, glaubte alles Notwendige besorgt zu haben, da sah er das Kleid. Ein weißes Kleid, seidig und lose, ein Schleier blaugrauer Gaze war wie ein zweites Kleid darübergenäht. Er nahm es mit.

Hatte aber damit eine Schranke durchbrochen. Mußte nun noch einmal zurückgehen in die Kosmetikabteilung, der Verkäuferin seine Situation gestehen, dann hatte er Duschgel in der Tasche, Bodylotion. Gesichtscremes. Ein Parfüm in einem milchweißen Flakon, das nach Blüten und Pfirsichen roch. Als er diesmal das Kaufhaus verließ, pfiff er vor sich hin.

Drehte dann draußen ein zweites Mal um. Ging in die Herrenabteilung, kaufte zwei Hemden für sich, blau und weiß. Kaufte einen Pullover, ein Duftwasser von Calvin

Klein, in ihrem Zimmer breitete er seine Beute vor ihr aus.

Sie dankte ihm für die Jogginganzüge, die Wäsche. Lächelte, als sie das Parfum sah: schien sich tatsächlich darüber zu freuen, erst ganz zuletzt zeigte er ihr das Kleid. Da drehte sie den Kopf weg und weinte.

Sie hinterließen Dr. Mathai die Adresse von Gabriels Haus. Notierten die Anschrift eines Arztes in Provincetown, der Sina betreuen sollte, Dr. Mathai begleitete sie zum Wagen. Drückte Roberts Hand, sagte,

»Good bye, Mr. Brauer. Ich freue mich, daß ich Sie kennengelernt habe, Sie sind wirklich ein erstaunlicher Mensch«,

Unterstellte Robert also Güte. Unterstellte ihm Empathie, Verantwortungsgefühl womöglich, Robert korrigierte ihn nicht: hätte dann von dem Eis sprechen müssen. Von der Wirklichkeit des Eises: das aber vielleicht auch unter Dr. Mathai längst geborsten war, Dr. Mathai war fremd in Amerika. Lebte allein in einem Nest in Vermont, warum? Was tat er eigentlich hier, Sina hatte ihm ihren Namen überreicht wie ein Abschiedsgeschenk: *I remember my name now, Dr. Mathai*.

Er hatte ihre Schulter gedrückt. Hatte gelächelt, Robert einen undeutbaren Blick zugeworfen, sie fuhren wieder durch den Wald.

Durchquerten Schmelzwasserdeltas, nasser Schnee rutschte von den Ästen wie mißlungener Kuchen, Robert suchte nach der Kurve, während er fuhr. Nach der Stelle, wo der Junge gestanden hatte, er wußte nicht, ob er sie ihr zeigen würde, falls er sie fand. Er sagte: »Es war in diesem Wald, wo ich dich gefunden habe«,

Sie gab keine Antwort. Er sah, daß sie die Augen geschlossen hatte, sie hatte wahrscheinlich Schmerzen. Er verstummte ebenfalls. Die Berge blieben zurück, er fuhr weiter. Nach Süden, aufs Meer zu, es war dieselbe Strecke wie in jener Nacht.

Wie an jenem Tag: als er vom Krankenhaus zum Cape zurückgekehrt war, damals war er allein gewesen. Nun saß sie neben ihm, einen Moment lang fand er das vollkommen unwahrscheinlich. Mußte sich mit einem raschen Blick vergewissern, irgendwo unterwegs begann sie zu stöhnen. In den Kurven rollte ihr Kopf von einer Seite zur anderen, sie konnten nicht bis zum Cape durchfahren. Ein Bed and Breakfast fiel ihm ein: wo er einmal mit Julia gewesen war, die Tapete im Wohnzimmer war mit einer Bücherwand bedruckt. Im Dachzimmer war alles weiß umhäkelt außer der Seife im Waschbecken, es würde die Eisprinzessin vielleicht aufmuntern: dieses Klischee-Neuengland, er war dumm gewesen.

Hatte nicht bedacht, daß sie die Treppe zum Dach nicht hinaufkommen würde, im Erdgeschoß gab es nur ein einziges Zimmer. Ein winziges Zimmer, mit einem einzigen schmalen Bett. Wo er sie nun also allein lassen mußte, sie legte sich sofort hin. Erwachte erst gegen Abend, er half ihr hinüber ins Wohnzimmer. Hatte eine Mahlzeit für sie aufgebaut: Käse, Brot, Trauben, die Hausfrau spendierte ihnen dazu ein Glas Wein.

Der Alkohol bekam ihr nicht. Verschlimmerte ihre Schmerzen, löste einen Weinkrampf aus, dem er sich nicht gewachsen fühlte, nun endlich sickerte es in sein Bewußtsein: Im Haus auf dem Cape würde er mit ihr allein sein.

Ohne Krankenschwester. Ohne Pfleger, Robert machte Essen, wusch, räumte auf. Zwang sie zu ihrer Gymnastik. Half ihr ins Bad: wo er einen Stuhl aufgestellt hatte, so daß sie sich zum Zähneputzen hinsetzen konnte, er wusch ihren Rücken, ihre Schultern. Stützte sie: wenn sie ihre Brüste wusch, ihre Scham, er sah solange aus dem Fenster. Redete irgend etwas: um weniger anwesend zu sein, während sie sich mühevoll zwischen den Beinen einseifte, wie oft schon hatte er die Nacktheit fremder Frauen gesehen?

Die Brüste, die Schamhaare fremder Frauen, in einer Sauna, am Münchner Eisbach, die Frauen trockneten sich ab, cremten sich ein. Streckten sich auf ihren Handtüchern aus. Lehnten sich in Liegestühle zurück mit gespreizten Schenkeln, redeten, rauchten, lasen eine Zeitschrift, er begutachtete sie mit distanziertem Interesse: wie Baupläne, die nicht von ihm stammten, dachte dann an etwas anderes.

An seinen Job vielleicht, an etwas, das er gelesen hatte, hatte er diese Frauen begehrt? Vielleicht war eine von ihnen die Eisprinzessin gewesen, einmal fragte er sie danach. Wo hatte sie denn gearbeitet, gewohnt? Wo in ihrer Freizeit verkehrt, sie antwortete nicht. Er schämte sich, weil er sie mit diesen Fragen quälte, sie sagte: Schon gut. Wir könnten einander ja wirklich kennen,

Erzählte ihm dann von einer Theorie: nach der ohnehin jeder Mensch mit jedem anderen über maximal sechs jeweils miteinander bekannter Personen verbunden sei, gleichgültig, wo er wohnte, sie erinnerte sich an dergleichen. Ihr Gedächtnis war ganz hervorragend, er dachte manchmal an andere Frauen.

An Philippa, Julia, Natalie: an ihr Bedürfnis, erforscht zu werden, dann ihrerseits Robert zu erforschen in endlosen Gesprächen, die Eisprinzessin verlangte nicht, daß er sich für ihre Gefühle, Gedanken interessierte. Er wünschte, sie täte es. Er klopfte an die Tür: Aber sie machte nicht auf. Verschloß ihm die Tür: über deren Schwelle ihn andere

Frauen gelockt, gezogen, geschoben hatten, einmal sagte er zu ihr: Wer bist du denn bloß? Wer bist du wirklich,

Sie sagte: Und du? Kannst du mir denn sagen, wer du bist,

Er sagte: Nein.

Einmal fiel ihm eine Filmszene ein: eine Krankenschwester, die mit einem Patienten schlief. Mit einem Soldaten, der im Koma lag, warum war die Szene unerträglich, sobald man die Geschlechter vertauschte? Sich einen Krankenpfleger vorstellte, der einer bewußtlosen Patientin das Bettuch wegzog, seine Hose aufknöpfte, Robert half der Eisprinzessin abends ins Schlafzimmer. Half ihr beim Ausziehen, half ihr ins Bett: Wo sie jeden Morgen erwachte, ohne im ersten Moment zu wissen, wo sie war.

Ohne zu wissen, wer sie war. Ohne sich dafür zu interessieren: Das erste war, daß sie den Schmerzgrad ertastete. Herausfinden mußte, wieviel Schmerz es gab heute: Aber die Menge des Schmerzes war immer die gleiche. Es gab kein Nachlassen, nur Variationen von Schmerz, im Kopf, im Genick, im Bein. In den Zehen.

Oder dort, wo einst ihre Zehen gewesen waren, jeden Morgen schrie sie auf, wenn sie an diesem Punkt angelangt war. Preßte den Mund in das Kissen: um den Schrei zu dämpfen, erst dann konnte sie sich langsam aufrichten. Konnte eine Weile sitzen, warten, bis der Schmerz es ihr erlaubte, die Beine über den Bettrand zu schieben, dann griff sie nach der Glocke.

Die er neben ihr Bett gestellt hatte, sie mußte sich zwingen, die Glocke zu läuten: Alle Geräusche waren ein Schmerz. Laute Geräusche wie das Klingeln der Glocke trieben den Schmerz hoch, an die Grenze des Erträglichen und darüber hinaus, sie konnte ihm das nicht sagen. Wollte nichts sagen, mußte sich zwingen, ihn überhaupt wahrzunehmen: Robert Brauer. Ihren Retter, er hatte verdient, von ihr wahrgenommen zu werden: Aber sie nahm sich selber nicht wahr. Alles war verschoben.

War verrückt: Die Arme, Beine, die sie fühlte, befanden sich an einem anderen Ort als die Körperteile, die sich auf ihren Befehl hin tatsächlich bewegten. Sie mußte sich jede Bewegung befehlen. Jedes Detail eines Bewegungsablaufs mußte sie bewußt steuern, sie konnte es nicht mehr: ihrem Körper überlassen, wie er sich bewegte. Erinnerte sich nicht einmal mehr daran, wie es gewesen war, nicht über Bewegungen nachdenken zu müssen, das war das Schlimmste: der Verlust der Erinnerung. Daran, wie es war, zu gehen, zu laufen, sie hatte immer im Rhythmus gelebt. In den lebendigen Rhythmen des Laufens, des Gehens, eines sich hebenden, senkenden Arms, der Rhythmus war das Leben gewesen, sie hatte das nicht gewußt. Der Rhythmus war erst jetzt wahrnehmbar: weil verloren, ihr Körper war unbelebt. War unbewohnbar geworden: ließ sie aber nicht fortgehen. Ließ sie nicht ausziehen, sie konnte das Robert nicht erklären.

Wollte ihm nichts erklären. Wußte, daß sie ihm Dankbarkeit schuldete, fühlte keine, er zeigte ihr einen Artikel. Über einen unterschenkelamputierten Sportler, der einen Rekord im Weitsprung gebrochen hatte, was sollte das? Warum meinte er, dies müßte sie interessieren, sie humpelte auf ihren Krücken durch den großen Wohnraum. Kämpfte gegen den Schwindel an: der sie ganz plötzlich überfallen, ihr gefährlich werden konnte, Robert half ihr in ihren Sessel. Wo sie saß und hinausblickte auf den Strand, auf das Wasser der Bucht, manchmal trieb der Wind Regenböen gegen die Scheiben. Manchmal schien die Sonne, dann konnte man die Glastüren öffnen. Konnte das

Meer hören: den Rhythmus des Meeres, sie schloß die Augen. Hielt ihr Gesicht in den Schein der Aprilsonne, sah dann plötzlich Jacques am Steuer des Wohnmobils: sein Profil, der Schmerz war unglaublich.

Dennoch wagte sie sich weiter vor. Tastete, tastete, bis wohin würde sie diesmal kommen? Nicht bis zu dem Unglück. Niemals bis dahin, wo ihr jemand die Knochen zerschmettert hatte, Robert glaubte ihr das nicht: daß sie sich nicht erinnerte. Oder nicht an das, was ihn vor allem anderen zu interessieren schien: an das Unglück. Den Überfall. Den Moment, als der Baseballschläger auf sie herabgesaust war, der Schmerz wuchs, je weiter sie dorthin vordrang. Je näher sie jenem Moment kam, der Schmerz wuchs bis an eine äußerste Grenze. An der Sina abbrach. Abprallte, die blaue Linie wieder hinabrutschte: die Kugelschreiberlinie, mit der sie ihre Fahrtroute auf der Karte markiert hatten, wieder stand sie vor Billy Todds Haustür. Begann ein weiteres Mal ganz von vorn, stieg noch einmal ein in ein riesiges amerikanisches Motorhome. Fuhr noch einmal los.

Durch Land, das vollkommen flach war: Sumpfland, Mangroven. Zypressen, die Äste behangen mit Spanischem Moos. Trailer Parks. Neonreklamen: *Budweiser, Heineken.* Schilder, irgendwo nirgendwo: *Wright's Feed And Seed. Pack & Sack Food Center. Jax Brewery. Ugly Duckling Hardware Store. Fastest Deals On Wheels. Mr. Frostee Milk Shakes.* Ein Opossum, das in der Morgendämmerung im Müll wühlte. Kanäle. Sägegras. Häuser ohne Ewigkeitswert: Unterkünfte für ein paar Jahre, rostende Autowracks davor voller Kinder. Palmettos. Villen, halb verborgen im Grün. Weiße Lattenzäune, graue Eichhörnchen im Geäst einer Eiche. Salz: auf der schwitzenden Oberlippe. Auf dem Rand eines

Glases, in irgendeiner Kneipe, wo sie gelandet waren, sie blieben nicht auf der Interstate. Folgten keiner festen Route, fuhren im Zickzack durch Florida, sie kamen mit dem Wohnmobil nur langsam voran.

Pausierten oft: weil das Kind quengelte. Weil es zu schreien begann, wenn sie einfach weiterfuhren, es schrie, bis es keine Luft mehr bekam. Bis es wegblieb, sein Kopf flog von einer Seite zur anderen, sein Körper wurde brettsteif, sie fand etwas heraus: Sie mußte ihm ins Gesicht blasen, um die Atmung wieder in Gang zu bringen, womit rang es denn nur? Ihr Kind: während Jacques fuhr, sie hielt es auf dem Schoß. Wiegte es, sang. Ließ einen Schlüsselbund klingeln: um die Dämonen zu verscheuchen, die Spaß daran hatten, ein so kleines Kind zu quälen, es hatte keine Mutter. Hatte nicht einmal eine Erinnerung an seine Mutter, nachts schlief es zwischen Sina und Jacques auf dem Bett hinten im Wagen. War geborgen, gut aufgehoben für diesen Moment: Der Gedanke erfüllte sie mit so tiefer Befriedigung, als wäre sie selbst dieses schlafende Kind. Die frühen Morgenstunden in Nordflorida waren kühl und schmeckten nach September. Die Sonne schien scharf aus knallblauem Himmel, irgendwo bei Ocala sahen sie viele Pferde. Fuhren durch Parklandschaft unter offenem Himmel, dann wieder Sümpfe. Alligatoren. Über einem See flogen Blaureiher auf. Dann Wald: Pine Trees, Live Oaks, deren Kronen ungeheure Dome bildeten über den Straßen, St. Augustine. Fort Matanzas: das Jacques unbedingt besuchen wollte,

»Gemetzel. Fort des Gemetzels, die Spanier haben da jede Menge Franzosen abgeschlachtet. 1565 war das«,

»Warum weißt du das so genau, Jacques«,

Er zögerte. Sagte dann,

»Du weißt doch, ich bin selber Franzose«,

Aber die alte Holzkonstruktion war längst durch eine Befestigung aus Kalkstein ersetzt worden. Sein Gesicht verdüsterte sich mit jedem Schritt, schließlich wollte er weg aus dem Fort. Wollte auch nicht mehr in die Stadt zurück, in einem Supermarkt kauften sie Brot, Tequila. Fuhren hinab zum Strand: wo man in einem State Park campieren konnte, im Abendlicht stapften sie durch die Dünen. Die Küste sah wild aus, verlassen. Pelikane schaukelten auf den Wellen. Der Wind war stark, Jacques kickte einen Stein. Kickte Sand hoch,

»Sie haben keinen Respekt«, sagte er. »Keinen Respekt vor der Vergangenheit, keinen Respekt vor dem Tod«,

Maurice quengelte. Drehte den Kopf, wand sich auf Sinas Arm. Schrie dann. Kämpfte vielleicht gegen den Wind an, schrie aber auch noch weiter, als er schon längst wieder auf dem Bett saß: wo Sina Bauklötze zu Türmen aufzubauen versuchte, die Türme stürzten aber um, er ließ sich nicht beruhigen. Ließ sich nicht hochnehmen, schrie und schrie immer weiter, warum? Krümmte sich auf dem Bett. Kämpfte gegen Unnennbares an, blind. Taub, unerreichbar in einer nur für ihn bestimmten, furchtbaren Welt, schließlich schlief er ein, aus reiner Erschöpfung.

In der folgenden Stille hörten sie, daß es zu regnen begonnen hatte. Jacques machte den Tequila auf. Schnitt Zitronen, riß eine Tüte mit Taco chips auf. Kippte scharfe Salsa in eine Schüssel, trug alles zum Tisch, sie tranken: ohne miteinander zu reden,

»Soll ich dir was erzählen?«

Sie nickte. Er beugte sich vor. Stützte die Ellenbogen auf den Tisch, fing dann an,

»Ich habe dir doch mal von diesem Typen erzählt. Von dem, den mein Vater aus dem Fenster geschmissen hat, weißt du noch? Weißt du noch, wie der hieß«,

Im selben Moment fiel es ihr ein: Maurice, Jacques sagte,

»Maurice. Ein Cajun. Er war ein Cajun, ein Franzose, verstehst du, genau wie ich, er war aus der Gegend von New Orleans. Er war immer bei uns. Er war viel öfter da als mein Vater, er kam jeden Nachmittag nach der Arbeit. Er arbeitete in einem Hotel, auf den Keys. Er war sehr geschickt. Er konnte alles reparieren: Autos, Motorräder, Kühlschränke, einfach alles, er war nicht groß, aber drahtig. Er konnte Gitarre spielen. Er hat mir gezeigt, wie man schnitzt, wie man fischt, alle Leute respektierten ihn. Er hat mir mein erstes Messer geschenkt. Er hat mir meinen Namen gegeben. Meinen richtigen Namen: Jacques, er hat zu mir gesagt: Du kannst sein, was du sein willst, Jacques. Du kannst dein Leben jeden Tag ganz von vorn anfangen, ich hab natürlich gar nicht kapiert, was er damit meint. Aber ich hab es ihm geglaubt. Ich hab ihm immer alles geglaubt«,

Jacques verstummte. Stand auf, holte ein Bier. Stellte Sina ein Bier hin, setzte sich wieder. Schlug leicht mit dem Rand der Bierbüchse an seine Zähne, sagte,

»Natürlich hat er bei uns geschlafen, wenn mein Alter nicht da war. Im Bett meiner Mutter hat er geschlafen, und da hat der Alte ihn auch gefunden, ich weiß es noch ganz genau. Es ist, als wäre es gerade erst passiert, ich bin zwölf. Ich liege in meinem Bett und schlafe, da höre ich, wie meine Mutter schreit. Ich springe auf, schleiche mich raus auf den Flur. Die Schlafzimmertür ist offen. Drinnen steht der Alte am Bett und hält Maurice seine Knarre an den Kopf. Meine Mutter schreit die ganze Zeit, aber der Alte beachtet sie gar nicht. Er sieht nur Maurice. Maurice starrt ihn an, meinen Alten. Maurices' Augen sind riesig. Er muckst nicht und zuckt nicht, dann holt mein Alter einen Joint aus der Hemdtasche. Er hatte ja immer einen fertigen Joint irgendwo, er zündet den Joint an, dann schiebt er ihn Maurice zwischen die Zähne. Da, du Scheißkerl, sagt er zu ihm. Zieh mal kräftig, dann tut es nachher nicht so weh.«

Der Regen trommelte auf das Dach. Das Wasser strömte in breiten Bächen über die Scheiben, in Wasservorhängen, die ihnen die Sicht nahmen, Jacques sah Sina nicht an. Goß Tequila in sein Glas, streute sich Salz auf die Hand, sagte,

»Maurice hat sich in die Hosen gemacht.«

Leckte am Salz, trank den Tequila. Schob einen Zitronenschnitz in den Mund, saugte daran. Sagte durch die Zitronenschale,

»Oder er hatte ja gar keine an. Er hat ins Bett gemacht. In das Bett, wo meine Mutter drinlag, da hat er reingeschissen, mein Freund Maurice, ich konnte es gurgeln hören bis in den Flur. Ich konnte es riechen, der Alte hat gelacht wie verrückt. Hat das Bettzeug vom Bett gerissen, damit man die Scheiße auch sehen konnte, dann hat er Maurice aus dem Bett gezerrt und ans Fenster getrieben. Und dann hat er ihm den Joint an den Hintern gehalten. Der Hintern war ganz voller Scheiße, verstehst du, Maurice hat geheult. Gebettelt hat er, ich habe alles gehört. Der Alte hat ihm ein Loch in den Hintern gebrannt. Dann ist Maurice aus dem Fenster gesprungen. Der Alte hat ihm den Joint hinterhergeschmissen. Hat gebrüllt, jetzt hätte ihm die Scheiße auch noch den Joint ruiniert, ich habe gedacht, Maurice wäre tot. Der Alte wahrscheinlich auch, jedenfalls hat er sich nicht mehr um ihn geschert. Hat ihn da unten liegenlassen und meine Mutter verdroschen, und wie er dann endlich runterging, um die Leiche wegzumachen, da war niemand mehr da.

Weil ich Maurice nämlich längst weggebracht hatte. Weggefahren, mit der Schubkarre, ich habe ihn zu Nachbarn gebracht«,

Jacques schwieg. Schüttelte dann den Kopf, als vertriebe er ein Insekt, Sina sah auf den Tisch. Wo die Salsa in der Schüssel gelierte, ein paar Ameisen Chipsbröckchen abtransportierten, Jacques sagte,

»Ich habe ihn so verachtet. Ich hab Maurice so dafür verachtet, daß er sich nicht gewehrt hat. Daß er sich das hat gefallen lassen, von meinem Alten. Daß er in dieses Bett reingeschissen hat, er war so ein Schlappschwanz. So ein verdammter angstschlotternder blöder Schlappschwanz, aber weißt du was? Geliebt habe ich ihn trotzdem noch. Auch während ich ihn verachtet habe, habe ich ihn immer weiter geliebt, das war das Schlimmste. Das war das Allerschlimmste«,

Der Regen ließ nach, hörte dann auf. Das Wasser, das über die Scheiben strömte, zog sich zu Rinnsalen zusammen, gerann dann zu Tropfen, in der Stille konnte Sina das Kind atmen hören. Konnte hören, wie es im Schlaf seufzte, sie sagte,

»Warum hast du ihn so genannt? Deinen Sohn, warum hast du ihn Maurice genannt«,

Jacques zuckte die Achseln. Ließ sich in seinen Stuhl zurückfallen, sagte,

»Keine Ahnung. Er mußte eben so heißen, keine Ahnung, warum. Mann, wenn ich so klug wäre, daß ich wüßte, warum, dann wäre ich bestimmt Präsident von Amerika, los, trink noch einen Tequila mit mir. Ich erzähle dir noch was. Was Lustiges, von einem Hund«,

In dieser Nacht waren sie beide betrunken.

Lachten. Wanden sich in Lachkrämpfen, hingen über den Armlehnen ihrer Stühle wie eilig abgeworfene Kleider: weil Jacques ein Pornoheft entwickeln wollte. Für Herzmuscheln, Miesmuscheln, Venusmuscheln,

»Ich meine, wie pflanzen sich Muscheln fort? Mal ehrlich, das weiß doch kein Mensch, das Magazin wird *Playmussel* heißen. Nur echt scharfe Themen, *Sexy Mussel Maids, What Mussels Really Need, Young Mussels Into Leather*, ah, genau! Das müssen die Dinger gewesen sein, die wir neulich bei Captain D's gegessen haben«,

Sie preßten die Hände vor den Mund, um Maurice nicht zu wecken mit ihrem Gelächter.

Der später zwischen ihnen lag, geborgen wie immer. Sina schlang den Arm um ihn. Fühlte seinen Atem, den vogelschnellen Herzschlag, war schon fast eingeschlafen. Traf dann auf Jacques' Hand. Die sich mit ihrer verschränkte, über dem Körper des Kindes.

Sie fuhren in die Kühle. In die Kälte, am Anfang merkten sie es noch nicht: Sie waren aus der Zeit geraten. Oder die Zeit lief rückwärts, sie fuhren vom Sommer zurück in den Frühling: der das Spanische Moos Georgias grün zu färben begann, die Erde der Felder war rot, unter einer kalten Sonne. Das Gras war schütter, graugrün. Vorjahrsgras, zwischen armseligen Häuschen. Durchhängende Frontveranden. Hunde. Hühner. Dann die Pracht eines Ante-bellum-Herrenhauses, eine Eichenallee, vertraut aus irgendeinem Film, es war alles vertraut: Amerika. Es war vollkommen fremd: ohne das Glas eines Bildschirms zwischen Land und Betrachter, Sina selbst war sich fremd. Sah sie manchmal von außen, diese Fremde: eine kräftige junge Frau, die Wäsche wusch in einem Camp, ein Kind auf der Hüfte. Eine Frau in einem Männerpullover, im Führerhaus eines riesigen Mobile home, es war wunderbar, sich selbst fremd zu sein. In Jacksonville lud sie ein Delphintrainer zum Essen ein. In Savannah kämpfte ein ehemaliger Seemann für sie noch einmal gegen die Japaner, zwei Budweiser lang, irgendwo an einem hurricaneverwüsteten Strand rauchten sie einen Joint mit zwei minderjährigen Ausreißern.

Krempelten die Jeans hoch, zogen die Schuhe aus. Kletterten über die Wurzeln abgestorbener Bäume: die sich immer noch in den Sand klammerten, das Holz war knochenweiß. Das Wasser eisig, das Mädchen posierte. Schob die Hüfte vor, warf das Haar zurück. Öffnete die Lippen, sie war mager, zitronenblond. Sagte, sie wolle Model werden. Sei aus einem Heim abgehauen, ihr Freund schlug sie ins Gesicht. Lässig, mit dem Handrükken: als wäre es kaum der Mühe wert, Jacques sagte: Hey, Asshole.

Sah nicht auf: zerteilte eine Melone. Spießte Fruchtfleisch auf sein Messer, sagte: Hey. Entschuldige dich bei ihr, Asshole.

Asshole zögerte. Murmelte dann: Sorry.

Sagte: Listen! I said I'm sorry, o-*kay*,

Das Mädchen kauerte. Haarvorhang, zuckende Schultern, Wasser schwappte um den Baumstamm, auf dem sie saß. Tangsträhnen wuchsen aus seiner Krone: Totenweltlaub. Grünes Haar, das die Strömung kämmte, der Saft der Melone rann über Sinas Finger.

Einmal ein überfahrenes Gürteltier auf der Straße.

Ein-, zweimal ein überfahrener Waschbär, sie tauchten tiefer und tiefer ein in die Wildnis aus Straßen. Aus Causeways, Drives, Expressways, Highways, Thruways, Interstates, Scenic routes, Flußmündungen glänzten unter einer wäßrigen Sonne. Salzwassermarschen, hohes Riedgras. In Charleston stolperten sie in eine Kneipe.

In eine Show: *Honey Juice The Magician Straight From The Island of Tobago*, Honey Juice? Aber das war der Name, der auf dem Plakat an der Eingangstür stand, die Kneipe war kaum zur Hälfte gefüllt. Die Reggaemusik ließ den Boden vibrieren, würde Maurice aufwachen? Aber er schlief: den konzentrierten, unstörbaren Schlaf eines Kleinkinds, die Show hatte schon angefangen. Sie fanden einen Tisch nahe der Bühne. Bestellten Bier, der Magier schlug Backsteine mit der Handkante durch. Er war mindestens einen Meter neunzig. Das Haar hing ihm in dicken schwarzen Stricken auf den Rücken. Über der Brust, dem Bauch glänzte seine Haut wie Rohöl, die Gäste spendeten müden Applaus. Der Magier holte eine Zigarette hervor, steckte sie sich zwischen die Lippen. Tauchte die Hand in eine Schüssel, das Licht auf der Bühne erlosch. Dann flammte neues Licht auf: Die Hand des Magiers brannte. Er zündete seine Zigarette an ihr an. Schatten zuckten über sein Gesicht,

»Uralter Trick«, sagte Jacques und trank Bier.

Der Magier wedelte mit der Hand: angelegentlich, wie um ein Streichholz zu löschen. Die Scheinwerfer wurden wieder angeschaltet, dann bat er eine Frau aus dem Publikum zu sich auf die Bühne. Die Frau lehnte ab. Preßte sich in ihren Stuhl, ihr Begleiter hielt sie am Arm. Schirmte sie mit dem anderen Arm ab: vor dem muskulösen Halbnackten, der seine eigene Hand in Brand gesetzt hatte, Sina wußte genau, was jetzt kommen würde. Schlug die Augen nieder, versuchte sich klein zu machen: unsichtbar, als sie wieder aufsah, sah er sie an.

Streckte die Hand nach ihr aus, sie erhob sich. Er kam ihr entgegen. Geleitete sie am Arm auf die Bühne, schob einen Stuhl für sie zurecht: neben dem seinen, sie setzten sich. Er war ihr sehr nah. Er sprach nicht zu ihr. Sie sah, daß er einen Draht in der Hand hielt. Es war ein dicker Draht, nicht sonderlich sauber, er glättete ihn mit den Fingern. Mit Bewegungen, die einem Rhythmus folgten: Aber es war nicht der Rhythmus der Musik, sie konnte seinen Atem hören. Konnte sein Gesicht sehen: das allmählich ausdruckslos wurde. Seine Augen wurden ausdruckslos, starr, er hielt ihr seinen Arm hin. Zeigte ihr, was sie tun sollte: mit beiden Händen über seinen Schoß greifen, eine Hautfalte an seinem Unterarm hochziehen, festhalten, sie flüsterte,

»Nein! Nein, ich kann das nicht, nein«,

Er packte ihre Hand. Legte sie auf seinen Arm,

Do it! Now!

Sein Arm vibrierte. Seine Haut war glitschig vor Schweiß. Im Licht des Scheinwerfers sah sie Schweißtropfen aus seinen Haaren rinnen, das Gewebe über seinen Muskeln war straff. War viel zu straff, viel zu naß, drohte ihr zu entgleiten, seine Lippen zogen sich von den Zähnen zurück. Er setzte den Draht an der Innenseite des Arms an. Der Draht hatte eine Spitze. Die Spitze preßte sich gegen das Gewebe, dellte es ein. Die Haut gab sehr plötzlich nach. Der Draht drang in den Arm ein. Kein Tropfen Blut kam. Der Draht war lang, an die fünfzig Zentimeter. Er drang langsam in den Arm ein, sie konnte den Mann stöhnen hören. Konnte ihn riechen: seinen Schmerz. Seine Anstrengung, das Gewebe widerstand. Drohte ihr wieder und wieder zu entgleiten: Aber dann würde der Draht am Knochen entlangschaben, sie wimmerte. Schweiß lief ihren Nacken, ihre Schläfen herunter. Das Ende des Drahts trat jetzt aus seinem Arm heraus. Er packte es, zog daran. Zog den Draht so weit durch den Arm, daß auf jeder Seite ein gleichlanges Ende herausstand, löste dann ihre Finger. Erhob sich, schwer atmend. Ging um sie herum, legte ihr den Arm auf die Schulter, sie fühlte ihre Finger nicht mehr.

Fühlte den Druck seiner Hand. Fühlte den Draht: dessen Enden bei jedem Schritt ihren Rücken streiften, während er sie zurückbegleitete zu ihrem Platz, er drückte ihre Schulter, bevor er sie losließ. Jetzt hörte sie den Applaus. Sank auf ihrem Stuhl zusammen, während er zwischen den Tischen durchging, seine Wunde zeigte: aus der noch immer kein Blut kam, sie sah jemanden den Draht wieder aus seinem Arm herausziehen. Sah dann, daß er den Kopf zurückwarf, die Haut an der Kehle mit zwei Fingern nach vorn zog, sie schloß sofort die Augen. Hörte am Aufstöhnen des Publikums, was er tat: zog sich seinen verdammten Draht durch die Haut über dem Kehlkopf, als sie das nächste Mal hinsah, hielt er eines seiner Augenlider zwischen den Fingern. Da schrie sie.

Er ließ das Lid los. Sah sich um wie einer, der erwachte. Sah sie an. Nahm sie vielleicht zum erstenmal wahr jetzt, winkte ab, lächelnd: als habe er lediglich einen Scherz machen wollen, sie konnte ihm nicht mehr in die Augen sehen, nun, wo er sie sah. Jacques redete auf sie ein: während der Magier sich verneigte, Jacques sagte,

»Ich muß das lernen. Ich muß das unbedingt lernen«,

Sie hörte nicht zu. Sah ihn durch eine Seitentür verschwinden, den Magier,

»Komm«, sagte Jacques, »Du brauchst einen Drink. Wir gehen an die Bar«,

Wo andere Gäste standen, Sina mit Fragen bedrängten, der Magier selbst war nicht da: Deshalb fragte man Sina. Sie zitterte immer noch. Antwortete einsilbig, hörte dann seine Stimme hinter sich,

»Thank you again for your assistance, lady«,

Hatte er ihr schon einmal gedankt? Sie konnte sich

nicht erinnern, nun umringte man ihn. Wollte seinen Arm ansehen, seine Kehle: an denen keine Spuren mehr zu entdecken waren,

»Hätten Sie das wirklich gemacht? Das mit dem Augenlid, hätten Sie es gemacht«,

Eine blonde Frau hatte seinen Arm gepackt. Er gab ihr keine Antwort, Jacques lud ihn auf ein Bier ein. Bestellte für sich selbst Bier, für Sina, sagte,

»Wie machst du das. Du bist verdammt gut, wie machst du es, daß es nicht blutet«,

»Konzentration«, sagte der Magier. »Es ist Konzentration, und die Liebe Gottes«,

Ein paar Leute hatten begonnen zu tanzen. Sina sagte,

»Du hättest mir das nicht antun dürfen. Warum hast du mir das angetan«,

Er lächelte, höflich. Sagte aber nichts: Und was hätte ihn zurückhalten sollen? Er kannte sie nicht. War ihr nicht verpflichtet, niemand kannte sie hier: Sie war fremd. Oder er war es, der fremd war: Er kam von einer fernen Insel, was hatte ihn überhaupt nach Charleston verschlagen?

Er antwortete wieder nicht. Ließ sie mit Worten nichts über sich erfahren, gab nun seinerseits einen Drink aus. Berührte ihre Hand, als er ihr das Glas reichte: Seine Berührung, sein Körper waren ihr schon vertraut. Sie begriff, daß sie mit ihm schlafen würde.

In einem Zimmer über der Kneipe. Wo er sie hingebracht hatte mit einer Bemerkung. Mit einer simplen Aufforderung,

Laß uns hier weggehen, ich bin müde. Ich bin nicht in meinem Körper, während der Show. Ich muß erst nach Hause zurückfinden, in meinen Körper,

Sie ging vor ihm her, eine steile Treppe hinauf. Ging

an Türen vorbei im Licht einer Glühbirne, bis er stehenblieb, eine der Türen aufschloß, er ließ ihr den Vortritt. Sie zögerte: Da schob er sie an den Schultern ins Zimmer, er machte kein Licht. Der Schein einer Straßenlaterne fiel auf eine fleckige Wand. Er lehnte sie dagegen, vorsichtig wie einen Spiegel oder ein Bild. Während er sie küßte, tastete sie über seinen Arm. Suchte die Stelle, die er mit ihrer Hilfe verletzt hatte, als sie sie endlich gefunden zu haben glaubte, preßte sie die Finger darauf. Unter ihren Fingern pochte sein Blut. Er hielt still. So standen sie eine Weile. Sein Geruch war ihr vertraut wie der einer Erinnerung. Er hob sie hoch. Sie fühlte sich leicht in seinen Armen, gewichtlos: Er war so groß. Er legte sie aufs Bett, küßte ihre Knie.

Küßte ihre Schenkel: die er auseinanderbog, sie spürte seinen Atem durch den Stoff ihrer Jeans. Spürte seinen Speichel: der durch den Stoff ihres T-Shirts sickerte, als er ihre Brust in den Mund nahm, dann waren sie nackt. Die Decke war etwas Synthetisches, kratzig. Er beugte sich über sie, ihre Beine begannen wieder zu zittern, es war die Gewalt. Seine Gewaltsamkeit: mit der er ihr keine Verletzung zugefügt hatte, er küßte ihren Bauch. Jemand, den sie kaum flüchtig kannte, begann in ihr zu singen, hoch und schrill. Sie bäumte sich auf. Er drückte ihre Schultern ins Laken zurück. Sah sie an, während er sie festhielt: ihren sich windenden, hilflosen Körper, er sagte,

»Ich hätte es getan. Das mit dem Augenlid, ich tue es immer. Ich habe es für dich nicht getan«,

Als er sie losließ, warf sie sich über ihn. Streckte sich auf ihm aus, in ganzer Länge, er bot ihr Platz. Sie leckte ihn ab, sein Schweiß war auf ihm getrocknet. Schmeckte nach Meerwasser. Nach Durst, sie trank seinen Speichel. Saugte Speichel aus seinem Mund, leckte über seine Kehle: durch die er den Draht gezogen hatte, ohne ihrer dabei zu bedürfen, er schlang die Arme um sie. Drehte sie auf den Rücken. Vergrub das Gesicht an ihrem Hals, bog seinen Körper von dem ihren weg: so daß sie nun endlich die Schenkel spreizen konnte, er sagte,

»Jetzt komme ich nach Hause, in meinen Körper.«

Am Morgen waren seine Verletzungen sichtbar. Hatten sich in der Nacht entzündet, verhärtet,

»Man kann nicht erwarten, daß es jedesmal glattläuft«,

Das sagte er. Sie konnte seinen verletzten Arm sehen, seinen Hals. Konnte ihn dort berühren, sie kauerte auf ihm: Froschhaltung, half ihm, sich in ihr zu bewegen, warum war sie nicht müde? Sie hatten kaum geschlafen. Hatten in der Nacht miteinander geflüstert, ein paarmal leise gelacht: aber nicht über einen Scherz. Kein einziges Mal über einen Scherz,

Siehst du den Vogel da, an der Wand? Da, wo die Schatten der Blätter sind, manchmal sehen sie aus wie Vögel. Wir haben das als Kinder gespielt. Auf meiner Insel haben wir das gespielt, nachts in der Hütte, der Mond schien durch die Blätter hinein, kannst du sie sehen? Die Blattschattenvögel,

Durch die Jalousien drang streifiges Morgenlicht. Fiel auf sein Gesicht, seine Brust, sie wand die schwarzen Strikke seiner Haare um ihre Handgelenke, zog ihn zu sich hinauf. Er hielt sie auf seinem Schoß: während er sich aufsetzte, die Beine aus dem Bett schwang,

Jetzt so.

Sie verschränkte die Füße hinter seinem Rücken. Lehnte die Stirn auf seine Schulter, hörte seinen Atem tiefer werden. Hörte dann ihren eigenen Atem. Ihre Atemlosigkeit: als liefe sie einen Berg hinauf, sie ließ den Kopf in den Nacken fallen. Ließ sich fallen: in die summende rote Tiefe, wurde einen Moment später wieder emporgeschleudert, zuckend und blind. Klammerte sich an ihn, sank auf ihm zusammen. Sie hätte nicht sagen können, ob sie ihm im Verlauf des Abends, der Nacht ihren Namen genannt hatte.

Später machte er Kaffee. Stand an der Kaffeemaschine, ein Handtuch um die Hüften, briet Eier auf einer Herdplatte, die auf der Kommode stand, im Licht des Tages war er ihr vollkommen fremd. Sie saßen einander gegenüber, an einem Tisch in der Zimmerecke. Er summte vor sich hin, während er aß: war schon nicht mehr bei ihr, sie rief ihn nicht zurück. Beeilte sich mit dem Frühstück: das sie nur aß, um ihn nicht zu kränken, er sagte,

»Heute abend bin ich noch hier.«

Sie nickte. Er fragte sie nicht, ob sie kommen würde. Bat sie nicht darum, sie zog ihre Jacke an. An der Tür küßten sie sich: wie man nachlässig eine Unterschrift unter eine Vereinbarung krakelt, es war gegen Mittag. Draußen auf der Straße schien die Sonne. Die Luft roch nach feuchter Erde, Autoabgasen, es war warm. Sie schlenderte eine fremde Straße entlang, vage auf der Suche nach einem Taxistand: Das Wohnmobil stand außerhalb der Stadt. Das Singen in ihr kehrte zurück, vielleicht etwas leiser. Irgendwo kaufte sie einen Becher Kaffee. Konnte den Mann noch an ihren Händen riechen, als sie den Styroporbecher an den Mund führte, sie fragte sich, was Jacques gerade tat.

Dem sie gestern nacht gesagt hatte, daß sie den Magier begleiten, am nächsten Morgen zum Camp zurückkehren würde, Jacques hatte die Schultern gezuckt, Kein Problem, Sina. Du bist frei. Du kannst tun, was du willst,

Ihr kam es so vor, als wäre sie tagelang weggewesen.

Sie fand ein Taxi. Der Fahrer sah sie wiederholt im Rückspiegel an, prüfend. Ihr wurde klar, daß sie lächelte.

Die Tür des Wohnmobils stand offen. Sie ging die Stufen hinauf, Jacques saß drinnen am Tisch. Sah aus wie immer: völlig vertraut, fütterte Maurice mit Obstbrei, blickte kurz auf, als sie eintrat. Sah sofort wieder weg, das Kind krähte vor Vergnügen. Stieß kleine hohe Vogelschreie aus, streckte ihr die Arme entgegen, Sina sagte, »Guten Morgen.«

Nahm Maurice auf den Arm: der sich ihr entgegenwand auf dem Schoß seines Vaters, Jacques knallte den Löffel auf den Tisch. Stand auf, ging zur Tür. Kam wieder zurück. Baute sich vor ihr auf, sagte,

»Guten Morgen? Das ist doch der Gipfel. Das ist wirklich gut, schau mal auf die Uhr! Es ist fast eins, und das nennst du morgens, und, wie geht es jetzt weiter? Bleibst du hier? Ist das das Ende unserer Tour, hast du deine Bestimmung gefunden, in diesem Nest«,

Er war also zornig. War womöglich eifersüchtig: und mit welchem Recht? Er hatte sich gestern vielleicht übernommen. Hatte die eigene Großmut überschätzt, sie sah, daß er den Löffel in die Spüle räumte. Daß er ein Tuch holte, die Breireste wegwischte: seinen Ausbruch schon wieder bereute, sie sagte,

»Komm, laß das, Jacques. Wenn ich geduscht habe, fahren wir weiter«,

Er antwortete nicht. Sie nahm ein Badetuch aus dem Schrank, frische Wäsche. Ging unter die Dusche, hörte ihn dann rufen,

»Sina? Sina, laß dir ruhig Zeit, unter der Dusche«,

Hörte, daß er zu singen begonnen hatte. Ein spanisches Lied. Er hatte ihr einmal den Text übersetzt –

Weinend werden wir geboren, und weinend sterben wir.

– Sie seifte sich ein.

Fand ihn dort noch einmal wieder, den Mann. Fand noch einmal seinen Geruch, zwischen ihren Beinen: salziger Algengeruch, vermischt mit dem Geruch der Seife, hoffte plötzlich inständig, daß sie ihm ihren Namen gesagt hatte.

Daß sie noch eine Nacht mit ihm haben würde, einen Abend. Eine Stunde, oder einen Moment, sie drehte das Wasser heißer, spülte die Seife ab. Frottierte ihren Körper, zog frische Wäsche an, frische Jeans.

Eine Stunde später fuhren sie los.

Die Küste hinauf, auf der US-17. Vorbei an winterlich einsamen Stränden, geschlossenen Motels, verrammelten Fastfood-Buden, sie sahen die Grenze näherkommen: weil Tafeln für einen Vergnügungspark an der Grenze zu North Carolina warben,

South of The Border – Only 90 Miles More To Go.

Dann noch achtzig Meilen. Noch siebzig, sie waren allein miteinander, in ihrem Führerhaus. Sie sangen manchmal beim Fahren: eine Countryschnulze, einen Love song, die Nächte waren nun ziemlich kalt. Die Ruhelosigkeit wuchs mit der Bewegung. Sinas Ruhelosigkeit: die zunahm, je länger sie unterwegs waren, Sina mit sich davonriß,

Fifty miles twenty miles only one more mile.

North Carolina,

Nachts hielt sie Maurice in den Armen. Lag in der Mitte, Rücken an Rücken mit Jacques unter einer gemeinsamen Decke, etwas mußte noch geklärt werden. Schließlich sprach sie: aus ihrer schläfrigen Sicherheit heraus,

»Würdest du eigentlich gern mit mir vögeln, Jacques«,

In der Stille hörte man draußen den Wind.

»Wie?« murmelte Jacques, im Halbschlaf. »Ach so. Na ja klar. Natürlich. Vielleicht«,

Er regte sich nicht. Kehrte ihr weiter den Rücken zu, der warm war und fest, sie ließ sich von ihrer Müdigkeit umspülen, davontragen. Die fremde Sprache, die sie nun immer und ausschließlich sprach, schlich sich in ihre Träume.

Der Kugelschreiberstrich wanderte weiter nach Norden,

Virginia

Maryland

Die schnurgerade Straße war schnurgerade. Das Singen in ihr wurde leiser, verstummte. Am Straßenrand die metaphorischen Straßenschilder mit ihren Endzeitwarnungen: *Last exit* Letzter Ausweg. *Yield* Gib nach. *Wrong way* Falscher Weg. *Do not enter* Geh nicht hinein, *Do not turn* Kehr nicht um, sie versuchte es Jacques zu erklären: der aber nicht verstand, was sie meinte

Dead end

Sie konnte es nicht.

Konnte nicht weitergehen. Konnte dem Kugelschreiberstrich nicht hinauf in den Norden folgen bis zu seinem Ende, kam aber auch nicht über seinen Anfang hinaus. Kam nicht zurück: nach München zu der Fremden, die ihren Namen trug und die sie nicht interessierte, sie hatte nichts mehr mit ihr zu tun. Hatte sich losgesagt von Sina Beatrice Fischer aus München, irgendwo auf dem Weg nach Vermont

Florida Georgia die Carolinas Virginia Maryland
Washington, D.C.

Wo die Visitenkarte an der Kneipenwand hing. Die Barfrau saß auf der Theke, als sie hereinkamen. Hatte einen Aschenbecher zwischen den Füßen: den sie beim Aufspringen mit sich herunterriß, Jacques bestellte Bier. Sie knallte die Flaschen auf den Tisch, breit grinsend. Die Visitenkarten hingen an der Wand neben der Theke. Es mochten über hundert sein: Namen in allen möglichen Sprachen, aber nur amerikanische Adressen, Jacques sagte, »Schau mal.«

Deutete auf die Wand. Auf eine der Karten: *Diplom-Kaufmann Peter Wagner.* Büro, privat: Adressen in München, sie kannte die Straße, in der das Büro war: Emanuel Ullrich wohnte um die Ecke. Sie sagte zu Jacques,

»Diese Straße! Es ist eine schöne Straße, ich kenne sie. Eine Art Allee, ich weiß nicht, wie die Bäume auf englisch heißen. Sie haben Kerzenblüten, Blätter wie Hände«,

Wie Fischgräten: wenn Kinderfinger das weiche Grün zwischen den Kastanienblattrippen herausgeschabt hatten, Jacques sagte,

»Chestnuts.« Wühlte in seiner Tasche herum. Sagte, »Du hast wahrscheinlich Heimweh, oder. Du wirst jetzt womöglich Heimweh kriegen«,

Sie sagte, »Nein.«

Las die Karte noch einmal. Warf einen Blick auf die Bedienung: die nicht zu ihr herübersah, sich mit einem Gast unterhielt. Etwas erzählte,

»Mer-lot«, sie spuckte das Wort aus wie einen Kirschkern. »Kommt vorhin ein Typ rein, bestellt Merlot. Ich sage: *Mer-lot*? Wir haben weiß, rot, rosé. Ich kann dir den Weißen dunkler machen. Ich kann dir den Roten heller machen. Du kannst von mir aus Zucker reinkippen, oder Senf«,

Sina riß die Karte von der Wand und steckte sie ein.

Ging am nächsten Morgen allein in die Stadt. Ging in ein Reisebüro, fragte nach Flügen von Washington nach Miami: Sie mußte von Miami aus nach Deutschland zurückfliegen. Mußte bald wieder anfangen zu arbeiten, in der ersten Märzwoche, die Frau hinter dem Computer sagte,

»Sie sollten am besten sofort buchen. Wenn Sie Anfang März in Miami sein wollen«,

Sie hätte schon längst wieder arbeiten müssen. Ihr Chef hatte ihr nur zwei Wochen Urlaub bewilligt, daheim würde sie ihre Kündigung im Briefkasten finden. Würde ihre Wohnung betreten, die Kündigung in der Hand, sie konnte den Staub auf ihren Möbeln sehen. Auf den fremden Möbeln: die Sina nicht wiedererkennen würden nach all der Zeit, ihre Wohnung würde sich weigern, ihr noch zu gehören, auf der Spüle stand vielleicht eine Tasse. Klebte dort fest seit ihrer Abfahrt, in einer Kruste aus Kaffee und Zucker, sie würde den Anrufbeantworter abhören: die Stimmen von Gaby, Johannes. Emanuel vielleicht. Die schon vor Wochen durch ihre leere Wohnung gehallt waren, *Sina, bist du da? Bist du wieder zurück, melde dich doch,*

Jacques erreichte währenddessen Vermont.

Packte seine Sachen zusammen. Gab das Wohnmobil ab. Saß dann in einem Greyhound, sah aus dem Fenster: während er den langen Weg wieder zurückfuhr, allein mit dem Kind, vor Billy Todds Wohnung würde er in sein Auto einsteigen. Würde einen Moment starr auf die Straße blikken: die nirgendwohin führte, dann würde er losfahren. Würde sich im Dickicht der amerikanischen Highways verlieren, das Kind hinter sich auf dem Rücksitz, ihr Ticket war noch bis April gültig.

»Danke«, sagte Sina zu der Frau am Computer. »Vielen Dank, ich überlege es mir noch einmal.«

Draußen auf der Straße faßte sie in die Jeanstasche. Holte die Visitenkarte hervor, zerriß sie in vier Teile: die im scharfen Wind über die Straße flatterten, sie tadelte sich für die Theatralik dieser Geste. Es war kalt in Washington. Es wurde kälter, je weiter sie nach Norden kamen

Delaware New Jersey New York Connecticut

Hinein in eine klirrweiße Schneelandschaft. In der jeder Zweig, jeder Halm blitzend überfroren war unter strahlender Sonne, sie sangen ein Weihnachtslied: *Jingle Bells*, lachten. Jacques fuhr sehr langsam auf den Winterstraßen. War das Fahren im Schnee nicht gewohnt: hatte noch niemals zuvor Schnee gesehen. Konnte nicht genug davon kriegen. Berührte den Schnee, leckte daran. Formte Schneebälle, jonglierte mit Schneebällen, sie hielten an jeder zweiten Picknick area. Packten Maurice in den Schneeanzug, sprangen nach draußen, Maurice ließ sich in den Schnee fallen.

Wälzte sich im Schnee. Krabbelte auf Sina zu, er konnte jetzt krabbeln. Konnte sich an Sinas Bein hochziehen, er versuchte zu stehen. Zog sich an allem hoch, krähte laut seinen Triumph in die Welt, wenn er stand, sie bauten einen Schneemann für ihn. Hatten aber keine Kohleaugen, keine Möhrennase, Jacques setzte dem Schneemann eine Sonnenbrille auf. Sina machte einen Mund aus einem Kamm. Eine Nase aus Zweigen, Jacques umtanzte den Schneemann, Maurice auf dem Arm,

»I love you, Sina! Dich, und diesen Schneemann«,

»Ich liebe dich auch, Jacques«,

Blind blieb der Schneemann zurück: weil Sina ihm die Brille abnahm, als sie wieder losfuhren, später Wolken von Krähen über einem leeren Feld. Möwen, an einem eisbehangenen Seesteg, in New Haven wechselten sie auf die 91. Fuhren nun weg vom Meer. Fuhren direkt nach Norden,

Massachusetts

Jacques sagte, »Ich lasse dich nicht zurückfliegen, Sina. Nicht wahr, Maurice, wir behalten sie einfach hier, ich finde eine Wohnung für uns. In Miami, oder auf den Keys. Oder meinetwegen in Charleston. Du weißt schon, bei deinem Lover«,

Sie boxte ihn in die Seite, grinsend. Sagte,

»Oder wir fliegen zusammen nach Europa. Oder nein, wir kaufen uns ein Boot und segeln nach Tahiti«,

Nach Bali, Celebes, wohin auch immer. Als wäre die Zukunft offen: ein Buch ohne Schluß, einmal hielten sie an einem Diner. Wo jemand sie einlud. Ein Uhrensammler, er wohnte in einem heruntergekommenen Häuschen irgendwo auf dem Land. Er nahm sie in seinem Auto mit: Pick-up mit Vierradantrieb, er war ungefähr fünfzig. Hatte keine Frau, keine Kinder. Kochte Tee für sie: grünen Tee, schwarzen Tee, sie saßen auf dem Sofa und knabberten Vollkornkekse. Versuchten, Maurice von den Uhren fernzuhalten: Wanduhren Kuckucksuhren Taschenuhren Standuhren, der Besitzer erklärte ihnen jedes einzelne Stück. Die Uhren begleiteten ihn mit ihrem Ticken. Unterbrachen ihn, manche schlugen jede Viertelstunde. Andere schlugen nur jede halbe, jede ganze Stunde, sie gingen nicht zeitgleich. Gingen vor oder nach: gingen alle falsch, füllten die Wohnung mit ihrem Ticken, ihren Glockenspielen, ihren hallenden Gongs. Manche Uhren schwiegen.

Hier endete es.

Im Haus des Uhrensammlers: Dies war die letzte Erinnerung, weiter kam sie niemals, der Schmerz in ihrem Kopf war ein gefangenes Tier. Das ihr die Schädeldecke aufsprengen wollte, um sich zu befreien, die Trauer war ein schwarzes Tuch in Mund und Magen. Das sie erstickte: Er hatte sie im Stich gelassen.

Nicht sie war gegangen, sondern Jacques. Es war ein Verrat. Den sie von jedem anderen eher hätte hinnehmen wollen, er hatte sie zurückgelassen im Schnee, schwer verletzt, einmal sagte sie das zu Robert.

Robert beugte sich vor. Versuchte, ihr ins Gesicht zu sehen, Sina, sagte er. Sina, erinnerst du dich denn,

Sie sagte: Ich nicht. Aber du. Du hast mir das doch erzählt. Du hast gesagt, daß er abgehauen ist mit dem Kind, irgendwo raus in die Dunkelheit,

Nun gab es nichts mehr: nur einen blauen Strich auf einer Karte, die sie nicht mehr besaß, sie mußte von vorn beginnen und immer wieder von vorn, sie hatte längst keine Lust mehr. Sie wäre gern gestorben: Aber Robert ließ es nicht zu.

Verließ sie nie. War immer bei ihr. Las ihr vor, kaufte CDs für sie: Mozart, Brahms. Tschaikowsky: Ballettmusik, sie erinnerte sich, sie hatte dies schon einmal tun müssen. Hatte schon früher einmal ihrem Körper Bewegungen befohlen, ihn die Details von Bewegungen lernen lassen: Pirouetten, Arabesquen. Pliés, Développés, sobald man sie zu beherrschen glaubte, fühlten sie sich wundervoll an, unabhängig davon, wie sie aussahen, ihre Zehen schmerzten.

Die fehlenden Zehen: die Stelle, wo sie gewesen waren, Robert ging manchmal einkaufen. Dann überlegte sie, ob sie sich jetzt umbringen könnte. Mühte sich mit ihren Krücken von Zimmer zu Zimmer auf der Suche nach einer Waffe, vielleicht konnte sie ihre Schmerzmittel überdosieren? Aber es würde zu lange dauern, bis die Tabletten wirkten, vielleicht konnte sie Rasierklingen finden, oben in seinem Bad. Oder sie hätte sich auch von einem der Decks hinabstürzen, sich den Hals brechen können: wenn sie es geschafft hätte, die Treppen zu erklimmen, über die Brüstung zu klettern, sie brachte es nicht fertig. Brachte es nicht übers Herz: Robert ihre blutende Leiche auf den Teppich zu legen. Wenn er nach Hause kam, brachte er Pizza mit.

Brachte chinesisches Take out mit, Quarze für Sina aus Jeremys Zen-Laden, er rief ihren Namen schon an der Tür. Beobachtete ihr Gesicht, wenn er ihr seine Geschenke reichte, sie hielt die Kristalle jedesmal lange in der Hand. Befühlte ihre Struktur, mit geschlossenen Augen, er konnte sich nicht vorstellen, was in ihr geschah. Er kaufte Kerzen. Kaufte einen Leuchter für die Kerzen, er las ihr vor, meistens Gedichte. Suchte die alten Kassetten hervor, die Julia ihm geschenkt hatte, während sie zuhörte, wurde sie ganz still. Ihre Stille belebte das Haus. Das sich um sie füllte, die Regale füllten sich. Die Meter und Meter leerer Regale, das Haus begann um sie zu leben: Es war ihr Haus. Das Haus, das Robert Brauer geschaffen hatte, ihre Anwesenheit ließ es für ihn wieder lebendig werden wie damals, als er daran gearbeitet hatte, gegen Mittag erwärmte die Frühlingssonne das Wohnzimmer so stark, daß er die Glastüren öffnen konnte. Sie saß dann in ihrem Sessel und blickte aufs Meer. Etwas in ihr entzündete sich.

Loderte auf, brannte. Erlosch, ließ sie erschöpft zurück, sie war wundervoll, wenn ihr Gesicht plötzlich aufflammte, lebendig wurde, einmal, als er nach Hause zurückkam, fand er sie im Bad: wo sie versuchte, sich das Haar abzuschneiden.

Das auf der einen Seite lang, auf der anderen immer noch stoppelkurz war, er nahm ihr die Schere ab. Ließ die Strähnen ihres Haars durch seine Finger gleiten, er gab sich Mühe: war aber kein sonderlich begabter Friseur. Als er fertig war, sah sie in den Spiegel.

Lachte laut auf. Weinte dann aber doch: was er für ein gutes Zeichen hielt, für die Rückkehr ihrer Eitelkeit, er sagte,

»Aber du bist doch trotzdem schön. Du bist eine wunderschöne Frau, auch mit deinem Stoppelkopf«,

Im Schein des Kaminfeuers standen ihre Backenknochen hervor. Ihre Zähne waren schön: breit und weiß. Sie standen ein wenig schief, als wäre der Kiefer zu eng für sie, warum hatte sie als Kind keine Zahnspange getragen? Man hatte das offensichtlich vernachlässigt.

Hatte sie womöglich auch noch in anderen Punkten vernachlässigt, ihr merkwürdiger altmodischer Mund rührte ihn. Ihre Lider rührten ihn: die dünne Krokusblütenhaut, die über den geschlossenen Augen zitterte, wenn sie darauf wartete, daß die Schmerzmittel wirkten, brauchte man für ein richtiges Leben die Bereitschaft, Schmerz zu ertragen? Wahrscheinlich: aber sicher nicht noch mehr Schmerz, als sie bereits ertragen hatte, er dachte manchmal an Natalie.

Rief Natalie aber niemals an. Sprach niemals von Natalie, Gabriel rief an. Robert berichtete vage von Sinas Gesundheitszustand, Und sonst, Robby? Erinnert sie sich denn jetzt daran, wer sie ist?

Robert sagte: Nein.

Legte sich keine Rechenschaft darüber ab, warum er log. Bogner rief an. Robert mußte sich einen Ruck geben, um sich daran zu erinnern, wovon Bogner redete: vom richtigen Leben vielleicht, alles ging glatt im Büro, auch ohne Robert. Es wunderte ihn, daß ihn seine eigene Abkömmlichkeit so wenig störte, verlangte ein Leben nicht Arbeit? Erfolg, Scheitern. Zu brennen für etwas: den Bau eines Lagers für Büroklammern womöglich, vielleicht mußte man gänzlich neu anfangen, jeden Tag wieder. Sein Leben immer wieder von vorn beginnen, natürlich würde man dann viele Fehler begehen: aber wobei?

Das war das Problem. Er versuchte an jemanden zu denken, der ein Leben gehabt hatte. Nelson Mandela vielleicht, Mick Jagger? Mies van der Rohe, Dr. Livingstone, aber er, Robert Brauer, war nicht geeignet zum Nationalhelden. War kein Rockstar, kein Afrikaentdecker, würde noch nicht einmal die Architektur revolutionieren, was konnte er ihr also bieten, der Eisprinzessin: Glück vielleicht?

Liebe, Geborgenheit, aber das waren lediglich Worte. Und zwar die Worte eines Verliebten, er erschrak zutiefst, als ihm das klar wurde. Schob den Gedanken sofort von sich weg. Verbot sich, weiterhin an sie als die Eisprinzessin zu denken, sie trug einen Namen: Sina Fischer, er kannte nun ihren Namen.

Kannte ihren Körper. Kannte ihre Brüste, die geraden Schultern wie die einer Geliebten. Kannte ihre Hüften und Beine. Hätte die Perlenkette der Wirbelsäule, das Muttermal auf ihrer Schulter blind zeichnen können, kannte die Narbe rechts über der Scham. Kannte ihre Scham: oder doch den dichten Flaum dunkler Haare darüber. Den er niemals berührt hatte, er berührte ihren Körper viele Male am Tag. Umschlang sie, wenn sie sich setzen, wenn sie aufstehen wollte. Fühlte dann ihren Arm um seine Schultern gleiten, preßte sie an sich, um sie halten zu können. Fühlte ihren Atem an seiner Wange, im Bad fühlte er ihre Haut.

Redete dann. Sah aus dem Fenster, um nichts zu fühlen. Um sie nicht zu beschämen mit seiner Anwesenheit: Aber sie selbst schien keinerlei Scham vor ihm zu empfinden, manchmal kränkte das etwas in ihm. Er hielt ihre Hände, wenn der Arzt die Verbände wechselte.

Sie hielt ihn dann fest. Bedurfte seiner: seines Körpers, seiner Kraft. Bediente sich seiner, verließ sich auf ihn. Vertraute darauf, daß er da war: Er wußte, er konnte genau so sein, wie sie ihn brauchte.

War tatsächlich der, den sie in ihm sah. Ihr Blick brachte ihn endlich zum Vorschein: den wirklichen Robert Brauer. Der schwer war: ein Halt. Ein Fels in der Brandung. Ein Mann: an den sie sich anlehnte, dachte sie manchmal an ihn so: als Mann? Manchmal träumte er nachts von ihr. Konnte sich aber nie an diese Träume erinnern. Wußte noch nicht einmal, ob sie erotischen Inhalts gewesen waren, war froh darüber, daß er es nicht wußte, manchmal kurz vor dem Einschlafen gab etwas in ihm nach: sein Wille vielleicht oder etwas anderes, für das er keinen Namen hatte, die Erektion kam dann überwältigend plötzlich. Schmerzte aber, wie etwas zu lange Aufgeschobenes. Wie die Teenager-Pein nach ausgedehntem Gerangel auf irgendeiner Partykeller-Matratze, das Heilmittel dafür stand noch zur Verfügung. Er preßte, rieb. Zwang sich, dabei an nichts zu denken. Bilderlos zu erledigen, was zu erledigen war: ergebnisorientiert, einmal erzählte sie ihm von dem Kugelschreiberstrich auf der Karte. Sagte,

Du mußt Geduld haben, bitte. Ich bemühe mich ja. Ich fange immer wieder von vorn an. Ich fahre immer wieder los, jeden Tag,

Auf der US-1, der Interstate 95. Auf genau den Straßen, über die Robert selbst vor fast einem Jahr nach Provincetown gekommen war, sie fuhr von Florida nach Vermont, dann zu ihm ans Cape: Sie fuhr direkt auf ihn zu. Kam ihm immer näher, mit jedem Tag, einmal fragte er sie: »Bist du verheiratet?«

Sie sagte: »Nein.«

VIII

Sie hatte ihre Schuhe bekommen. Turnschuhe, sie hatte einen bitteren Scherz gemacht: Die ersten Maßschuhe meines Lebens,

Der Gipsabdruck, nach dem man sie angefertigt hatte, lag unter einem Handtuch in der Zimmerecke. Die Wunden waren alle geheilt. Ihr Fuß war ein Strumpf mit nach innen gestülpten Zehen. Um die Narbe kräuselte sich das Gewebe: schlampig eingenähtes Mantelfutter, sie sollte das Bein bewegen. Sollte es vorsichtig zu belasten beginnen: Das hatte der Arzt gesagt,

Und noch etwas, Ms. Fischer. Die Schmerzmittel. Sie müssen die Schmerzmittel allmählich absetzen. Sie dürften keine Schmerzen mehr haben, der Unfall ist über zwei Monate her,

Aber die Schmerzen waren immer noch da. Ließen sich nicht wegzaubern mit Modalverben: *müßten, sollten,* manchmal war es eine Qual: ihren Qualen lauschen zu müssen, Robert sagte,

»Komm. Laß uns nach Provincetown fahren. Damit wir endlich einmal deine Schuhe ausführen«,

Die sie noch nie getragen hatte, er zog sie ihr an. Sie griff nach ihren Krücken: fügte sich, wortlos. Er konnte sehen, daß sie lieber zu Hause geblieben wäre.

Während der kurzen Fahrt schwiegen sie. Waren noch nie zusammen in der Stadt gewesen: Sie hatte das Haus nur verlassen, um den Arzt aufzusuchen, Robert war froh, daß man um diese Jahreszeit noch relativ leicht einen Parkplatz fand. Stellte den Wagen beim Fishermen's Wharf ab, sie sah aus dem Fenster hinaus auf den langen Seesteg. Den sie noch nie gesehen hatte, sie betrachtete ihn: sein zu schwarzem Silber verwittertes Holz, sie saß still.

Erkannte den Steg. Wandte den Kopf, erkannte mit einmal eine Häuserfassade. Erkannte eine Neonreklame, alles war vertraut. War zugleich vollkommen unbekannt: so daß es ihr schien, als wäre sie nicht an einem fremden Ort, sondern in einer anderen Ära. Ein Science-fiction-Dornröschen: das irgendwann im Lauf der Krankheit in der Zeit verlorengegangen, nun in einem anderen Jahrzehnt wieder erwacht war, lange vor oder sehr lange nach dem Überfall, die Schmerzen kehrten jäh zurück, als sie sich bewegte.

Aber einen Moment lang waren sie nicht dagewesen. Einen Moment lang war ihr das Unvorstellbare gelungen: den Schmerz zu vergessen, sie sagte: »Robert. Ich bin so froh, daß du mich mitgenommen hast, Robert«,

Er half ihr aus dem Wagen. Murmelte etwas,

»Wir können jeden Tag herkommen, wenn du willst. Wir können überall hinfahren«,

Paßte seine Schritte den ihren an. Wiederholte sich dabei ihre Worte. Spielte sie sich vor: ein Lied. Die Titelmelodie zu einem privaten Film: die einer morgens im Büro vor sich hin summt, wieder und wieder, Ich bin so froh, Robert. Daß du mich mitgenommen hast, Robert,

Sie hörte die Urversion dieses Liedes. Einen Gassenhauer: *Ich freue mich, Jacques. Ich freue mich so, daß du mir jetzt Amerika zeigst,*

Die Trauer flutete wieder zurück, dreckige Brühe. Schwemmte sie auf die Caféterrasse am Hafen: wo Jeremy saß.

Der Besitzer des Zen-Ladens, er sprang auf, als er Robert erkannte. Schob für Sina einen Stuhl zurecht, holte einen zweiten Stuhl, damit sie ihr Bein hochlegen konnte, er war ein kleiner Mann. War ungefähr in Roberts Alter, sein Haar war so kurz geschnitten, daß er fast kahlköpfig wirkte. Er lächelte Sina an,

»Endlich lerne ich Sie mal kennen. Endlich kann ich mich mal bei Ihnen bedanken, Ihr Interesse an Kristallen hat mich über Wasser gehalten, in dieser harten touristenarmen Zeit«,

Sie fand keine Antwort: hatte vielleicht ihr Englisch vergessen. Hatte die Fähigkeit zum Small talk eingebüßt mit ihren Zehen, dies hier war aber ein guter Bekannter von Robert. Sie grub etwas aus, das sie sagen konnte,

»Aber das war doch Robert. Er hat die Kristalle gekauft«,

Jeremy nickte. Grinste,

»The things we do for love«,

Der Satz hatte ein Echo. Robert wandte den Kopf ab. Vermied Sinas Blick, sah hinaus aufs Meer, Blumenkohlwolken hatten sich vor die Sonne geschoben. Das Wasser war teefarben, stumpf. Metallisch: als würde es dröhnen, wenn man es anschlug, Jeremy sagte,

»Ist heute nicht ein herrlicher Tag? Der Frühling auf dem Cape ist wirklich wundervoll. Übrigens auch die beste Zeit, um Wale zu beobachten. Finnwale, Minkes, Bukkelwale, Sie müssen sie sich unbedingt ansehen, Sina. Sobald Sie wieder gesund sind«,

Er ließ sie nicht aus den Augen, während er sprach. Stellte sie auf eine Bühne. Zog sie nach vorn, an die Rampe: so daß sie nicht fliehen, in den Kulissen verschwinden konnte, die Sonne kam jetzt wieder hervor. Blitzte auf dem Wasser. Schmolz sein stumpfes Metall, machte es glutflüssig, Jeremy erkundigte sich nach Sinas Befinden. Fragte nach Details von Sinas Behandlung, lehnte sich vor. Wartete auf Antworten, sie sagte,

»Der Arzt hat die Medikamente reduziert.«

Rang sich Bekenntnisse ab,

»Ich mache Übungen. Ich soll diese Übungen machen, aber ich kann es nicht«,

Tränen schossen ihr in die Augen, sie wollte jetzt heimgehen. Der Ober kam. Robert bestellte.

Hätte am liebsten ein Bier getrunken. Bestellte Cappuccino, Mineralwasser: um Sina nicht auf dumme Ideen zu bringen, Jeremy zog den schwarzen Kimono fester zu, den er über den weiten Leinenhosen trug. Sagte,

»Vielleicht bringen die Übungen etwas zurück. Muskeln erinnern sich an jeden Schmerz, bestimmte Bewegungen können ihn zurückbringen, vielleicht sind Sie gegangen oder gerannt, als der Schläger Sie getroffen hat. Vielleicht haben Ihre Beine jetzt Angst davor, wieder gehen zu lernen«,

Und warum ging sie dann überhaupt weiter? Wo schleppte sie sich denn hin, auf ihren Krücken, der Schmerz war ein Land. Ein glühendes Land: erfüllt von gleißender Helle, den Schreien der Geier. Dem Lärm, dem Geruch des Schlachtens, das Schmerzland war endlos. Es hatte keine Grenze. Keinen Übergang: an dem man Papiere vorzeigte, dann aufatmend den Schlagbaum passierte, sie würde niemals zurückkehren. Würde nie jemandem davon berichten können, was für ein unglaubliches Land sie entdeckt hatte: die Hölle, Jeremy sagte: »Vielleicht haben Sie Ihren Rhythmus verloren. Sie müssen Ihren Rhythmus wiederfinden, ich könnte Sie mal massieren, wenn Sie wollen. Es ist keine normale Massage. Es ist eine Art, mit den Händen zu lauschen, ich könnte Ihnen jetzt eine Menge erzählen über Schädelknochen und Rückenmarksflüssigkeit und was weiß ich, aber eigentlich geht es gar nicht darum. Es geht nur um Berührungen. Meistens teilt man ja etwas mit, wenn man jemanden berührt. Man begrüßt oder tröstet oder begehrt, aber man kann auch mit Berührungen zuhören. Man kann dem Körper eines anderen lauschen«,

Und woher wußte er, daß sie ihren Rhythmus verloren hatte? Der Kaffee kam. Der Hügel aus Milchschaum darauf war porös, zimtgesprenkelt wie ein Vogelei, sie stieß den Löffel hinein. Rührte, zerstörte, Robert sagte: »Wo hast du das denn gelernt, Jeremy?«

Dachte daran, wie er selbst Sina hielt. Wußte genau, wie er sie stützen mußte mit seinen Händen, er hatte nicht vor, sie irgendwelchen abstrusen Praktiken zu unterziehen. Sagte: »Das mit der Massage, meine ich, wo hast du das gelernt«,

»In New York natürlich«, sagte Jeremy. »In einem Institut, ich bin doch eigentlich Therapeut. Ich hatte eine Praxis in New York, bevor ich hier herkam, wußtest du das nicht? Bevor ich Allan getroffen habe, the things we do for love! Der Laden war seine Idee. Natürlich hatte er keinen Cent in der Tasche. Und natürlich ist er längst abgehauen, mit irgendeinem kalifornischen Surflehrer. Irgendeinem blonden blauäugigen Adonis, und ich sitze da, mit diesem Laden«,

Er lachte auf. Robert hatte sich nie gefragt, wie Jeremy auf das Cape gekommen war. Hatte sich nie für seine Geschichte interessiert: bekam sie jetzt zu hören, weil Sina dabei war.

Die plötzlich sagte: »Das ist das Schlimmste, nicht wahr. Von jemandem im Stich gelassen zu werden, dem man vertraut hat. Das ist das Allerschlimmste«,

Jeremy beugte sich vor.

»Das Schlimmste, sagen Sie«,

Spielte ihr ihren eigenen Text zurück: damit sie ihn

kommentierte, erweiterte, durchsichtiger Trick, sie sah an ihm vorbei zu einem anderen Tisch. Wo ein Mann, eine Frau die Köpfe zusammensteckten. Ihre Gesichter lehnten aneinander, Nase rieb sich an Wange, Wange an Nase, dann drei kleine Küsse: hart wie drei Punkte. Die das Ende offenließen, Jeremy wiegte den Kopf. Sagte,

»Andererseits, Allan hat mich schließlich nicht mit der Knarre ans Cape getrieben. Ich bin freiwillig mitgekommen. Ich kann mich gut daran erinnern, wie begeistert ich von der Idee war«,

Sina unterbrach ihn.

»Ich erinnere mich an nichts. An gar nichts, verstehen Sie, an nichts, nichts.«

In der Nacht ertrank Maurice. In einem Kinderplanschbecken, wie sie selbst als kleines Mädchen eines gehabt hatte, er wehrte sich nicht. Versank ganz langsam: wie in einer zähen Flüssigkeit, sie rannte. Kam nicht von der Stelle. Rannte auf der Stelle, kämpfte sich durch den Widerstand der Luft wie durch Kleister, das Planschbecken wurde durchsichtig. Durch seine Wand hindurch sah sie, wie erst der Körper, dann das Gesicht des Kindes im Wasser versank, eine Stimme von irgendwoher sagte: Wie kannst du denn überhaupt rennen, ohne Zehen?

Sie stürzte sofort zu Boden. Versuchte vorwärtszukriechen, konnte sich überhaupt nicht mehr bewegen, die Augen des Kindes starrten sie an: Fischaugen in einem Aquarium, sie wachte auf.

Mit leeren Armen. Mit rasendem Herzen, höllischen Schmerzen, wieso hatte sie überhaupt geträumt? Ihre Schmerzmittel hatten über Wochen und Wochen alle Träume verhindert. Die Leere ihrer Arme schmerzte. Der Abdruck des Kinderköpfchens auf ihrem Arm: das fehlte wie ihre Zehen. Wie Jacques' warme magere Gegenwart an ihrem Rücken, um die sie verdammt noch mal nicht mehr heulen wollte, er hatte sie verlassen im Schnee: einen Käfer mit einem ausgerissenen Beinchen. Der bis in alle Ewigkeit eine blaue Linie hinaufkrabbeln, wieder an ihr herabrutschen mußte,

New Jersey

Irgendwo in einem State Park. Auf einem Campingplatz, Sina spielte mit Maurice auf dem Bett. Rollte ihm einen Ball zu, fing den Ball wieder auf, Jacques blätterte in einer Zeitschrift: Cartoons. Blickte nicht auf. Sagte,

»Warum redest du eigentlich englisch mit ihm? Immer redest du englisch mit dem Kind, bring ihm doch Deutsch bei! Warum soll er nicht mit zwei Sprachen aufwachsen«,

Sein Ton war vorwurfsvoll. Ein Kinderton, quengelig, sie antwortete, ohne nachzudenken.

»Himmel, Jacques, er ist noch nicht mal ein Jahr alt. Ich bin doch längst weg, wenn er anfängt zu sprechen«,

Jacques gab keine Antwort.

Sagte überhaupt nichts mehr, saß an seinem Tisch und starrte in die Zeitschrift, mit verkniffenem Mund, am nächsten Morgen schrie er sie an. Weil sie den Kaffee zu stark gemacht hatte: das sagte er jedenfalls,

»Dieses Zeug kann man nicht trinken, verflucht noch mal!«

Sie konnte es nicht glauben. Wurde eisig vor Zorn, kippte seinen Kaffee in die Spüle,

»Koch dir deinen Scheißkaffee doch selber! Deine eklige dünne Ami-Brühe«,

Das Kind begann zu schreien. Hatte einen seiner Anfälle, war eine Ewigkeit lang untröstlich, als es sich allmählich wieder beruhigte, sagte Sina: »Schluß. Fahr mich zum nächsten Flughafen.«

Jacques kletterte auf den Fahrersitz, wortlos und blaß. Sie saß neben ihm. Hielt das Kind fest, Jacques sah stur geradeaus. Sie spürte das Zittern ihrer Arme und Beine, so also endete es. Auf diese Art, sie versuchte zu überlegen, wann und wie sie zurückfliegen würde. Konnte sich nicht konzentrieren. Wußte nicht einmal, welcher Tag heute war, das Kind wimmerte, als wüßte es, was nun kommen würde. Sie waren in einem Ort. Sie hatte versäumt, das Ortsschild zu lesen, aber wo es endete, war auch egal, sie versuchte das Klopfen ihres Herzens willentlich zu beeinflussen. Versuchte ihr Herz zur Ruhe zu zwingen, Jacques sagte,

»Hör mal.«

Räusperte sich, sah sie nicht an. Sah weiter starr auf die Straße, sagte, »Hör mal zu, soll ich dir was erzählen«, wartete ihre Antwort nicht ab. Sagte, »Es ist etwas Lustiges. Etwas zum Lachen, also hör zu, ich erzähle es dir. Das war, als ich ungefähr sieben war. Ich hatte damals einen Hund, erinnerst du dich? Ich hab dir mal von dem Hund erzählt, es war so eine Art Dogge. Ein Doggenrüde. Nicky. Alberner Name für einen Hund, so groß wie ein Pony, und genau das war auch das Problem. Seine Größe. Seinen ersten Besitzern war er viel zu groß, deswegen wollten sie ihn erschießen. Meine Mutter ist also rüber und hat Nicky gekauft. Für zehn Dollar, er war ein großartiger Hund. Er war mein Freund, ich konnte mich auf seinen Rücken setzen. Ich konnte ihn die Treppe runterrollen, wenn ich wollte, nur eines durfte ich nicht: nett zu einem anderen Hund sein. Dann ist er jedesmal ausgeflippt. Er hat wohl gedacht, nun wird er wieder weggegeben, kannst du dir vorstellen, was er dann gemacht hat?«

Sie schüttelte den Kopf. Sah eine schwarze Dogge auf sich zukommen, zähnefletschend im Sprung, Jacques sagte,

»Nägel gekaut. Wenn er sich Sorgen gemacht hat wegen irgendwas, dann ist er immer nach hinten raus auf die Veranda und hat Nägel gekaut. Hat sie abgekaut bis runter aufs Fleisch. Bis aufs Blut, einmal hat meine Mutter ihm Chilipaste auf die Pfoten geschmiert. Aber er hat trotzdem weitergekaut. Bloß gejault hat er dabei wie ein Werwolf, weil der Pfeffer so höllisch gebrannt hat«,

Sie wußte nicht, ob sie über die Geschichte lachen sollte oder nicht. Sah zu ihm hinüber: in sein angespanntes Gesicht, sagte dann,

»Jacques. Hey, wir haben noch gar keinen Kaffee getrunken. Wollen wir nicht da drüben halten«,

Er lenkte das Wohnmobil sofort auf den Parkplatz. Sie stiegen aus. Saßen dann auf den grellroten Plastikstühlen einer Fast-food-Kneipe, sahen einander an über die Becher. Sahen wieder weg, Jacques sagte,

»Dieser Kaffee ist eine eklige Brühe. Typisch ekliges Ami-Spülwasser«,

»Findest du wirklich, Jacques«, sagte sie. »Ich mag ihn sehr gern. Das ist ein leichter Kaffee, der regt einen nicht so auf«,

Nun lachten sie. Lachten lauter und länger als unbedingt nötig, im Auto zog Jacques die Karte hervor. Sagte,

»Mal sehen, wo wir überhaupt sind.« Faltete die Karte auf, sagte sehr angelegentlich,

»Mal sehen, wie wir wieder auf die richtige Interstate kommen.«

Der Schmerz sprengte ihr fast den Schädel. Dennoch glitt sie nicht wieder zurück. Rutschte nicht den Kugelschreiberstrich wieder hinunter bis an den Anfang, blieb in New

Jersey. Blieb neben Jacques sitzen: der die Karte zusammenfaltete, losfuhr.

Der sagte: »Übrigens, tut mir leid, Sina. Wegen vorhin. Ich halte es einfach nicht aus, wenn du sagst, daß du gehst. Aber ich hätte dich nicht anschreien dürfen. Ich schreie zu leicht los, das liegt an meinem Alten. Ich hasse es ja selber, aber ich bin wie mein Alter. Ich kann komplett die Kontrolle verlieren.«

Die Worte zuckten durch ihren Kopf: harte Kugeln, die einschlugen, Gewebe zerrissen, Robert hörte sie rufen. Sprang auf, rannte die Treppe hinab in ihr Zimmer, sie war außer sich. Worte sprudelten aus ihr heraus, Tränen,

»Und wenn er es war? Wenn er es selbst war, wenn Jacques es war, ich halte es nicht aus, wenn er es war«,

Er zog sie auf seinen Schoß. Wiegte sie. Suchte etwas in ihr zu spüren, um es anzufachen: den Hauch ihrer enormen Kraft,

»Er kann es gewesen sein, Robert! Er kann die Kontrolle verloren haben, vielleicht wollte ich abreisen, und er hat die Kontrolle verloren, er kann versucht haben, mich totzuschlagen, wir waren Freunde! Wir waren richtige Freunde, Jacques und ich, ich weiß ja noch nicht einmal, wie er heißt! Ich kenne nur diesen Namen: Jacques, und so hieß er gar nicht, er soll es nicht gewesen sein, Robert«,

Das also sagte sie ihm. Soviel verriet sie ihm nun, das hatte er sich inzwischen verdient, er wollte weiterfragen. Wollte alles wissen, wollte sagen, Hast du ihn geliebt? Wen hast du in deinem Leben geliebt, er sagte,

»Ich glaube nicht, daß es Jacques war.«

Ihr Kopf bohrte sich in seine Schulter. Sie sprach in seinen Pyjama hinein,

»Nein. Nicht wahr, Robert, du glaubst es auch nicht«,

Er sagte: »Nein.«

Sie nickte, an seiner Schulter. Beruhigte sich langsam, er sah den Jungen in der Kurve auftauchen. Sah ihn auf sich zutaumeln: ein Winterinsekt, im Bann der Scheinwerfer. Die Nase blutig. Die Augen leer, *Sie ist noch da draußen, sie stirbt, sie stirbt,*

Und vielleicht suchte er jetzt nach Sina. Was, wenn er sie fand? Wenn er es gewesen war, und er fand sie, Robert mußte Dr. Mathai anrufen. Mußte ihn bitten, ihre Adresse auf dem Cape unbedingt geheimzuhalten, die Eisprinzessin auf seinem Schoß wurde schwer: wie ein Kind, das einschläft. Er hielt sie fest. Lehnte seine Wange gegen ihr Stoppelhaar. Roch den Geruch ihres Haars, war glücklich jetzt. Atmete ihren Geruch ein, sie flüsterte,

»Ich muß Jacques finden, Robert. Nur Jacques weiß, was wirklich passiert ist. Ob er mir das angetan hat«,

Und wenn es so war, dann würde sie es nicht ertragen, soviel war klar. Er hörte sie sagen,

»Ich habe es satt. Ich habe es so satt zu leiden, ich bin so wütend, Robert. Ich war noch nie so wütend, bitte ruf Jeremy für mich an. Er soll es probieren, das mit seiner Massage. Ich probiere jetzt alles. Bachblütentropfen und Urschreitherapie und Gesundbeten und Handauflegen, völlig egal, wieviel Leute haben jetzt schon an mir herumgedoktort? Ich bin zu allem bereit. Ich habe die Schmerzen satt, satt, satt.«

Jeremy kam am nächsten Abend. Hatte ein Buch mitgebracht über seine Massagetechnik, sie würdigte es keines Blickes. Humpelte auf ihren Krücken voran, in ihr Schlafzimmer, Robert folgte. Blieb in der Tür stehen: ein Wächter, sie legte sich auf das Bett. Jeremy trat an das Kopfende. Sagte,

»Liegst du bequem. Fühlt es sich richtig an, wie du liegst«,

Der Tonfall deutete etwas an: ein Ritual. Das Jeremy veränderte, ihn konzentrierte wie Hitze eine Flüssigkeit, so daß der Ladenbesitzer, der Cafébesucher verdampften, Jeremy sagte: »Erlaubst du, daß ich deinen Kopf berühre.«

Sie nickte, mit geschlossenen Augen. Jeremy nahm ihren Kopf in die Hände. Ließ seine Hände wandern, berührte ihre Narbe. Verhielt.

Bewegte dann die Hand, leicht, die Bewegung folgte einem Rhythmus. Verfolgte, kopierte eine Bewegung in Sina oder rief sie vielleicht auch hervor, ihr Kopf begann sich zu drehen.

Wandte sich langsam nach rechts: als wollte sie über die Schulter zurückblicken, ihre Beine begannen zu zukken. Sie stöhnte. Wimmerte dann, dünn und schrill, ihre Hände flogen hoch zu den seinen: Aber er hatte sie bereits losgelassen. Sie schlug die Augen auf, mühsam. Flüsterte: »Ich kann es nicht. Ich habe den Mut nicht, es tut mir leid, Jeremy«,

Robert brachte Jeremy zur Tür. Als er zu Sina zurückkehrte, schlief sie.

Aber etwas war passiert. Der Schmerz war genauso heftig wie immer: Aber sie war nicht mehr allein mit ihm. Jeremy war mitgekommen. War ihr gefolgt, mitten hinein in das Zentrum des Schmerzes, als er das nächste Mal kam, brachte er ihr ein Geschenk mit.

Eine flache Schale aus grauem Stein, Robert half, sie hinaus auf das Sonnendeck zu schleppen. Wo Sina in ihrem Liegestuhl saß, Jeremy sagte: »Die Schale ist für dich. Zum Reden. Weil du es schwierig findest, mit mir zu sprechen, ich habe mir gedacht, du könntest dir vielleicht vorstellen, daß du mit deinen Worten die Schale füllst. Ich müßte mehr über dich erfahren, wenn ich dir helfen soll«,

Sina sagte: »Die Schale ist schön.«

Sagte nichts weiter. Griff nach ihren Krücken, humpelte ihm voraus.

Er formte ihren Kopf: So fühlte es sich an. Er gab ihrem Kopf seine ursprüngliche Form zurück, etwas entglitt ihr: ihr Körper, der auf dem Bett lag. Zugleich tauchte sie in diesen Körper ein. Er kam mit. Folgte ihr mitten hinein in das glühende Land, Kälte durchrieselte sie. Ihre Zähne schlugen aufeinander, etwas kam näher. Etwas wollte ihren Kopf nach rechts drehen, der Schmerz wurde unerträglich. Trauer, Angst schlugen über ihr zusammen in stinkenden Wellen, Jeremy löste die Hände von ihrem Kopf, einen Moment, bevor sie bewußt widerstrebte. Als sie die Augen öffnete, war Robert da. Stand über sie gebeugt, wischte ihre Tränen ab. Deckte sie zu, Jeremy sagte: »Du warst sehr tapfer. Wir kommen weiter, ich rufe dich an.«

Rief jeden Morgen an. Kam regelmäßig, er geleitete sie durch den Schmerz. Ging Schritt für Schritt mit ihr durch das glühende Land: das ganz allmählich hinter ihr zurückblieb, führte sie zurück in ihren Körper, sie übte das Stehen mit einer Krücke. Brauchte noch immer beide Krükken zum Laufen, konnte sich aber mit einer behelfen, wenn sie stand, sie wollte nicht mehr, daß Robert ihr im Bad half. Er stand vor der Tür, wenn sie sich wusch. Fürchtete, sie könnte ausrutschen, fallen, ertappte sich dabei, daß er sie sich vorstellte dort drinnen. Sie war groß. War sehnig, kräftig, soviel wußte er noch: Aber ihr Körper wurde ihm fremd, jetzt, wo sie wieder in ihn zurückkehrte. Ihn selbst wieder in Besitz nahm, sie lehnte am Geländer des Sonnendecks.

Jeremy und Robert saßen am Tisch. Wo noch die Teller mit Reisresten, Shrimpsschalen standen, Robert hatte gekocht. Fand allmählich Spaß daran zu kochen, mit Jeremy über Rezepte zu fachsimpeln, es war früher Abend. Die Bucht war silbrig still, voller Tanggeruch. Sina redete.

Erzählte endlich, was sie noch wußte von ihrer Geschichte. Erzählte es Jeremy: oder vielleicht doch ihm, Robert, und Jeremy war nur eine graue Schale, die sie mit Worten füllte, wieviel verschwieg sie, während sie sprach? Manchmal brach sie mitten im Satz ab. Ging dann ins Haus, war dies die fünfte Sitzung, die sechste?

Das Gefühl war ihr jetzt schon vertraut: das Verblassen des Zimmers. Das Verblassen ihrer eigenen Gegenwart in diesem Zimmer, Jeremy berührte ihr Bein. Strich mit den Händen darüber, ihre Tränen kamen in Schwällen: Aber sie selbst war gar nicht beteiligt. Sah sich zu, wie sie weinte,

»Warum weine ich so, Jeremy«,

Er sagte: »Es ist die Angst. Die Demütigung, du hast etwas Furchtbares mit dir machen lassen müssen«,

Die Worte hallten durch ihren Kopf, als wären sie unter dem Gewölbe ihrer eigenen Schädeldecke gesprochen worden, jemand in ihr schluchzte laut auf. Brach sich endlich Bahn, mit diesem Aufschluchzen, sprengte aus der Mitte ihres Körpers heraus: aus dem Angstknoten dort, ihr Körper krampfte sich zusammen. Begann zu zucken, unwillkürlich wie unter den Fingern eines geschickten Liebhabers, ihr Kopf wand sich unter Jeremys Händen. Wand sich nach rechts, weiter nach rechts, etwas war hinter ihr. Jemand. Etwas kam auf sie zu: der Schläger, das Bild war blitzkurz. Die Angst überspülte sie, stürzte sie jetzt? Aber sie lag auf einem Bett, irgendwer in ihr wußte das noch.

Beobachtete alles: Aber es war nicht der, der weinte, sich verkrampfte, der Schläger war rasend schnell, zeitlupenlangsam. Sie hörte Jeremys Stimme, die etwas fragte. Hörte sich antworten, *Ich wußte, er tötet mich jetzt*, spürte Roberts Hände. Die Jeremys Anweisungen folgten, jede ihrer Bewegungen unterstützten, er hielt ihren Rücken. Führte ihren Arm nach rechts, irgendwer in ihr kommentierte. Konnte aber nicht eingreifen. Konnte nichts abbrechen, fortschieben, ein Bild flammte auf. Baumwipfel, beladen mit Schnee. Erlosch sofort wieder, ein Gewitter tobte in ihrem Kopf. Energie ballte sich zusammen, entlud sich, sie erreichte eine Grenze. Etwas fiel ihr ein –

Rite de passage

– Sie keuchte. Atmete dann, tief. Wurde allmählich ruhiger. Als sie die Augen aufschlug, war Robert da.

Sie sah ihn sehr klar, wie etwas ganz Neues. Sah in seine Augen: die braun waren, mit Sprenkeln von grün, seine Lider waren ein wenig gerötet. Er lächelte. Die Härchen seiner Brauen waren leuchtend deutlich: eine Zeichnung mit spitzem Bleistift, der Schweiß auf seiner Stirn bildete einzelne perfekte Perlchen. Sie sah ihm noch einmal in die Augen, lange diesmal. Ließ dann die Lider zufallen. Hörte Jeremy etwas sagen. Hörte Robert antworten, sah seine Augen noch immer, hinter ihren geschlossenen Augenlidern. War geborgen in diesem Blick. Aufgehoben.

Sie erwachte am Morgen. Blieb liegen, reglos. Tastete sich durch ihren Körper: *schmerzfrei*, sie wagte keine Bewegung. Lag weiter still. Trieb auf einer Wolke: an dem blauen Himmelszelt, ein Kinderlied, welches? Ihre Nase begann zu kribbeln. Winzige köstliche Unannehmlichkeit, wahrnehmbar in der Schmerzlosigkeit, sie rieb ihren Nasenflügel. Begriff einen Moment später, was sie getan hatte: ihrem Körper die Kontrolle über die Bewegung überlassen, die Freude schäumte. Sie schlug die Augen auf. Sah, wo sie war: hoher Raum, lichtblau, Korbsofa mit weißem Polster. Fenster, Vorhänge. Dahinter das Meer, sie wollte sich aufsetzen, ohne darüber nachzudenken. Schaffte es nicht ganz. War behutsamer gewesen, als sie sich vorgenommen hatte, jemand klopfte an ihre Tür, leise: Robert. Sie rief ihn,

»Komm rein! Robert, komm rein«,

Mußte dies teilen: die sprudelnde Freude, er stand in der Tür.

Wie er jeden Morgen in der Tür gestanden hatte, ein großer Mann Mitte Vierzig, etwas zu schwer. Mit Händen, die links und rechts an ihm herunterhingen: wenn sie nicht in Hosentaschen verschwanden, Zigaretten entzündeten. Wenn sie nicht Sina stützten. Tabletts mit Teegeschirr trugen, Geschenke für sie, er sagte,

»Wie geht es dir jetzt«,

Lächelte. Hatte das jeden Morgen gesagt. Kam auf sie zu, wie immer, sie sagte,

»Großartig, mir geht es großartig«, lachte, »Ich bin schmerzfrei. Ich habe keine Schmerzen mehr, Robert«,

Zog ihn zu sich aufs Bett. Umarmte ihn, sein Arm kam dem ihren in die Quere. Ihre Hand stieß gegen seine Wange, aber sie hatte ihn doch so oft umarmt!

Hatte sich auf ihn gestützt, wie auf eine Stuhllehne. Hatte den Arm um ihn geschlungen wie um einen Pfosten, er sagte: »Ich bin so froh. Ich freue mich so«,

Sie roch die Zahnpasta in seinem Atem. Roch Rasierwasser, Zigarettenrauch: Männergeruch, sie ließ ihn los. Wußte aber, was sie jetzt zu sagen hatte,

»Ich möchte mir gerne das Haus ansehen, Robert. Dieses Haus, dein Haus. Das du gemacht hast, ich kenne ja nur das untere Stockwerk«,

Er hatte daran noch nie gedacht. Half ihr in den Bademantel. War plötzlich aufgeregt: Noch niemand hatte das Haus besichtigt, durchs Treppenhaus floß Licht in langen blonden Strähnen. Sie stützte sich auf das Geländer. Legte den anderen Arm um seinen Hals, im ersten Stock öffnete er alle Türen. Sah seine Zimmer: die Waben waren, honighell in der Morgensonne,

»Es ist wunderbar, Robert! Dein Haus ist wunderbar«,

Durch die Glasfronten strömte der Himmel herein, wolkengeriffelt wie Sandstrand bei Ebbe. Sie kletterten weiter hinauf, er sah die Farben des Hauses, als hätte nicht er selbst sie ausgesucht. Sand, Himmel, Wasser, sie schenkte es ihm: Gabriel Phillips' Haus. Stieß Fenster auf. Ließ Wind in die Zimmer, Wolkenvorhänge bauschten sich, auf dem gesunden Bein hüpfte sie hinaus auf den Widow's Walk. Auf die Galerie, die das Dach umgab, der Seewind füllte den Raum zwischen ihr und dem Himmel. Flog ins Haus hinein, ließ irgendwo unten gutgelaunt eine Tür knallen, sie wollte über die Außentreppen hinabklettern: die zu schmal waren, als daß er hätte neben ihr gehen können, sie setzte sich auf die oberste Stufe. Rutschte die Treppe auf dem Hintern hinunter, während er ihr Bein stützte, sie lachten beide. Ihr Gesicht war ihm vollkommen fremd, wenn sie lachte. Er begriff, er mußte noch einmal von vorn anfangen.

Mußte sie neu für sich entdecken: diese Fremde, die lachen konnte, und war es nicht das, worauf er die ganze Zeit gewartet hatte? Auf die Wiederkehr ihrer enormen Kraft: deren Hauch er gespürt hatte, sie rief: »Und deine Treppen sind wie Brücken! Bist du mal nach Key West gefahren? Über die Seven Mile Bridge, den Overseas Highway«,

Sobald ein Schmerzschatten über ihr Gesicht huschte, erkannte er sie. Erkannte die wieder, die ihm vertraut war: die Eisprinzessin.

Die Schmerzen kehrten manchmal zurück. Ein Echo der Schmerzen: erträglich, sie räumte ihr Zimmer um. Verschob das Korbsofa, stellte eine Lampe ans Bett: wollte vorhanden sein in diesem Haus, Spuren ihrer Anwesenheit hinterlassen, sie stellte den Gipsabdruck ihres Fußes auf den Kaminsims.

Mußte bei sich selbst anfangen, wenn sie wissen wollte, was geschehen war, ihre Zehen waren amputiert. Sie war endgültig keine Tänzerin mehr. Hätte jetzt damit aufhören müssen, selbst wenn sie das Tanzen je zu ihrem Beruf gemacht hätte, eigentlich war es eine Befreiung: etwas ganz und gar verloren zu haben, sie sagte das zu Robert. Sagte,

»Aber ich habe alles verloren. Ich habe keinen Job mehr. Ich habe mein Konto in Deutschland abgeräumt, ich lebe die ganze Zeit von deinem Geld! Ich kann doch nicht ewig von deinem Geld leben, und was ist mit dir, Robert? Wie kannst du überhaupt dein Büro ständig allein lassen«,

Er war mit ihr unten am Strand, vor dem Haus. Das Licht über dem Wasser war dünnflüssig: Frühsommer, der Wind kam vom Land und schmeckte hellgrün. Die dicke Tangschicht verhinderte das Einsinken ihrer Krücken, er sagte,

»Das mit dem Geld ist nicht so wichtig, Sina. Bitte sorge dich nicht um Geld, du weißt doch, Udo Bogner kümmert sich um das Büro«,

Bogner hatte gestern angerufen. Um eine Entscheidung absegnen zu lassen: der Umbau der Fabrikhalle, dann hatte er noch etwas gesagt. Etwas Seltsames: Ein Amerikaner hatte für Robert angerufen. Ein Kollege augenscheinlich, und nein, seinen Namen hatte er nicht genannt. Aber Bogner hatte ihm Roberts Telefonnummer gegeben. Sicher würde er sich bei Robert melden, Robert trug Sina über den Sand. Konnte sich nicht vorstellen, wer der Anrufer gewesen sein mochte, half Sina, sich zu setzen, sie sagte: »Vermißt dieser Udo Bogner dich nicht?«

Zog einen Schuh aus, einen Strumpf. Grub fünf Zehen tief in den Sand, sagte: »Vermißt dich denn keiner? Hast du keine Familie, irgendwo«,

Robert sagte: »Nein.«

Wollte nicht weiterreden. Kniete vor ihr nieder. Nahm ihren anderen Fuß in die Hand, löste den Schnürsenkel,

»Nicht, Robert, was machst du denn da«,

Er sagte: »Wir sind doch allein hier.«

Zog ihr den Schuh aus, den Strumpf. Ihre Beine lagen flach im Sand. Ihre Füße ragten nebeneinander empor, Hundertzwanzig-Grad-Winkel, einer lang, einer kurz. Sie fing an zu weinen. Er biß sich auf die Lippen. Konnte aber ihren Fuß nicht wieder bedecken, nun, nachdem er ihn einmal entblößt hatte, sie sagte: »Okay.«

Weinte lächelnd, sagte: »Okay okay okay okay, wie machst du das nur, Robert? Und warum, das frage ich mich. Warum tust du das alles für mich, sag es mir, Robert«,

Er antwortete, was ihm einfiel.

»Weil du so wunderbar bist, natürlich«,

Sie winkte ab. Benötigte seinen Charme nicht, er sagte: »Vielleicht weiß ich es selbst nicht. Vielleicht hat es mehr mit mir zu tun als mit dir, vielleicht war es auch Neugier. Vielleicht wollte ich einfach herauskriegen, was wirklich passiert ist«,

Sie nickte. Legte die Hand auf seinen Arm, sagte: »Und wir werden Jacques finden, Robert. Wir werden herauskriegen, was wirklich passiert ist, jetzt kann ich bald wieder laufen. Und dann werden wir Jacques suchen«,

Das also war es, was ihr noch immer am wichtigsten war: der Junge. Jacques. Der andere.

Jeremy kam weiterhin zu Besuch.

John und Red kamen, sie lebten nur im Sommer auf dem Cape. John: Anwalt aus Boston. Segler, Reiter. Dünenwanderer. Red: Produkt der Mesalliance eines Irischen Setters mit einem Straßenköter, sein Fell von derselben Farbe wie das Haar seines Herrn, sie wohnten zwei Häuser weiter. Robert kannte sie vom Sehen, eines Abends schlenderten sie am Strand entlang. Jeremy winkte ihnen zu,

»Hi John! Long time no see«,

John blinzelte hinauf zum Sonnendeck. Verwandelte dann die Stiege zum Sonnendeck in eine Freitreppe, mit seiner schlaksigen Eleganz, er hatte schon von Sina gehört: P'town-Gerüchte. Robert holte ein Bier für ihn, Wasser für Red. John zog sich einen Stuhl heran. Erzählte von seinem Bruder: der nach einem Autounfall jahrelang in Krankenhäusern gelegen hatte, dergleichen erfuhr Robert nun. Eine Frau sprach Robert im Supermarkt an. Stellte sich vor: Susan Crotta,

»Sie sind doch der Architekt, der das Haus gegenüber von meinem renoviert hat«,

Sie hatte einen Laden in Provincetown. Verkaufte Kuchen, Pasteten, sie mochte um die fünfzig sein. Der Nachname beschrieb ihr Äußeres: italienische Vorfahren, sie bot ihre Hilfe an.

»Ich war in New York, bei meiner Familie. Ich habe gerade erst alles gehört, sonst wäre ich schon früher vorbeigekommen«,

Sie konnte Brot backen, Haare schneiden. Konnte Radios reparieren, Warzen besprechen, John sagte,

»Sie hat mir mal einen Schaukelstuhl hergerichtet. Einen alten Shakerstuhl, und hinterher hat sie die besten Tortellini gemacht, die ich je gegessen habe, weißt du noch, Susan? Das muß vor zwei Jahren gewesen sein«,

Robert stellte Susans Apfelkuchen in die Backröhre, um ihn warm zu halten. Setzte Wasser auf für die Nudeln, Sina und Jeremy hackten am Küchentisch Knoblauch, grüne Chillies. John hatte getrocknete Tomaten aus Boston mitgebracht, schwarze Oliven, Susan gab New-York-Klatsch zum besten. Ihre Hände flogen beim Sprechen auf. Schwebten, kreisten über dem Ziel. Stießen dann herab,

»So, jetzt aber mal zu euch. Zu Robert und Sina, ich habe ja Unglaubliches über euch gehört. Märchen, Heldensagen, also, jetzt sagt mal. Was ist denn nun wirklich dran an der Geschichte«,

Der Junge trat aus dem Wald, zum tausendsten Mal. Stand in der Kurve, winkte, Robert sagte kein Wort. Sina sagte: »Ich kann mich an gar nichts erinnern. Ich weiß nur das, was Robert gesagt hat«,

Erzählte.

Nahm den Faden der Geschichte auf: berichtete, was Robert erlebt hatte. Spann dann aber den Faden weiter,

»Der Junge heißt Jacques, soviel immerhin weiß ich. Das ist der Name des Jungen, Jacques«,

Verwob ihre Erzählung mit seiner. Tat das zum erstenmal: legte den Strang ihrer Erinnerung über den seinen, flocht mit ihm zusammen an diesem Seil, das sie verband, *Sie ist noch da draußen, sie stirbt, sie stirbt!* Robert rannte. Rannte durch Schnee, erstickte zum tausendsten Mal in einem Kältemeer, Susan legte die Hände um ihren Teller, wie um ein Steuerrad. John hatte sich vorgebeugt. Jeremy ließ kein Auge von John: hatte offensichtlich ganz anderes im Sinn, er kannte die Geschichte ja auch längst. Hätte sie selber erzählen können, *Es fing an zu schneien, der Wald war sehr still. Das Blut in ihrem Haar begann zu schmelzen,* Robert kam noch einmal ins Krankenhaus. Lernte noch einmal, Gegenwart zu sammeln, dann die Tage dieser Gegenwart herunterzuzählen bis zum Tag Null, noch einmal kaufte er Wäsche, ein Gazekleid. Schleppte sie mit hinaus auf das Cape, saß nun neben ihr in der Küche: *Robert Brauer. The one who found you,*

In der folgenden Stille seufzte der Hund. Wasserdampf ließ den Topfdeckel klirren, die Nudeln waren peperonischarf, tomatensüß. Jeremy spielte am Radio herum, fand einen Klassiksender: Vivaldis Sommer. Später Gelächter: Susan erzählte von ihrer Katzenphobie. Vom Bau einer Katzenerschreckmaschine, der Apfelkuchen war heiß, roch nach Zimt. Red schlief neben Sinas Stuhl. Zuckte, fiepte manchmal. Träumte Hundeträume, auf einer eigenen Decke.

Sie saßen vor dem Kamin: Jeremy, John, Robert und Red, im Bad schnitt Susan Sina die Haare. Der Regen vor den Fenstern nähte Wasser und Himmel zu einem grauen Samtcape zusammen, Jeremy redete über irgendeine P'towngröße. Über einen Kochkünstler Straßenmusiker Videofilmer Biogärtner Dichter Atemtherapeuten, einen Allround-Wirbelwind mit einem Campingbett, das er im Haus mal dieses, mal jenes Freundes aufklappte, John lümmelte auf der Couch, ein Graf nach einem anstrengenden Austritt. Red döste, den Kopf auf Roberts Fuß. Fuhr einmal hoch, blaffte Unwägbares an: ein Ereignis in der Hundewelt, reckte sich dann. Wanderte weiter zu John, dann zu Jeremy. Machte eine Runde durchs Rudel, Jeremy kraulte sein Fell: das so rot war wie das Haar seines Herrn, Sina kam zurück.

Schwang sich im Triumph ins Zimmer, ein Schiff in den Wogen, Susan das Beiboot, das sie umtänzelte, Jeremy und John johlten, applaudierten. Robert saß da und starrte, sie trug sein Kleid. Das Gazekleid, das er in Vermont für sie gekauft hatte, ihr Haar war kaum streichholzlang. War aber dicht und glatt wie ein Tierfell, sie sagte,

»Was ist. Gefalle ich dir nicht«,

Lächelte, war kokett. Konnte also auch das sein, er stand auf, mit klopfendem Herzen. Konnte nicht sitzenbleiben, mußte etwas vorschlagen,

»Los, wir fahren alle nach Wellfleet. Zu Painter's. Ich denke, Painter's ist schon wieder offen. Ich möchte euch einladen.«

Aber bei Painter's war es noch Winter. Die Tür verrammelt, die Fenster dunkel. Kein Leinen, kein Kristall an diesem Abend, keine einzelnen Blüten in hohen Vasen, Thunfischsteaks mit Auberginencreme, statt dessen ein Tresen, in einer Kneipe. Eine Neonreklame: *Bud light*. Holztische, das Gebrabbel eines Fernsehers, Susan saß am Kopfende. John neben Jeremy, Robert neben Sina, er füllte ihr Glas mit Wasser. Bestellte einen Pitcher Bier für die anderen, Barbecued chicken wings, Sina dachte plötzlich an Emanuel Ullrich.

Den sie sich nicht vorstellen konnte in diesem Lokal, *Ach Sina, ich wünschte, ich könnte mitkommen nach Amerika,*

Robert an ihrer Seite lachte über etwas, das John gesagt hatte. Susan beschrieb Jeremy einen Pappmachébuddha,

»Ein Freund von mir macht die Dinger. Ein Kanadier, er lebt seit zwanzig Jahren in New York. Absolut illegal, er hat noch nicht mal ein Konto. Sein Vermieter liebt ihn, weil er immer bar zahlt. Sein Auto läuft auf seine Katze, sein Telefon auf seinen Goldfisch«,

Sie aßen Hamburger, Fried onion rings. Fritten mit Ketchup, Jeremy sagte,

»Diese Fritten sind klasse. Dieser Hamburger ist sehr gut, meine Lieblingspickles sind drauf, die kleinen Dinge sind immer das Wichtigste. Kaltes Bier, Susans Apple pie. Der Rand von so einer dicken weißen altmodischen Tasse, der ganz glatt ist. Oder Morgenrot, im Winter am Wasser«,

John schüttelte den Kopf. Sagte: »Du bist ja poetisch, Jeremy. Das ist wirklich poetisch, und deswegen stimmt es womöglich gar nicht«,

Robert dachte an einen Baum vor einem Fenster. An den Schatten eines Verandageländers, weich im Winterlicht, an Gläser und Flaschen voll Meersand in einem Schaufenster, Susan hob ihr Glas.

»Auf den Gastgeber! Zur Hölle mit Painter's. Dies ist ein großartiger Abend«,

Das Klink-klink von Gläsern, im roten Licht der Neonreklame. Robert, der sagte: »Und jetzt auf Sina. Auf Sinas neue Frisur«,

Bierglas an Wasserglas. Roberts Mund. Die scharfen Falten von Nasenflügeln zu Mundwinkeln, der Mund, Sina erschrak.

Sah weg, fühlte das Kleid, das sie trug: die Berührung von dünnem Stoff, sie fuhr sich mit der Hand durchs Haar. Der Schreck vibrierte weiter in ihr. Summte unter der Haut: der einzelne Ton einer Baßsaite, Susan sagte,

»Ist es nicht komisch? Auf einmal hocken wir jeden Abend zusammen. Dieselben Leute, die vorher nie viel miteinander zu tun hatten. Ich meine, zumindest John und Jeremy und ich, wir kennen uns doch schon seit Jahren«,

Etwas war passiert. Etwas war zu Sina zurückgekehrt, pulsierte. Keimte, trieb: Sina als Baum hätte Knospen bekommen,

»Timing«, sagte Jeremy. »Richtiger Ort, richtige Zeit, der ganze alte Kram«,

Sina sagte: »Gebt mir ein Bier. Ich will kein Wasser mehr. Ich glaube, ich bin wieder gesund«,

Ausgestreckte Hände, Glückwünsche. John kippte Sinas Wasser in sein Bierglas, füllte es neu aus dem Pitcher, Robert sagte: »Champagner. Wir brauchen auf jeden Fall Champagner, unter diesen Umständen.«

Die Bedienung wischte den Tisch ab, bevor sie servierte,

»Hat einer von euch Geburtstag oder was«,

Der Champagner war eiskalt. Glück in Flaschen, im Mund rein und klar und ein wenig bitter, Sina ließ sich feiern. Sah spätabends Johns Hand auf Jeremys Schulter liegen, lachte mit den andern: weil Susan vom Kampf gegen New Yorker Kakerlaken erzählte, Sina spürte Robert neben sich: atmend, gegenwärtig. Auf der Heimfahrt schwiegen sie.

Sahen in die Nacht, jeder für sich. Waren still miteinander, dann bemerkte Sina es: Die Straßenschilder bestanden darauf, daß P'town im Süden lag.

Die nördlichste der Cape-Ortschaften, aber da stand es: *US-6 southbound to Provincetown,* sie kehrte also wieder in den Süden zurück. Sie mußte noch einmal völlig von vorn anfangen.

Das Boot legte pünktlich vom Fishermen's Wharf ab. An Bord ein paar ältere Leute, Männer mit Kameras. Zwei junge Paare. Eine Schulklasse, die mit erstaunlicher Disziplin auf den Bänken an Deck sitzenblieb, Sina stand an der Reling. Stützte sich auf ihr gesundes Bein, umklammerte die Reling mit beiden Händen, er hätte sie lieber unten in der Kabine gewußt: Aber sie hatte darauf bestanden, an Deck zu bleiben, dieser Ausflug war ihre Idee gewesen, Die Wale, Robert! Bitte, ich möchte die Wale sehen, von denen Jeremy uns erzählt hat,

Es war kühl, aber sonnig. Sie trug den Anorak, den Robert besorgt hatte, eine junge Frau sprach in ein Mikrophon. Stellte sich vor: »Molly«,

Linguistin. Die rein zufällig ans Cape gekommen, dann wegen der Wale geblieben war, sie erforschte die Sprache der Wale. Ihre gedehnten Halbtongesänge, die klangen wie etwas von einer New-Age-CD. *Sounds of the Deep* oder ein ähnlicher Titel: den ihnen der Lautsprecher nun vorspielte, während sie durch Provincetown Harbour stampften, Molly erzählte von einem verletzten Wal, dem sie Hummerreusen aus den Barten gezogen hatte, um sein Leben zu retten, Robert hörte nur mit halbem Ohr zu. Der Wind war kalt. Sinas Fingerknöchel an der Reling waren weiß vor Anstrengung, sie umrundeten Long Point. Nahmen Kurs auf den Ort, wo Wale zu finden sein sollten: die Stellwagen Bank, die See wurde rauh.

Er führte sie übers Deck. Half ihr, sich zu setzen, sie waren jetzt auf dem offenen Meer. Das Boot schlug hart auf den Wellen auf. Flog, prallte auf, er konnte sehen, daß ihr die Stöße weh taten: Sie versuchte ihr Bein, die Hüfte zu entlasten. Dennoch blieb ihr Gesicht hell. Sie nahm ihn am Arm, deutete nach vorn: Wasser sprühte über das Deck.

Regenbögen irisierten darin, vergingen wieder, die Sonne verwandelte jeden Tropfen in ein Prisma. Molly sagte,

»Wir haben unser Ziel erreicht. Dies ist die Stellwagen Bank. Bitte halten Sie von nun an die Augen offen«,

Das Boot drosselte die Geschwindigkeit. An der Reling Schreie, Gelächter: Eine Welle hatte jemanden durchnäßt. Genau dort, wo Sina und Robert gestanden hatten,

»Jetzt hast du mich schon wieder gerettet, Robert«,

Die Lachfältchen in ihren Augenwinkeln aufgezogene Vorhänge. Das Wasser unter dem Boot reißende Seide, Mollys Lautsprecherstimme.

»Wale!« Jubel, »Wale backbord! Einer, vielleicht zwei Buckelwale«,

Alles sprang auf. Stürzte an die Reling, er stützte sie, zog sie mit sich über das nässeglitschige Deck. Erkämpfte für sie einen Platz, wo sie sich festklammern konnte, sie schrie auf vor Überraschung: Direkt vor ihnen war der Wal.

Seufzte tief, sprühte. Die Fontäne trieb weg im Wind. Der riesige Bogen seines Rückens rollte durchs Wasser, dann tauchte die Schwanzflosse auf, behängt mit Schnüren aus Wasserperlen. Glitt in die Wellen zurück wie ein Messer durch Butter,

»Da, das Kind! Sie hat ein Kind dabei«,

Das nun den langen weißschwarzen Kopf aus dem Wasser hob, zu ihnen hinübersah, wieder wegtauchte, er fühlte Sinas Aufregung. Fühlte sie durch seine Hände auf sich übergehen, sie sprudelte, schäumte wie das Kielwasser eines Boots: in dem er ein Fisch war, die Motoren begannen wieder zu dröhnen. Sie rief,

»Ich will in den Bug! Auf das Ding da, den Steg«,

Der vielleicht einen guten Meter breit war, weit über das Wasser hinausragte, wie sollte sie sich dort halten können? Er wußte, daß es vollkommen sinnlos war, ihr zu widersprechen. Legte den Arm um sie, sie hüpfte auf einem Bein, wie sie es im Haus tat. Hielt sich an der Reling fest, *Please excuse me, please, thank you,*

Man ließ sie durch. Die Stöße des Bootes waren bretthart. Er fing sie mit den Knien ab, federnd, sie stand auf einem Bein. War kreideweiß: ein verletzter Storch, er umklammerte sie. Brauchte beide Arme für sie, wie so oft, er versuchte sich gegen die Seile zu lehnen. Taumelte. Fing sich gerade noch,

»*Whales!* Humpbacks, over there, one, two, there's another one«,

Der Wal schnellte aus dem Wasser, fast bis zur Schwanzflosse. Tanzte für sie: riesig, riesig, Sina krallte ihre Finger in seinen Arm,

»Sina, weinst du? Warum weinst du denn, Sina«,

»Weil ich noch lebe! Weil sie so schön sind, diese riesigen Tiere, ich habe das nicht gewußt! Warum habe ich das nicht früher gewußt«,

Ein weiterer Walrücken tauchte vor ihnen auf. Schluchzte Wasserstaub, glitt zurück ins Meer mit gewaltiger Ruhe. Fontänen trieben über das Wasser: schillernder Regenbogenatem, der über der Gischt verwehte, sie klammerte sich an ihn. Ihr Gesicht war dicht vor dem seinen. War meernaß, tränennaß, jetzt trug er sie fast. Trug sie über eine Schwelle: Sie küßte ihn, wie ein glücklicher Zufall. Die Plötzlichkeit, das Ausmaß seines Hungers nahm ihm den Atem. Er rang nach Luft, einen Moment lang sah er in ihr Gesicht: seltsam verschobene Picassoperspektive, er schloß die Augen. Ihr Mund war wasserkühl, salzig. Bestätigte, was er noch nicht begriff.

Er fand einen Platz in der Kabine. War froh, daß sofort

Leute aufsprangen, der Frau auf seinen Armen ihre Plätze anboten, er legte sie hin. Nahm ihren Kopf in den Schoß, sah auf sie hinunter, eine ältere Dame brachte eine Decke. Ein Mann bot Sina etwas Heißes zu trinken an, sie schüttelte den Kopf, lächelnd mit geschlossenen Augen. Das Boot hatte Kurs zurück auf den Hafen genommen.

Auf Provincetown: wo er sie in sein Haus bringen würde, er sah aus dem Fenster, über das Tropfen rannen. Lange dachte er an überhaupt nichts. Sagte dann zu ihrem aschfahlen Gesicht: Ich liebe dich. Fand die Worte lächerlich inadäquat. Wiederholte sie dennoch, ein-, zweimal, erwartete keine Antwort: Sie schlief. Die Aufregung, der Rausch überwältigten ihn.

IX

Meer. Wind. Himmel. Um jede Wolke, um jedes Blatt eine flirrende Aura aus Licht, Sina ist allein. Sie steht auf dem Widow's Walk, den Robert gebaut hat. Auf dem Dach: zu dem er sie mit hinaufgenommen hat, an ihrem ersten schmerzfreien Tag, wie hat sie die Treppe allein bewältigt? Sie steht auf ihrem gesunden Bein. Auf den Zehenspitzen, Musik sprudelt von unten durch das Haus herauf: Tschaikowsky, mit einer Hand hält sie sich am Geländer fest. Die andere hebt sie langsam, langsam, in einem Bogen, der sich perfekt anfühlt wie ein Schwanenflügel.

Noch einmal.

Noch einmal.

Dünner Salzwind, auf schweißfeuchter Haut. Der Himmel über ihr ist ungeheuer hoch, hitzesilbern. Ebbe in der Bucht.

Robert im Supermarkt.

Robert mit Tomaten in einer Tüte, Brot, er will später Fisch grillen. Thunfischsteaks, Tomatenlimettenchutney dazu, aus den Supermarktlautsprechern dudelt Musik. Robert hat sein eigenes Lied im Kopf. Die Musik zu seinem eigenen Film: Er hat mehrere, hat eine Fülle von Liedern zur Auswahl,

Ach Robert, ich bin so froh,

Du machst mich so froh, Robert, ich liebe dich, ich bin froh,

Hör auf, Robert! Bitte hör auf, ich kann einfach nicht mehr lachen, du hast den schönsten Mund der Welt, Robert. Küß mich, küß mich, mit deinem wunderschönen Mund,

Robert hat ein Stück Käse in der Hand. Was könnte man denn als Appetizer servieren? Gefüllte Muscheln vielleicht, Avocados mit Pfeffer und Chilantro, hat Robert Olivenöl besorgt? Was hat Robert denn vor mit dem Rest seines Lebens? Der Architekt Robert Brauer: Will er die dreihundertste Frittenbude am Strand von Hyannis eröffnen? Oder bei Painter's in Wellfleet als Kochlehrling anheuern, Robert geht über den Parkplatz am Fishermen's Wharf.

Robert sieht hinüber zum Seesteg: Unser Seesteg. Unsere Kneipe in Wellfleet, Unsere-Orte, Roberts Privatmusik wechselt,

Ich glaube, es war am Fishermen's Wharf, Robert. Ich glaube, dort habe ich mich in dich verliebt,

Oder in der Kneipe in Wellfleet. Als ich dich ansah,

Als ich dich das erste Mal genau ansah,

Unsere-Orte sind so wirklich wie Brot. Sind flimmernde Schimären: deren Bedeutung sich nicht einmal einem Eingeweihten völlig erschließt, Fishermen's Wharf, die Kneipe in Wellfleet. Die Salt ponds bei Eastham, ein Strand irgendwo zwischen Orleans und Sandy Neck: wo er sie letzte Woche mit Kirschen gefüttert hat, alles erhält nun endlich Bedeutung. Alles wird Teil ihrer gemeinsamen Geschichte: oder es existiert nicht, er wird ihr alles zeigen.

Wird die ganze Erde ihrer Geschichte einverleiben, die Erde damit verwandeln, er wird mit ihr nach New York fahren. In einer Sommernacht werden sie über die Brükken brausen, die zwischen Newport, Jamestown und dem Festland das Meer überspannen, er wird mit ihr nach Kanada fahren, an die Westküste und weiter nach Hawaii, Tahiti, Robert Dummerjan: der jüngste der drei Söhne.

Der beste, Robert. Der richtige, genau der, der im Märchen immer die Prinzessin bekommt,

Sina sagt das, sie lacht. Robert ist auf dem Weg nach Hause.

Wo Sina auf den Planken des Decks liegt. Die Planken sind sonnenheiß. Beginnen bereits ins Silbrige zu verwittern, einen Moment lang sieht Sina Jacques, auf einem Steg.

Einem unerreichbaren Steg. Der hoch über ihrem Kopf im Nichts begann, weit draußen in der Leere über dem Meer abbrach: wo das Wasser so still war, daß es den Schatten des Stegs kaum kräuselte, dann spritzte es auf unter Ziegenhufen,

»Sina Sinalina«,

Robert, der vom Supermarkt zurück ist. Der auf ausgerechnet diesen Kosenamen verfallen ist: Sinalina. Warum? Weil er Robert ist, darum. Nichts ist Robert unmöglich. Robert ist Sinas Magier, ihr Prinz. Er ist ihr Held in strahlender Rüstung,

»Verzeih, daß es so lange gedauert hat, Sina, ich habe keinen Parkplatz gefunden. Und dann wurde ausgerechnet am Fishermen's Wharf einer frei«,

Mühelos schiebt Robert den Seesteg im Norden über den im Süden. Löscht Floridas Stege aus, mit dem Fishermen's Wharf.

Umarmungen. Küsse.

Geht es so? Geht es, oder tut dir das weh,

Vielleicht, wenn du dich auf die Bettkante legst. Ganz weit nach vorn,

Wenn ich mich am Treppengeländer festhalte. Und du stellst dich hinter mich,

Sie lachten, kicherten. Die meisten Positionen der Liebe verboten sich. Jede Scham verbot sich: Sie mußten technische Fragen erörtern, um sich lieben zu können. Waren von Anfang an jenseits der Scham gewesen: Er kannte ihren Körper länger als ihr Lachen.

Mußte ihn nun noch einmal für sich entdecken, diesen Körper, der ihm vertraut war und vollkommen fremd. Der immer vertrauter, immer fremder wurde, alles konnte sich in ihrem Körper verbergen. Hundert Gefühle, tausend Empfindungen, an die noch keiner gerührt hatte, nun würde er daran rühren oder vielleicht ebenfalls versagen vor dieser enormen Herausforderung, er erforschte ihre Haut über Stunden, mit großem Ernst. Während der Seewind durchs Fenster hereinkam, ihre Haut kräuselte, dann diskret wieder hinauswehte, sie konnte nicht genug davon kriegen: von all dem schwindligen betrunkenen Zeug. Dem üblichen wunderbaren Unsinn, sie flüsterte: Mein Retter. Mein Märchenprinz,

Nie war er mit unpassenderen Bezeichnungen belegt worden. Betrachtete sich im Spiegel: das Haar, das an den Schläfen schon licht wurde, den zu wohlgenährten Körper. Die Tränensäcke, sie legte die Finger um sein Geschlecht. Sagte: In deinem Schwanz pulst ein Stern, Robert, hast du das gewußt? Was lachst du denn, ich kann es doch fühlen! Genau da, fühl doch selbst, du hast einen Stern in deinem Schwanz, du hast einen so wunderschönen Mund. Und deine Augen! Du hast wunderschöne Augen,

Mit denen Robert ihn im Spiegel betrachtete: den Helden in strahlender Rüstung Robert Brauer, warum sah sie den Rost nicht? Sie war verblendet. Er war entschlossen, weiterzupolieren. Den Glanz zu erhalten, zu steigern womöglich, er würde Nachlässigkeiten nicht dulden. Würde täglich wieder von vorn beginnen mit ihr,

Wer bist du? Wer bin ich, mit dir,

Er kaufte eine Filmkamera. Filmte Sina am Strand, heimlich, sie sah sich selbst von außen: im Mittagslicht, an der flirrenden Grenzlinie zwischen Sand und Wasser, sie bewegte sich langsam. Ging nicht, hinkte nicht. Schwang sich über den Sand, mit kraftvollen Bewegungen: keine Gazelle. Ein Wal vielleicht, der durch die Wellen glitt mit der Eleganz der Stärke,

»So sehe ich aus? Das habe ich nicht gewußt. Ich habe nicht gewußt, daß ich so aussehe«,

Das Sirren des zurückspulenden Films.

»Ich sehe ja aus, wie ich mich fühle! Wie ich mich immer fühlen wollte, und dann, Robert, wenn ich erst wieder laufen kann, dann«,

Sie sagte: »Ich habe es dir so schwergemacht. Ich will es dir nie wieder schwermachen, ich hatte Angst. Nach dem Überfall hatte ich vor allen Angst, auch vor dir, ich kannte dich doch nicht. Ich wußte nicht, wer du bist«,

»Weißt du es jetzt?« fragte er.

Sie sagte: »Nein.«

Jubelte, »Nein, ich weiß nur, daß du eben Robert bist«,

Sie brieten Fisch, draußen auf dem Deck in der hellen Nacht.

Jeremy und John waren nicht dabei. Hatten ihren eigenen blaugoldenen Planeten bezogen. Verließen ihn kaum jemals: Mußten immer erst mühsam ein UFO klarmachen, dann Lichtjahre weit reisen, bevor sie auch nur zwei Häuser weiter landen konnten. Susan war übrig.

Touristen überfluteten wieder die Straßen in P'town. Sina und Robert trieben durch die Stadt. Waren allein: die einzigen ihrer Art. Taucher vielleicht, in einem Meer voll fremder, unverwandter Geschöpfe, sie kauften Kuchen in der Portuguese Bakery. Bummelten durch einen Buchladen, aßen Eis. Gerieten in einen Sexshop: wo sie eine wundersame Stunde verbrachten zwischen Latexhosen, grünleuchtenden Penissen, vibrierenden Marienkäfern: *Lady bugs. For long busrides*, sie kauften nichts. Sie hatten einander noch immer nichts gesagt: oder so kam es ihnen vor,

»Ohne den Reiseführer wäre ich nie geflogen! Ohne dieses Fest, ich war auf einem ganz albernen Fest. Und auf der Heimfahrt im Taxi habe ich dann den Reiseführer gefunden«,

»Ohne die Sache mit Natalie wäre ich nicht mehr wiedergekommen. Ohne die Brandblase an ihrer Hand«,

Alles erhielt nun seinen Platz. Verschob sich, bis es Bedeutung erhielt, alles verwandelte sich im Licht ihrer Geschichte. Der Geschichte der Eisprinzessin: die sich ebenfalls wandelte, unter ihren ungläubigen Augen,

»Ohne den Überfall hätten wir uns ja niemals kennengelernt, Robert!«

Er zog sie auf seinen Bauch, wie damals im Wald.

Sie sagte: »Ich weiß noch nicht mal, ob wir das Wohnmobil abgegeben haben. Ob der Überfall vorher oder nachher passiert ist, was haben wir denn gemacht dort oben im Wald, ohne Auto? Vielleicht sollte ich Billy Todd anrufen. Oder Henry, seinen Bruder, aber was ist, wenn sie in die Sache verwickelt sind? Vielleicht bringe ich uns dann in Gefahr. Vielleicht sind wir längst in Gefahr, wir müssen mit der Suche beginnen, Robert. Wir müssen endlich Jacques finden«,

Er sagte: »Werde doch erst mal wieder ganz gesund.«

Sie versuchte, ohne Krücke zu gehen. Ging ein Stück durch das Wohnzimmer, an Roberts Arm. Ging ein längeres Stück, schwer auf ihn gestützt, jeden Fortschritt feierten sie. Kauften Naschzeug, Champagner. Kauften CDs:

Hits der späten siebziger Jahre. Die sie erinnerten an zwei Fremde: an Sina, den Teenager, an Robert, den angehenden Architekten, nun mußten sie diese beiden Fremden miteinander bekannt machen. Damit Sina und Robert einander ein ganzes Leben lang gekannt haben würden,

Samstags ging ich immer auf die Partys im Jugendheim. Vorher gab es jedesmal Streit mit Christa darüber, wie lange ich bleiben durfte, ich hatte eine Plüschjacke vom Flohmarkt und einen Schal mit Silberfäden wie Christbaumlametta,

Ich hatte einen bodenlangen Ledermantel, in Schwarz. Er wog ungefähr dreihundert Pfund. Ich zog ihn niemals aus, ich war schließlich das kommende Genie der Architektur. Trieb mich natürlich viel zuviel in Kneipen herum,

Mit Philippa. Die er kurz darauf geheiratet hatte, aber darüber sprach er nicht jetzt: während sie auf dem Sofa lagen und Fleetwood Mac hörten, Rod Stewart, sie fragte ihn natürlich.

Fragte nach seinen Eltern, seinem Beruf. Nach ihren Vorgängerinnen: über die er seine Auskünfte sorgfältig beschränkte, sie sagte: »Von mir gibt es ja nicht viel zu erzählen. Das Wichtigste weißt du schon: daß ich keine Eltern habe, keinen besonderen Beruf. Keinen Mann, keine Kinder, bloß eine Stiefmutter. Aber die lebt ihr eigenes Leben«,

Er sagte: »Meinst du nicht, sie macht sich Sorgen um dich?«

»Wer, Christa?«

Ihr Ton verblüfft. Er fragte nicht weiter.

Sie hinkte hinaus auf das Deck, an Roberts Arm. Hinkte einmal rund um das Deck, die Hand am Geländer, keuchte vor Anstrengung. Triumphierte, Robert bestellte einen

Tisch bei Painter's. Ließ sich von ihr mit eingelegten Krabben, gerösteten Linsen füttern, Sina hatte das Gazekleid an. Robert zählte die Kerzenflammen in ihren Augen. Küßte ihr Schokoladenschaum aus dem Mundwinkel, sie lachten eine Menge über nichts von Bedeutung. Schließlich verlangte Robert die Rechnung. Sah flüchtig auf seine Kreditkarte, *Valid until.* Die Karte lief in sechs Wochen ab.

Sie sagte: »Ich verstehe es nicht. Ich bin fast wieder gesund, aber ich erinnere mich immer noch nicht, ich habe immer noch Angst. Weil ich nicht weiß, wer es war, es könnte jeder gewesen sein. Vielleicht war es der Kerl mit der blauen Kappe, der gestern im Supermarkt Äpfel gekauft hat. Oder Colin vom Drugstore, warum habe ich sein Gesicht nicht gesehen? Während der Massage, Jeremy hat gesagt, die Muskeln erinnern sich. Aber vielleicht erinnern sie sich nicht an Gesichter. Vielleicht erinnern sie sich nur an Schmerz«,

Vielleicht erinnerten sie sich auch an Lust.

An Roberts Zunge, seine Finger, seinen Schwanz, er wollte, daß sich ihre Muskeln an ihn erinnerten. Wollte sich ihr einprägen bis hinein in die fühllosen Haarspitzen, die nervenlosen Nägel, sie wehrte ihn ab. Sie sagte: »Aber du wolltest es doch auch wissen, Robert. Du hast gesagt, du bist deswegen nach Amerika zurückgekommen. Zu mir. Du hast gesagt, du wolltest unbedingt herausfinden, was damals passiert ist«,

Er sagte: »Ja. Aber jetzt nicht mehr. Jetzt reicht es mir vollkommen, daß ich dich gefunden habe. Das ist das Wichtige.«

Sagte: »Manchmal kann ich es gar nicht glauben, daß ich dich gefunden habe. Daß du da bist, das ist das einzig

Wichtige. Daß du da bleibst, daß du nicht dein Schwanengefieder anziehst und mir wieder davonfliegst. Daß du nicht in deine Fischhaut schlüpfst und mir wieder davonschwimmst«,

Sie lachte. Sagte: »Ach Robert, was redest du da«,

»Sina Sinalina.«

Erneut Münder, Hände. Wandernde Finger.

Die zielstrebig sein konnten wie eilige Manager. Die dahinschlenderten, wunschlos und gedankenfrei wie Frauen an einem Frühlingstag, die Landschaft, durch die sie gingen, war ihnen bereits vertraut: Brusthügel Haarbusch. Trockene Ebenen, Rinnsale, sie war immer wieder neu.

Veränderte sich ständig, im Wechsel der Lichteinfälle, der Tages-, der Jahreszeiten. Des Wetters, der Klimakatastrophen, manchmal war ein Dschungel über Nacht zur Kältesteppe geworden. Manchmal waren welkende Felder nach kaum einer Stunde wieder taufrisch, oder aus heiterem Himmel zuckten plötzlich Blitze, manchmal kamen die Finger vom Weg ab.

Wurden streunende Hunde. Wurden versunken forschende Kinder: die sich verloren in Glattem und Rauhem, Straffem und Losem, manchmal wurden sie wieder zurückgerufen. Wurden zurückgepfiffen, gerügt, manchmal wurden sie ermutigt.

Wurden angespornt, angefeuert. Verloren die Besinnung, wurden gierig. Schlangen herunter, was sie fanden, wie hungrige Halbwüchsige. Feierten es: wie hingerissene, die unerbittlich fortschreitende Zeit verfluchende Ehebrecher, sahen, akzeptierten alles Vorhandene wie die ganz Alten: Alles war nur geliehen. War furchtbar vergänglich. Mußte geleckt, geknetet, gesaugt, besungen werden, solange es noch da war: feste Männermuskeln, Sonnenbrüste.

Ein Schwanz mit einem pulsierenden Stern. Seidigrauhe, sahnige Muschelmöse, lange lange Schenkel voll Narben. Der Ring eines weichen, zu fetten Bauches. Der Stumpf eines Fußes ohne Zehen.

Sie sagte: »Verstehst du denn nicht? Ich kann doch nicht mein Leben lang nichts wissen. Zum Beispiel das Gazekleid, weißt du, warum ich geweint habe, als du es mir geschenkt hast? Weil es mich an ein anderes Kleid erinnert hat. Das ich auf der Reise mit Jacques hatte, und so geht es laufend. Laufend schieben sich Erinnerungen zwischen mich und die Gegenwart«, sie lachte auf. Sagte, »Aber es sind die falschen. Es sind nicht die Erinnerungen, die ich verloren habe«,

So war es also: Laufend schob sich Früheres zwischen sie und ihn, Robert. In einer betrunkenen Nacht sprach er zu ihr von dem anderen.

Weißwein, Sternenhimmel. Eine Matte auf dem Deck, Bekennerstimmung, er sprach von Natalie: die das Telefon abstellte, wieder anstellte. Die in einen Sessel fiel. Wieder aufsprang, sich hinsetzte, *Ich brauche dich, Robert, bitte komm mit*, er sprach von Striemen auf Natalies Schenkeln. Von Gewalttätigkeit, Sina warf die Arme um ihn. Schwor: Nie würde sie ihm dergleichen antun, er setzte sich auf. Sagte,

»Aber das weißt du doch nicht. Du weißt ja nicht, wen du noch triffst, in deinem Leben«,

Erwähnte Jacques' Namen nicht: verschwieg, was er meinte. So daß sie etwas ganz anderes hörte als das, was er hatte mitteilen wollen, sie sagte,

»Doch, Robert, ich kannte nämlich schon mal so einen. Einen, der gewalttätig war. Nur daß er nicht mich verletzt hat, sondern sich selbst. Mit einem Draht. Er war eine Art Fakir oder so, es ist egal, ich weiß genau, ich möchte so jemanden niemals haben«,

Sie berührte seine Hand. Sagte: »Ich möchte niemanden haben, nur dich«,

Sie ließen sich wieder zurücksinken. Der Himmel über ihnen war dunkel, mit Sternen darin. Die Wellen leckten den Strand ab wie Hundezungen, Weingläser berührten einander, dann Lippen. P'town weit drüben war ein Heiligenschein in der Nacht. Später sagte er wie nebenbei: »Übrigens, dieser Fakir. Hast du mit ihm geschlafen?«

Sie sagte: »Ja.«

Sie sagte: »Was machen wir jetzt, Robert? Wir müssen einen Plan machen, was ist mit deinem Büro? Du kannst doch dein Büro nicht völlig aufgeben, ich kann doch nicht immer weiter von dir leben! Ohne Job, ohne irgendwas, ich habe Angst davor, nach München zurückzugehen. Aber wir können auch nicht für immer hierbleiben. Und ich kann auch nicht abreisen, solange ich Jacques nicht habe«,

Robert sah es passieren. Sah Sinas Unruhe wachsen, befürchtete Ausbrüche, in der Zukunft. Fliegende Gläser vielleicht. Vorwürfe: *Du mit deiner Scheißselbstbeherrschung. Du mit deiner Bierruhe, du verstehst mich nicht, du verstehst nichts. Du treibst mich zur Verzweiflung,*

Und dann würde der andere kommen: Jacques, sie starrte ihn an, völlig entgeistert. Sagte,

»Aber das ist doch Unsinn. Das ist etwas ganz anderes, zwischen Jacques und mir. Das hat nichts mit uns zu tun, warum verstehst du das nicht«,

Robert sagte: »Aber ich verstehe sehr gut! Du vermißt

Jacques. Du hast mit ihm gelebt. Vielleicht möchtest du lieber wieder mit ihm leben als mit mir«,

Sie sagte: »Laß das, um Gottes willen.«

Sagte, »Fang bloß nicht an, in meinem Leben herumzuinterpretieren. Fang nicht an zu behaupten, du wüßtest besser als ich, was ich wirklich will«,

Wandte sich ab, humpelte aus dem Zimmer. Rief ihm über die Schulter zu,

»Ich werde nicht auf Jacques verzichten, verstehst du! Er hat mich genauso gerettet wie du. Oder er hat mich verstümmelt.«

Später kam sie zurück. Er konnte sehen, daß sie geweint hatte, vielleicht im Bad. Er bereute. War ärgerlich darüber, bereuen zu müssen, nahm sie aber in den Arm, sie sahen sich etwas im Fernsehen an: Krimi mit Autojagd, um nicht reden zu müssen, später gingen sie zu Bett. Als sie schlief, stand er wieder auf.

Saß lange auf dem Sofa, vor dem kalten Kamin. Sah in die kalte Asche, rauchte, er war entschlossen. Würde es keinesfalls ein zweites Mal dulden: die Anwesenheit eines Dritten in seiner Geschichte, der Junge taumelte durch den Schnee auf ihn zu. Hielt ihm das Baby hin, *Sie ist noch da draußen, da draußen*, und wovon redete Robert überhaupt?

Gegen welche Windmühlenflügel kämpfte er an, Jacques war schon längst da. War der Igel, in Roberts Geschichte. Stand an jedem Furchenende, war längst ein Teil der Geschichte: länger als Robert.

Am Morgen brachte er ihr Kaffee ans Bett. Saß auf der Bettkante, betrachtete ihr Morgengesicht. Sagte etwas,

»Ich möchte ja nur, daß du glücklich bist, Sina«,

Improvisierte. Sagte, »Vielleicht könnten wir die Suche bei Jacques' Tante beginnen. Bei der Tante auf den Keys, würdest du denn ihr Haus wiederfinden«,

Sie sagte: »Ich weiß nicht.«

Murmelte später an seinem Hals: »Jetzt können wir endlich anfangen, Robert. Ach Robert, ich bin so froh, ich bin wie befreit«,

Sie fuhren an einen Strand. Vermieden das Thema: wollten die noch dünne Balance nicht sofort wieder gefährden, bei ihrer Heimkehr klingelte das Telefon. Ein Geräusch, so selten, daß sie zusammenzuckten, Robert nahm ab. Es war Gabriel Phillips.

Dem Robert bisher ihren Namen verschwiegen hatte. Den Namen der Prinzessin, gefangen in Roberts Turm am Meer: Aber sie war ja nun befreit, Robert sagte,

»Danke, es geht ihr gut, Gabriel. Es geht ihr täglich besser, sie erinnert sich inzwischen daran, wer sie ist. Sie kommt aus München, stell dir das vor. Sie heißt Sina. Sina Fischer, so heißt sie«,

Am anderen Ende der Leitung herrschte völlige Stille. Dann sagte Gabriel,

»What?«

Lachte auf, ungläubig. Sagte,

»Wie heißt sie? Du machst Witze, Robby, Sina Fischer? Sina Fischer aus München, aber das ist sie! Sie muß es sein. Emanuels Geliebte. Oder eine seiner Geliebten, ich kann es nicht fassen. Ich muß Emanuel anrufen, oder willst du das machen? Diese Sina ist spurlos verschwunden! Sie ist irgendwann im Januar nach Florida geflogen und niemals zurückgekommen. Und nun sagst du allen Ernstes, die Eisprinzessin ist Emanuels Sina«,

Das hatte Robert nicht gesagt.

Es verschlug ihm die Sprache. Es raubte ihm den Atem.

Sie sagte: »Aber ich habe es dir doch erzählt! Ich habe dir von dem Fest erzählt, ich habe gesagt, ohne den Reiseführer wäre ich nie geflogen. Ohne Emanuels Fest wäre ich nie in das Taxi gestiegen«,

Er war ganz sicher, daß sie Emanuel Ullrich niemals erwähnt hatte. Er sah seine eigene Hand die Einladung halten. In seiner Münchner Wohnung: *Feiere ich meinen 45. Geburtstag, UAWG, Emanuel Ullrich*, er sah Emanuel Ullrichs Gesicht: Fresser Säufer Hurenbock, Robert hätte sie dort getroffen: Emanuels Sina.

Hätte womöglich neben ihr gestanden, auf diesem Fest, Natalie an seiner Seite. Hätte wahrscheinlich nicht das geringste gefunden: an irgendeiner Sina Fischer, 35, Sachbearbeiterin bei einer Versicherung, sie sagte,

»Aber es ist doch egal. Was ist denn so schockierend daran, daß wir gemeinsame Bekannte haben, Robert«,

Er wußte es auch nicht. Das Telefon klingelte: Emanuel Ullrich.

»Mensch, Robert, ich kann es nicht glauben! Gabriel sagt, Sina ist bei dir. Er sagt, du hast ihr das Leben gerettet, ausgerechnet du! So ein Zufall, ihr müßt mir das alles in Ruhe erzählen. Das ist doch eine Story! Sina könnte sich was damit verdienen, dann hat sie wenigstens nicht umsonst gelitten, wie geht es ihr denn jetzt? Ist sie zu sprechen«,

Robert ging aus dem Zimmer, während Sina mit Emanuel sprach. Ihm ihre Geschichte erzählte: die Story, Robert hatte seine Zigaretten auf dem Tisch vergessen. Ging noch einmal ins Zimmer zurück, hörte sie auflachen. Hörte sie sagen,

» – das Kind. Ich denke natürlich oft an das Kind«,

Das war Robert neu. Das hatte sie ihm nicht gesagt, es mußte an ihm liegen: Er machte irgend etwas verkehrt. Gaby rief an, dann Johannes. Christa rief an, Sinas Stiefmutter,

»Wie konntest du mir das nur antun, Sina«,

Sina war vermißt worden. War verblüfft darüber, war glücklich: umarmte Robert, er hielt sie fest. Sah über ihre Schulter zum Fenster hinaus: Aber draußen war es Nacht. So daß Robert nur Robert sah: den Helden in seiner windesschnell korrodierenden Rüstung, wie konnte er denn trauern, weil Sina sich freute? Sina, die Märchenprinzessin, sie war einfach abgehauen.

War aus München verschwunden: konnte so etwas jederzeit wieder tun. Konnte jederzeit wieder ihre Walhaut überstreifen, in den Tiefen des Meeres verschwinden, sie sagte,

»Na und? Du doch auch. Ruf Julia an! Wenn es gemein ist, einfach so zu verschwinden, dann ruf sie an, Himmel, Robert! Sieh es doch anders. Wenn ich damals brav nach zwei Wochen zurückgeflogen wäre, dann hätte ich dich doch nie kennengelernt«,

Aber die alten Formeln wirkten nicht mehr: Sie hätten sich ja schon längst kennen können. Auch ohne die Nacht im Schnee, die Wochen im Krankenhaus. Ohne Fishermen's Wharf, die Kneipe in Wellfleet, nichts stand mehr an seinem richtigen Platz. Sie saßen auf dem Sofa vor dem Kamin.

Hatten ein Feuer gemacht, trotz der Hitze. Berührten einander nicht. Trauerten um etwas: aber worum denn nur,

»Weißt du noch, Robert, der Abend in Wellfleet«,

Aus Unseren-Orten waren Weißt-du-noch-Orte geworden. Die nun hinter ihnen zurückblieben: während sie wieder hinaustrieben auf das Meer ohne Strand, Sina winkte, mit nassem Kleenex. Er wollte die Sehnsucht nicht hören, mit der sie von damals sprach. Von der fernen Vergangenheit: die ein paar Tage zurücklag, er sagte,

»Komm, Sina. Hör auf damit, es ist doch eigentlich alles in Ordnung«,

Sie ging nicht darauf ein. Verstummte: so daß er nun seine eigene Sehnsucht spürte, nach ihr. Während sie doch die ganze Zeit neben ihm saß: oder trieb sie jetzt fort, auf den Weißt-du-noch-Orten,

»Auf dem Widow's Walk, Robert. Du hast mich mit hinaufgenommen auf den Widow's Walk«,

Der Teil dieses Hauses war. Der das Haus krönte, das sie noch immer gemeinsam bewohnten, auch die Weißt-du-noch-Orte waren wirklich wie Brot. Flimmerten vor geheimer Bedeutung, irgendwann nahm er ihre Hand. Sie lehnte sich an ihn: zögernd, als probierte sie seine Schulter zum erstenmal aus. Sie mußten noch einmal ganz von vorn anfangen.

Jemand stand unten am Strand.

Stand im Gegenlicht, sah hinauf zu dem Haus. Sina beschirmte ihre Augen gegen die Sonne. Erhob sich. Hinkte wortlos an Robert vorbei, der Junge am Strand stand einfach da. Sah zu ihr hinauf, legte dann den Kopf schief. Sagte,

»Tolle Frisur, Sina. Wie ein ungekämmter Seehund«,

Grinste hoffnungsvoll. Ging langsam auf die Stiege zu, sie sagte,

»Bleib stehen. Bleib, wo du bist, komm bloß nicht

rauf. Wo sind deine Messer, Jacques? Hast du Messer bei dir oder sonst eine Waffe«,

Er sagte,

»Hey. Hey, was ist los, bist du sauer auf mich? Bist du sauer, daß ich mich nicht gemeldet habe, oder was, ich erkläre es dir«,

»Warst du es«, sagte Sina. »Hast du mir das angetan«,

Jacques blieb unten an der Stiege stehen. Sagte,

»O Scheiße.« Setzte einen Fuß auf die Stiege, sagte, »Das ist doch nicht dein Ernst. Du denkst das doch nicht im Ernst«,

»Du hättest mich umbringen können«, sagte sie. »Du weißt es genau, du hast es gesagt: Es gibt nur einen Grund, warum man niemanden umbringt. Weil man gut ist, vielleicht bist du nicht gut. Vielleicht bist du ein Mistkerl wie dein Vater, du bist wie dein Vater! Das hast du selbst gesagt«,

Jacques setzte sich auf die unterste Stufe. Sah in den Sand zu seinen Füßen, Sina über sich: hinkende Rachegöttin vor hitzebleichem Himmel, Jacques sah zu ihr hinauf. Nickte. Sagte,

»Aber er hat mich nicht umgebracht, mein Vater. Das war doch der Punkt. Er hat es nicht gemacht, das war genau der Punkt«,

Sie starrte ihn an. Sagte dann,

»Wo ist Maurice.«

»Im Auto«, sagte Jacques. »Er schläft. Ich wollte erst mal allein kommen, soll ich ihn holen?«

Sie nickte. Er ging ums Haus herum. Verschwand um die Ecke, Robert durchquerte das Wohnzimmer.

Ging am Kamin vorbei, am Sofa. Ging an ihrem Zimmer vorbei. Ging an der Treppe vorbei mit ihrem Geländer, durchquerte die Küche: in der er mit Sina gekocht hatte, ging vorbei am Bad: in dem er sie gestützt hatte, wenn sie sich wusch, er öffnete die Eingangstür.

Hielt ihm die Tür auf, dem anderen.

Der die Stufen heraufkam, ein schlafendes Kind auf dem Arm. Eine Tüte in der Hand: die er Robert hinhielt, Robert griff danach. Der Junge sagte,

»Danke. Vielen Dank, Mann, daß du sie gerettet hast, hier ist dein Pullover. Er ist sauber, ich habe ihn gewaschen, danke, daß du uns alle gerettet hast. Dein Pullover ist in der Tüte da. Und deine Jacke.«

Das Kind saß auf ihrem Schoß. Faßte in ihr Gesicht. Griff glucksend nach Nase Mund Tränen mit tapsigen Kleinkindpfoten, Robert hatte sich abgewandt. Kannte es zu gut, dieses lachendweinende Gesicht: dessen Strahlen nun ein fremdes Kind beschienen, Jacques sagte,

»Er ist schon ein Jahr alt, Sina. Er hat Geburtstag gehabt, während du fort warst«,

Sie sah auf, das Strahlen erlosch. Temperatursturz, plötzlicher Wintereinbruch, sie sagte,

»Setz dich. Setz dich dort drüben hin, Jacques, erst erzählst du. Dann sehen wir weiter«,

Er gehorchte. Sie sah eine Narbe an seinem Arm. Eine Brandnarbe, neu. Hellrot, die Haut darüber knittriges Seidenpapier, sie war entschlossen, ihn nicht danach zu fragen. Hatte ihm nichts zu trinken gebracht. Hatte Saft geholt, aber nur ein Glas für das Kind, Jacques' Nase war schief. Das dünne Profil für immer zerstört, aber damit hatte sie doch rechnen müssen, *Die Nase des Jungen war blutig, offensichtlich gebrochen,* er sagte,

»Wie geht es dir denn jetzt, Sina. Sag mir doch wenigstens, wie es dir geht.«

Sie sagte: »Gut. Es geht mir gut, Jacques«,

Noch widerstand sie. Sah an Jacques vorbei, um die Nase nicht mehr zu sehen: Boxervisage, sagte,

»Also, wer war es. Wenn du es nicht warst, wer war es dann«,

Er sagte: »Ein Fremder.« Räusperte sich, sah zu Boden, »Freddy. So heißt er. Freddy«,

Sie wandte sich ab. Sah eine Weile lang übers Meer, Robert kannte die Augen. Die Schmerzschattenaugen, sie wiederholte den Namen. Probierte ihn aus, ungläubig,

»Freddy. So also heißt er«,

Jacques sagte: »Soll ich es jetzt erzählen, Sina?«

Und so hatten seine Geschichten immer begonnen. In einer Kneipe, auf einer Decke am Strand. Am Tisch eines Wohnmobils, im Sitz eines uralten Chevy, *Soll ich dir was erzählen, Sina? Soll ich was erzählen von früher,*

Sie sagte: »Ja.«

Er nickte. Sah übers Meer. Kniff die Augen zusammen, sah in die Vergangenheit: durch die zugenagelten Fenster eines Take out, durch ein regenüberströmtes Wohnmobilfenster. Durch die Geländerstäbe des Sonnendecks von Gabriel Phillips' Haus auf Cape Cod, er sagte,

»Es war am 27. Februar. Am Tag nach dem Besuch bei dem Uhrensammler, das weiß ich noch genau, erinnerst du dich? An den Uhrensammler«,

An Wanduhren Kuckucksuhren Taschenuhren Standuhren. Die ihre Ohren gefüllt hatten monatelang: mit ihrem Ticken, ihren Glockenspielen. Mit hallenden Gongs, dem Lärm ihres Schweigens, Jacques sagte,

»Es war am nächsten Tag. Es war gar nicht weit weg von Henry Todds Haus, nur ein paar Meilen dahinter, wir hatten das Wohnmobil bei Henry abgeben wollen. Aber er war nicht zu Hause. Alles war dunkel, nirgendwo ein Licht, wir sind nicht mal ausgestiegen. Es war ein ziemlich kleines Haus. Ziemlich runtergekommen, ich weiß noch, was du gesagt hast. Du hast gesagt: Daß der sich dieses Riesenmobil überhaupt leisten kann«,

Jacques brach ab. Sah übers Wasser. Lauschte vielleicht der Geschichte in seinem Kopf. Lauschte der Sina, die in der Geschichte war, er sagte,

»Wir sind also wieder losgefahren. Durch den Wald, auf irgend so einer kleinen, einsamen Nebenstraße, wir wollten zu einem Campingplatz. Ich bin ziemlich langsam gefahren, wegen dem Schnee. Wir waren noch gar nicht weit weg von Harrys Haus, da stand plötzlich ein Auto am Straßenrand. Die Kühlerhaube war auf. Ein Mann stand davor. War so über den Kühler gebeugt, mit einer Taschenlampe, du hast gesagt: Dem werden wir wohl helfen müssen. Bei dieser Kälte«,

Die Robert nun wieder zu spüren begann. Die aus den Tiefen seiner Knochen hervorkroch, wo sie sich all die Wochen verborgen gehalten hatte vor Sinas Sonne, Jacques sagte,

»Ich wollte eigentlich gar nicht anhalten. Ich wollte weiterfahren, immer weiterfahren, es war alles so schön. Wir waren so fröhlich, Sina. Wir haben gesungen, du hattest deine Stiefel und deine Strümpfe ausgezogen. Du hattest Maurice auf dem Schoß, ich weiß noch, was du anhattest, Sina«,

Robert roch blutnasse Wolle. Grub steifgefrorene Finger in Wollfetzen, Jacques sagte,

»Ein gelbes Wollkleid hast du angehabt. Und Strümpfe. Dicke gestrickte Strümpfe, bis über die Knie, aber die hast du dann ausgezogen, wir haben irgendeinen blöden Oldie gesungen: *If you like Pina Colada and getting caught in the rain,* ich weiß das noch ganz genau. Ich weiß noch, wo wir das Kleid gekauft haben«,

»In Connecticut«, sagte Sina. Preßte die Hände zusammen, »In einem Factory Outlet, an der 95, so war das also. Dieses Kleid hatte ich also an«,

»Ja«, sagte Jacques. Schüttelte langsam den Kopf, sagte,

»Ich wollte eigentlich gar nicht anhalten. Ich hab gedacht, der Kerl hat doch bestimmt ein Cell phone dabei, aber in dem Moment springt er vor uns auf die Straße. Springt mir direkt vor den Wagen, ich bremse also. Fahre rechts ran, vor seinem Auto, du sagst noch, Zieh eine Jacke an, Jacques! Aber ich will ja nur mal schnell nachsehen, was überhaupt los ist. Ich lasse sogar den Motor laufen, der Kerl kommt mir entgegen. Richtet den Strahl von seiner Lampe direkt in mein Gesicht. Direkt in meine Augen, ich sage, Hey, laß das. Nimm die Lampe runter, er sagt, Sorry. Aber man muß ein bißchen aufpassen, allein hier draußen, mitten in der Nacht.

Etwas an seiner Stimme ist komisch. Etwas kommt mir gleich komisch vor, es ist, als hätte er ein Lachen in der Stimme. Er lacht nicht, aber irgendwie ist das Lachen in jedem Wort, Ich bin Ihnen ja so dankbar, daß Sie angehalten haben, sagt er zu mir. Ich bin in einer bösen Klemme, es klingt, als ob er sich über irgendwas amüsiert. Ich kann ihn nicht richtig sehen, weil mir lauter lila Flecken vor den Augen rumschwimmen von der Lampe, dann schlägt eine Autotür zu. Zwei Typen rennen an mir vorbei. Sie waren im Auto, und jetzt rennen sie zum Wohnmobil, allmählich wird mir klar, was er so lustig findet, der Witzbold. Allmählich fange ich an, den Witz zu kapieren, ich drehe mich um und will wieder zurückrennen. Aber da hat der Witzbold mir schon eine verpaßt. Gibt mir noch eine und noch eine, dann zieht er mich hoch und schiebt mir eine Knarre in die Rippen. So, mein Freund, sagt er. Und jetzt steigst du in das Auto hier ein.

Er stößt mich auf den Rücksitz. Steigt selber auch ein, hält mir die Knarre immer weiter an den Bauch, Sorry, sagt er. Aber ich habe dich ja gewarnt. Man muß wirklich ein bißchen aufpassen, hier draußen in der Nacht,

Ich denke: Vorsicht. Witzbold hier hat zu viele Filme gesehen. Hat seine Rolle von irgendwelchen Hollywood-Typen abgekupfert, mit der Sorte muß man aufpassen, allmählich kriege ich wieder Luft. Ich sage: Was wollt ihr von uns.

Witzbold sagt, Die Karre natürlich. Die Karre, die ihr geklaut habt, Jacques,

Ich kann es nicht glauben. Der Dreckskerl kennt meinen Namen. Das Arschloch weiß, wie ich heiße, und Moment mal, wieso soll ich das Wohnmobil denn geklaut haben? Ich überlege, ob er wohl abdrückt, wenn ich ihn das frage. Und dann sehe ich dich. Du stehst auf der Straße. Du bist immer noch barfuß. Du stehst im Schnee, barfuß, anscheinend hast du gar nicht gemerkt, was hinter dem Wohnmobil los war. Du hast noch nicht mal die Türen verriegelt. Du hast sie einfach ins Auto gelassen, die Kerle, der eine hat Maurice auf dem Arm. Der andere hält dich fest. Der mit dem Baseballschläger«,

Der nun erneut auf sie zukam. Rasend schnell, zeitlupenlangsam, die Kopfschmerzen kehrten zurück, nach längerem Urlaub. Schrillten an der Tür. Klopften an, Nocknock-nock! Pochten, hämmerten, Klingelingeling! Keinerda?, Jacques sagte,

»Und ich kann nichts machen. Ich sitze im Auto und habe die Scheißknarre im Bauch, der mit Maurice kommt rüber zum Wagen. Er trägt ihn ganz vorsichtig. Schaut sogar alle paar Schritte mal runter zu ihm, es ist, als ob ein wildes Tier mein Kind rumschleppt. Ein Wolf oder so. Der Maurice beleckt und beschnuppert, es ist ein netter Wolf.

Aber man weiß nicht, was er als nächstes tut, Maurice wird wach und fängt an zu schreien. Jetzt beeilt sich der Kerl. Macht aber immer weiter auf Mr. Nice guy. Kommt ans Auto, hält mir die Autotür auf, Los, nimm deinen Wurm, sagt er. Wir tun euch schon nichts.«

Sina hielt das Kind auf ihrem Schoß fest. Umklammerte es, wie eine zweite Chance, wie ein oft und oft bereutes Versäumnis: so daß es sich nun gegen sie wehrte, von ihrem Schoß wegstrebte, Jacques beugte sich vor. Sagte,

»Und weißt du was? Ich glaube, es stimmt. Ich glaube, sie wollten uns wirklich nichts tun. Sie wollten nur das Wohnmobil, sie haben mich ja nicht mal festgehalten! Da stand ich auf der Straße, mit Maurice auf dem Arm, ich hätte einfach abhauen können. Ich habe so viel darüber nachgedacht. Ich habe so viel mit Henry darüber geredet, ich bin ja zu Henry gegangen, damals in der Nacht. Henry hat mir alles erzählt. Wer die Typen waren und alles, er ist noch nicht mal ein schlechter Kerl. Er hat heißes Wasser geholt für meine Füße, seine Frau hat Suppe gekocht, sie sind fast ausgeflippt, als sie gehört haben, was im Wald passiert ist. Sie wollten das alles überhaupt nicht. Sie hatten ja selber eine Scheißangst vor den Typen, sie wollten nur das Geld. Sie haben beide einen Job im Department Store. Schuften den ganzen langen Tag, und dann müssen sie ihre Wintermäntel trotzdem auf Kredit kaufen, hat Harry gesagt«,

Sie schrie ihn an. Klammerte sich an die Tischkante, schrie,

»Verdammt noch mal, Jacques! Was redest du eigentlich? Was ist das für ein Müll, ich verstehe kein Wort, was heißt, die Kerle wollten uns gar nichts tun? Ich habe keine Zehen mehr, Jacques! Und wofür, für einen Wintermantel oder für was, was ist denn verdammt noch mal passiert! Wer zum Teufel waren denn die drei Typen«,

Jacques sagte: »Habe ich das noch nicht gesagt? Sie waren von einer Versicherung.«

»Was?«

Sie starrte Jacques an. Begann zu lachen, »Von einer Versicherung?«

Sagte: »Kollegen!«

Lachte und lachte. Keuchte, »Versicherungsangestellte! Kollegen«,

Beruhigte sich. Grub die Zähne in den Handballen, Jacques hob die Schultern. Sagte,

»Sie sollten eben das Wohnmobil zurückholen. Für die Versicherung. Billy konnte die Raten nicht bezahlen. Der Händler hat das der Versicherung gemeldet, und die wollten natürlich das Wohnmobil wiederhaben, Billy hat das genau gewußt. Er konnte sich denken, daß die Typen früher oder später bei ihm auftauchen, also hat er die Idee gehabt, uns mit dem Wagen zu Henry zu schicken. Und den Versicherungstypen wollte er sagen, der Wagen wäre geklaut, er ist so ein Vollidiot, dieser Billy. Hat sich echt eingebildet, die Kerle glauben ihm das, natürlich sind die ziemlich eklig geworden. Ich weiß nicht, was sie genau mit ihm gemacht haben, aber am Schluß hat er ihnen jedenfalls alles gesagt. Die Adresse von seinem Bruder und daß sie den Wagen umspritzen und verkaufen wollten und wer das Wohnmobil fährt, alles, Henry hatte eine Scheißangst davor, daß sie zu ihm kommen. Dabei waren sie längst da! Lungerten die ganze Zeit irgendwo in der Nähe rum, sie mußten ja nur auf uns warten. Sie müssen uns irgendwann überholt haben. Aber ich kann mich nicht daran erinnern, daß uns jemand überholt hat«,

In der Stille rauschte das Meer. Maurice war von Sinas Schoß geglitten. Krabbelte davon über das Deck, Jacques sagte,

»Sie wollten uns nichts wirklich Schlimmes tun, glaube ich. Sie wollten uns nur erschrecken und dann das Wohnmobil mitnehmen, ich habe keine Ahnung, was schiefgelaufen ist. Was Freddy mit dir gemacht hat, vielleicht hat er dir irgendwelche Sachen angedroht. Vielleicht hat er gesagt, was er alles mit dir anstellen wird, er hat dich ja die ganze Zeit festgehalten. Hatte seine Arme um dich rum, ich weiß es noch ganz genau: Ich stehe mit den anderen am Auto, aber ihr steht immer noch am Wohnmobil. Das Licht in der Fahrerkabine ist an, ich kann euch also ganz gut sehen. Freddy steht hinter dir. Er hält dich fest. Ihr seht aus wie ein Liebespaar. Er preßt sich an dich. Spricht dir die ganze Zeit von hinten ins Ohr, haargenau wie ein Liebespaar habt ihr ausgesehen. Und dann hast du auf einmal geschrien.«

Das Kind saß vor Jeremys Steinschale. Brabbelte. Suchte Steinchen, Muscheln zusammen mit Pinzettenfingern, Jacques schüttelte den Kopf. Sagte langsam,

»Ich denke, er hat dir gedroht. Und du hast Angst gekriegt und geschrien, und dann hast du mit ihm gekämpft. Du hast ihn gebissen, wir sind alle losgerannt. Niceguy hat gebrüllt, Laß sie sofort los, Freddy, du Blödmann, dann hat er euch beide geschüttelt. Hat euch auseinandergerissen, Freddy und dich, dann sind wir abgehauen. Du und ich. Wir sind einfach abgehauen, immer die Straße runter, sie haben uns abhauen lassen! Sie wollten uns laufenlassen, von Anfang an«,

Jacques rieb sich übers Gesicht, mit flacher Hand. Schlang die Finger ineinander, Sina sagte: »Und dann.«

Jacques sah sie nicht an. Rieb sich wieder übers Gesicht, sagte endlich,

»Hinter uns haben sie herumgebrüllt. Freddy hat gebrüllt, Ich bring sie um, die Nutte! Und die anderen beiden brüllen auf Freddy ein, aber sie kommen uns nicht hinterher. Wir rennen und rennen. Und dann springt das Auto an. Ich drehe mich um, das Auto kommt auf uns zu. Fährt an mir vorbei, Freddy sitzt drin. Du bist ziemlich weit vor mir, Sina. Ich habe Maurice auf dem Arm, ich kann nicht so schnell rennen wie du, Freddy bremst. Springt aus dem Auto, du rennst in den Wald rein. Er rennt hinterher. Verschwindet zwischen den Bäumen, mit seinem Schläger, ich renne auch in den Wald. Genau da, wo ich stehe, wie ein Idiot, frag mich nicht, warum. Ich wollte wohl Freddy den Weg abschneiden. Aber unter den Bäumen war es stockdunkel. Überall lagen Äste herum. Manchmal war der Schnee knietief, ich bin andauernd eingesackt, und dann, dann hast du wieder geschrien«,

Jacques knetete seine Finger. Starrte auf die Planken zu seinen Füßen,

»Diesmal hast du anders geschrien. Ganz anders als vorher am Wohnmobil, es war entsetzlich, wie du geschrien hast. Ich bin in die Richtung weiter, aus der deine Schreie kamen. Alles war voll Gestrüpp. Alles war voller Dornen, die ich nicht sehen konnte, ich bin immerzu hängengeblieben. Ich bin immerzu im Schnee eingesackt, ich bin hingefallen, ich wollte rennen! Aber ich kam einfach nicht vorwärts. Ich hatte eine Scheißangst, Maurice zu verletzen, und dann haben deine Schreie aufgehört. Ganz plötzlich haben sie aufgehört.«

Das Kind sang vor sich hin, tonlos. Sammelte weiter Muscheln, Steinchen in Jeremys Schale, mit großer Konzentration, über der Bucht kreischte eine einzelne Möwe. Jacques sagte,

»Irgendwo vor mir war dann ein Licht. Die Lichter von Taschenlampen. Ich bin darauf zugelaufen. Ich konnte Stimmen hören. Niceguy und Witzbold, die Lichter hielten nicht still. Hüpften vor mir herum durch den Wald, änderten laufend die Richtung, ich wußte nicht mal, wo ich überhaupt hinrenne. Als ich die Kerle dann endlich gesehen habe, waren sie schon wieder auf der Straße. Sie waren allein. Sie hatten dich im Wald gelassen, Niceguy hat Freddy vor sich hergestoßen. Hat ihn angeschrien, Sie stirbt! Verdammt noch mal, die stirbt, du Idiot, sie sind ins Auto gesprungen. Sind zurück zum Wohnmobil gebraust, im Rückwärtsgang, Niceguy ist ins Führerhaus rein. Dann sind sie losgefahren. Direkt an mir sind sie vorbeigefahren, mit beiden Autos. Und dann waren sie weg.«

Sina sagte: »Du hast mich dort liegenlassen, Jacques.«

Beugte sich vor, stützte die Fäuste in die Hüften. Sagte: »Wie konntest du mich dort liegenlassen! Das verzeihe ich dir nicht. Glaub bloß nicht, daß ich dir jemals verzeihe«,

Jacques zog die Schultern zusammen. Rollte sich ein: schob die Hände unter die Achseln, zog die Beine an.

Murmelte: »Das glaube ich ja gar nicht. Ist schon okay. Ich finde es ganz okay, wenn du mir nicht verzeihst, wirklich, ich wollte dich ja finden, Sina. Ich bin losgegangen, die Straße entlang, allein mit Maurice, es war ganz still. Ich glaube, ich habe geheult, damit es nicht mehr so still ist, ich bin zu der Stelle zurück, wo sie aus dem Wald rausgekommen waren. Ich hatte keine Taschenlampe, kein Feuerzeug. Aber ich wollte dich finden, irgendwie. Und dann kam das Auto«,

Robert trat auf die Bremse, fluchend. Schleudernd, brachte den Wagen zum Stehen, der Junge taumelte auf ihn zu. Die Nase blutig. Die Augen leer, in einem grauen Gesicht, Sie ist noch da draußen! Ich habe sie draußen verloren, sie stirbt, sie stirbt,

Jacques saß vornübergebeugt, mit baumelnden Händen. Starrte und starrte auf die Planken zwischen seinen Füßen. Flüsterte,

»Ich habe Angst gehabt, Sina. Angst wie verrückt. Ich hätte mich einscheißen können vor Angst, genau wie Maurice, ich habe an Maurice gedacht. Erinnerst du dich, an meinen Freund Maurice? An den Lover meiner Mutter, ich bin genau so ein Schisser wie er. Genau so ein blöder angstschlotternder Schlappschwanz, ich wollte ja zu dir! Ich wollte mit Robert mitgehen, als er ausgestiegen ist. Aber ich konnte noch nicht mal aufstehen. Ich habe so gefroren. Ich habe in Roberts Tasche gewühlt. Ich habe seinen Pullover angezogen, die Jacke, ich habe Maurice unter den Pullover und die Jacke gesteckt, dann wurde mir klar, was passieren würde. Die Bullen würden kommen. Wenn Billy das Wohnmobil als geklaut gemeldet hatte, dann würden die Bullen kommen und mich einsperren. Wahrscheinlich würden sie glauben, ich hätte dich zusammengeschlagen. Sie würden denken, ich hätte dich umgebracht, sie würden mich nicht wieder laufenlassen. Würden mir Maurice wegnehmen, würden wissen wollen, wovon ich lebe, hast du dich mal gefragt, wovon ich lebe, Sina? So oder so würden sie mich in den Knast bringen. Womöglich in die Todeszelle. Das habe ich jedenfalls gedacht, in dem Moment, ich bin aus dem Wagen raus. Das Kind war still. Schlief unter Roberts Pullover, den ich anhatte, ich habe mich im Gebüsch versteckt. Dann ist Robert zurückgekommen. Hat telefoniert, Hilfe gerufen, dann ist er wieder in den Wald zurückgerannt, und diesmal bin ich ihm nach. Er hat es nicht gemerkt. Aber ich habe dich gesehen, Robert«,

Irgendwo im Wald knackten Zweige, vielleicht unter der Last des Schnees. Vielleicht war dort ein wildes Tier, waren das seine eigenen Zähne, die aufeinanderschlugen,

Der Junge sagte: »Du hast dich in den Schnee gelegt, Robert. Du hast Sina auf dich draufgezogen, was hätte ich denn noch tun können? Ich wurde doch gar nicht mehr gebraucht. Ich konnte Sina nicht helfen, ich bin los, bevor die Rettungsmannschaft kommt«,

Seine Hände, Arme waren gefühllos. Einen Moment lang dachte er an Natalies Gesicht, was tat er hier? Die Frau war eine Fremde. Die ihn nichts anging, ihr Tod würde kein Loch hinterlassen in seinem Leben,

Der Junge sagte: »Du bist zu spät gekommen, Robert.«

Vergrub das Gesicht in den Händen, sagte,

»Das ist kein Vorwurf, du kannst ja nichts dafür! Du bist hier schließlich der Held. Aber du bist trotzdem zu spät gekommen, ich habe so viel darüber nachgedacht. Sie haben uns laufenlassen! Es ist wie ein Puzzle. Wo jedes Teil wichtig ist, und wenn eins fehlt, dann geht die ganze Geschichte nicht, wenn Henry zu Hause gewesen wäre, dann wäre das alles gar nicht passiert. Wenn wir wenigstens vor Henrys Haus ausgestiegen wären! Dann hätten sie sich einfach den Wagen geschnappt und uns in Ruhe gelassen. Wenn ich weitergefahren wäre, im Wald. Wenn dieser Freddy nicht ausgeflippt wäre. Oder wenn du früher gekommen wärst, Robert. Nur etwas früher, eine Viertelstunde früher«,

Es war eine Art Schwindelgefühl. Ein Strudel, *Ohne den Reiseführer wäre ich nie gefahren.*

Ohne die Brandblase an Natalies Hand, ohne Julias Einladung wäre ich nicht gefahren,

Hinein in den richtigen Moment. Der aber der falsche gewesen war: *zu spät*, alles verschob, verwandelte sich. So daß die Geschichte nun einem Verbrechen entgegensteuerte statt einer Umarmung, aber es war doch immer noch dieselbe Geschichte!

Die mit einmal völlig anders begann: Er hatte an jenem Tag sein Rasierzeug vergessen. War nach ein paar Kilometern noch einmal umgekehrt. War zurückgefahren zu

Gabriels Haus, wieviel Zeit hatte er dafür gebraucht? Zehn Minuten vielleicht. Dann war er weitergefahren. Hatte unterwegs in irgendeiner Hamburger-Bude etwas gegessen. Hatte warten müssen: weil das Pärchen vor ihm sich nicht entscheiden konnte zwischen drei Sorten identischer Buletten, er hatte erwogen, wieder zu gehen.

Hätte auch hungrig weiterfahren können. Hätte dann vielleicht ein Wohnmobil und ein Auto passiert: auf einer Nebenstraße, irgendwo in den Ausläufern der Appalachen, er hätte ein paar Leute auf der Straße stehen sehen. Unter ihnen zwei, die aussahen wie ein Liebespaar, er wäre weitergefahren, ahnungslos.

Hätte möglicherweise dennoch allem eine andere Wendung gegeben. Hätte mit seiner momentelangen Anwesenheit, seiner potentiellen Zeugenschaft Freddy vielleicht davon abgebracht, Sina die Knochen zu brechen,

Ohne den Überfall hätten wir uns niemals kennengelernt, Robert!

Oder vielleicht hätte Robert auch angehalten. Hätte die offene Kühlerhaube gesehen, seine Hilfe angeboten. Hätte dann bemerkt, daß etwas nicht stimmte: die barfüßige Frau im Schnee, der blutige Junge, vielleicht hätte er sie vor dem Baseballschläger gerettet oder wäre seinerseits mit zerschmetterten Knochen im Schnee gelandet, und dann? Er wäre vielleicht gestorben.

Oder er wäre zurückgekehrt: zu Natalie, Julia. Hätte wohl nichts Besonderes gefunden an einer leicht verwahrlosten Sina Fischer, zufällig auch aus München und seit Wochen unterwegs mit einem kleinen Ganoven und einem quäkenden Säugling. Mit denen sie anschließend weitergefahren wäre,

Ohne den Überfall hätten wir uns niemals kennengelernt, Robert!

Und was, wenn er nun die ganze Geschichte noch einmal hätte neu schreiben können? Würde er dann auf den Hamburger verzichtet, sein Rasierzeug zurückgelassen haben? Ihr all ihre Qualen erspart: und sie dafür niemals kennengelernt haben, Jacques sagte,

»Könnte ich wohl etwas zu trinken bekommen?«

Sie füllte das Glas des Kindes für ihn. Reichte es ihm, er trank. Stellte das Glas sehr vorsichtig zurück, sagte,

»Ich bin dann losgegangen. Zu Henry. Immer am Waldrand entlang bin ich gegangen, irgendwann kam mir der Rettungswagen entgegen. Ich bin zwischen die Bäume gesprungen. Ich habe gewartet, bis der Rettungswagen wieder zurückkam, sie fuhren sehr schnell und mit Blaulicht, also warst du noch am Leben. Ich bin weiter, Maurice war sehr schwer. Manchmal habe ich gedacht, wir schaffen es nicht, aber wir haben es geschafft, ich bin dann ein paar Tage bei Henry geblieben. Wegen der Zeitung. Jeden Tag stand in der Zeitung, wie es dir ging. Aber da stand auch, daß sie nach einem Jungen mit gebrochener Nase und einem Baby suchten. Was sollte ich denn tun? Sag du mir das, Sina. Sag mir, was ich hätte tun sollen, irgendwann stand in der Zeitung, du würdest überleben. Und daß es vielleicht Monate dauern würde, bis du wieder gesund wärst, Henry hat mich dann mit dem Auto bis North Carolina gebracht. Hat mir Geld gegeben, hat mich zum Arzt geschickt wegen der Nase, dann habe ich den Greyhound genommen. Zurück auf die Keys. Zu meiner Tante. Ich habe meine Tante im Krankenhaus anrufen lassen, damit sie fragt, wie es dir geht, sie wollten sofort wissen, wer sie ist. Haben gesagt, sie müßte sich bei der Polizei melden, wenn sie dich kennt, es ginge um die Aufklärung einer Straftat. Da hat sie schleunigst wieder aufgehängt«,

Sie starrten zu Boden. Starrten beide auf dieselbe Stelle der Planken, Jacques sagte,

»Ich habe dann gewartet. Darauf, daß es dir bessergeht. Daß sie dich aus dem Krankenhaus entlassen, ich bin nach Miami gefahren. Dann wieder auf die Keys, zu Maurice, ich habe Henry angerufen. Er wußte aber nicht, wo du warst. Ob du überhaupt noch im Krankenhaus warst, es stand nichts mehr in der Zeitung über dich. Ich habe auch in deiner Wohnung angerufen, Sina. In München, ich habe immer wieder angerufen, aber da lief nur der Anrufbeantworter. Mit deiner Stimme drauf, auf deutsch, ich habe sogar ein paar Sachen verstanden, die du gesagt hast. Du hast gesagt, du wärst in Amerika, es war nicht zum Aushalten. Du hattest das auf das Band gesprochen, bevor du losgefahren bist. Bevor du mich getroffen hast. Als du noch heil warst«,

Sina streckte die Hand aus. Ergriff eine seiner Hände, die schlaff zwischen seinen Knien baumelten, er sah nicht auf. Drückte aber ihre Hand, fest. Wischte sich mit der Faust die Augen, ohne ihre Hand loszulassen, sie sah auf seinen Arm. Wo die Haut über der Narbe dünn war wie feuchtes rotes Seidenpapier, sie sagte,

»Was ist denn das, Jacques.«

Jacques lachte auf. Schüttelte den Kopf,

»Ich habe mir die Pfoten verbrannt. In Key West, auf dem Dock, ich wollte am Dock jonglieren wie immer. Ich wollte weitermachen wie immer, und was ist passiert? An meinen eigenen Fackeln habe ich mir den Arm verbrannt. Ich, Jacques the Juggler! Ich konnte nicht einfach weitermachen wie vorher. Ich konnte einpacken. Ich bin an den Strand gefahren. Genau an die Stelle, wo wir damals gewesen sind, Sina, weißt du noch, ich habe mich in den Sand gesetzt. Es war nachts, wie damals. Nur war ich allein. Ich war ganz allein, auch ohne Maurice. Ich konnte ihn ja nicht mitnehmen, ohne dich. Was hätte ich denn mit ihm tun sollen, wenn ich jongliere, im Auto penne, vorher war ich immer allein. Mein ganzes Leben lang, weißt du das noch, Sina? Wie wir uns getroffen haben, du hast ausgesehen, als wolltest du jeden Moment ins Wasser springen. Ich habe dich angesprochen. Du warst kratzbürstig, aber ich habe es dir nicht übelgenommen, wir haben irgend etwas geredet. Dann sind wir durch die Stadt gelaufen, das weißt du doch noch, erinnerst du dich daran, wie wir Salsa getanzt haben? Wie du für mich gesammelt hast, vor der Kneipe. Mit deinem Schuh«,

Nun weinten sie beide. Hielten einander an den Händen wie bei einem altmodischen Tanz, Jacques sagte,

»Weißt du noch, wie es uns manchmal vor dem Ende gegraust hat? Wie wir manchmal Angst hatten vor dem Moment, wenn wir vor Henrys Haus stehen mit unserem Gepäck und dem Kind und ohne die geringste Idee, wie wir weitermachen sollen, aber vielleicht war es auch gar nicht so. Vielleicht hatte immer nur ich Angst. Davor, daß du abhauen und nach Deutschland zurückfliegen würdest«,

Sie flüsterte: »Ich wäre bestimmt nicht zurückgeflogen. Ich glaube nicht, daß ich einfach so abgehauen wäre«,

Die Sonne stand tief. Über dem Meer lag der lange Abend, Robert lehnte an der Brüstung, mit verschränkten Armen, sehnte er sich nun danach, die Zeit zurückstellen zu können? Nicht in den Fast-food-Imbiß gegangen zu sein, sein Rasierzeug zurückgelassen: sie niemals kennengelernt zu haben, er sagte,

»Und jetzt? Was werdet ihr jetzt tun, geht ihr zur Polizei? Die Kerle haben doch das Wohnmobil mitgenommen. Es dürfte kaum ein Problem sein, sie zu schnappen«,

Jacques sah nicht auf. Sagte: »Mann, Robert. Du glaubst doch nicht im Ernst, die sind mit dem Ding einfach zurück in die Firma gefahren. Du glaubst doch nicht, die sind da einfach reinmarschiert, Hey, Boss, da wären wir wieder, wir haben eine junge Frau erschlagen und was ist der nächste Auftrag«, Jacques schüttelte den Kopf. Sagte: »Ich denke, sie sind rüber nach Kanada. Ich denke, sie sind rüber über die Grenze und weg, auf jeden Fall dieses Dreckschwein Freddy«,

»Woher willst du das wissen«, sagte Robert. »Was soll das überhaupt heißen, willst du etwa alles auf sich beruhen lassen?« Hörte sich sagen: »Wollt ihr, daß die Kerle womöglich völlig ungeschoren davonkommen, ihr werdet doch wenigstens die Versicherung verklagen! Ihr werdet doch wenigstens auf Zahlung von Schmerzensgeld bestehen«,

Hörte mit einmal Emanuel Ullrich: *Hey, Robert! Sina könnte sich doch was damit verdienen, mit ihrer Story. Dann hat sie wenigstens nicht umsonst gelitten*, Jacques ließ Sina los. Sagte,

»Du hast ja recht, Robert. Es stimmt, Sina sollte was bekommen, für ihre Schmerzen«, Wandte sich ab. Vergrub das Gesicht in den Händen, sagte, »Ich bin so feige. Ich bin so scheißfeige, ich schäme mich, echt, weißt du, was passiert, wenn wir von denen Geld wollen, Sina? Die drehen mir mein Leben auf links. Die schnüffeln in allem herum, bevor die irgend etwas bezahlen. Und was dann passiert, das kann ich mir vorstellen«,

Heulte: »Ich habe das doch nicht gewußt! Ich habe nicht gewußt, daß ich so feige bin, ich habe immer gedacht, ich bin mutig. Weil ich ausflippen kann. Weil ich einfach zuschlagen kann, wenn ich ausflippe, denk bloß nicht, ich wäre nicht zu Billy gefahren! Ich wollte ihn an die Wand nageln mit meinen Messern. Er hat das auch gewußt. Er hat nur so geschlottert vor Angst, als er mich gesehen hat, ich habe ihm erst mal eine geknallt. Dann noch eine und noch eine, aber er hat nicht mal zurückgeschlagen. Geheult und gezetert hat er, dieser Riesenkerl, am Schluß habe ich einfach alles aus seiner Bude rausgetragen. Alles, was in den Chevy gepaßt hat. Fernseher, Computer. Seine Anlage, alles, und er hat nur so dabeigestanden und zugeschaut. Hat keinen Ton gesagt, ich bin einfach nicht genug wie mein Alter. Ich konnte ihn nicht fertigmachen, ich bin nach Key West runter und habe mir den Arm verbrannt, in Wirklichkeit bin ich ein Schlappschwanz. Genauso ein Schlappschwanz wie Maurice«,

Sina sagte: »Hör auf, Jacques.« Legte ihm die Hand auf die Schulter. Schüttelte ihn, sagte,

»Ich gehe nicht zur Polizei, Jacques. Glaubst du, ich gehe zur Polizei, wenn du davor Angst hast. Wenn die dir etwas tun können«,

Und sollte sie nun die Gerechtigkeit in eigene Hände nehmen?

Sich eine Mundharmonika zwischen die Zähne klemmen, dem Schwein Freddy nachhinken durch die Weiten Amerikas. Ihn eines Mittags vor einem Saloon stellen: an dessen Bretterwand sein Steckbrief flatterte, ihn federn, teeren und lynchen, vielleicht konnte sie sich Nahtstrümpfe, Unterwäsche aus dem Sexshop besorgen: um so gewandet Freddy in eine einsame Berghütte zu locken, ihm dort die Kehle durchzuschneiden. Oder sollte sie Robert losschicken? Als ihren Rächer in schwarzer Motorradkluft, die Laser Gun an den Schenkel geschnallt: Und würde Robert sie überhaupt noch rächen wollen?

Robert, der mit verschränkten Armen an der Brüstung lehnte. Der zu ihnen herübersah wie zu zwei Fremden, der schließlich sagte: »Wie hast du uns denn überhaupt gefunden. Wie hast du das gemacht, Jacques«,

Jacques wischte sich über die Augen. Schniefte, wie ein Kind,

»Ich habe dich angerufen, Robert. Gleich, als ich von Key West nach Miami zurückkam, ich habe dein Büro angerufen. Haben sie dir das nicht erzählt? Daß ein amerikanischer Kollege angerufen hat, ich war das. Ich war dein Kollege, es war ganz leicht, deine Nummer zu finden. Du hast deinen Namen ja zigmal ins Telefon geschrien, damals im Wald. Und in der Zeitung hat auch dein Beruf gestanden und daß du aus München bist, ich hatte keine Ahnung, was du machst, wenn ich dich anrufe. Deshalb habe ich nicht gesagt, wer ich bin, aber du warst ja auch gar nicht da. Du warst hier, auf dem Cape. Also habe ich mir gedacht, ich sehe mir erst mal alles hier oben an. Ich besorge mir etwas Geld, und dann fahre ich erst mal los«,

Robert nickte. Sagte dann, »Bogner hat dir also meine Adresse verraten. Bogner, der Mann in meinem Büro. Er hat dir gesagt, wo wir sind«,

Jacques räusperte sich. Sah auf, dann schnell wieder weg,

»Nein.«

Sagte: »Die im Büro haben mir nur Telefonnummern gegeben.«

Warf Sina einen Blick zu, sagte: »Ich habe dann in deiner Wohnung angerufen, Robert. Ich habe ein paarmal angerufen, aber es war nie jemand da. Und dann vor ein paar Tagen hat eine Frau abgenommen. Sie war ziemlich kurz, sie hat gesagt: Robert ist nicht da. Ich habe gefragt, ob sie weiß, wo du bist. Sie hat es mir gesagt.«

Alle Wunden waren wieder offen. Alles hatte erneut zu

bluten begonnen: Er hatte jetzt einen Namen. Den sie sich vorsprechen konnte, *dieses Schwein Freddy*, er hatte kein Gesicht. Jacques hatte bedauernd die Hände gehoben,

Er war mittelgroß, Sina. Dreißig vielleicht oder jünger, ganz normale Figur. Dunkle kurze Haare, schwarzer Anorak, was weiß denn ich,

Sie würde sich daran gewöhnen müssen: daß er einen Namen hatte, gesichtslos blieb. Daß er frei war, vermutlich wohlauf, Sina lag neben Robert im Bett. Tastete nach seiner Hand. Die schlaff blieb in ihrer, sie flüsterte,

»Robert? Was ist denn los, Robert«,

Er sagte nichts. Ließ sie anrennen gegen die Schweigemauer.

Dachte daran, was sie vorhin gesagt hatte: Ich wollte dich ja auch suchen, Jacques! Ich wollte längst damit anfangen, aber Robert war lange Zeit dagegen. Und wozu hatte sie Jacques das mitgeteilt? Robert hatte daneben gesessen, schweigend. Hatte Whisky getrunken: während Sina versucht hatte, ihn und den anderen zusammenzuziehen zu einem Paar,

Euch verdanke ich mein Leben. Euch beiden,

So also war das. Sie hatte gesagt: Ich wollte mich bei deiner Tante melden, Jacques,

Aber das war Roberts eigener Vorschlag gewesen. Sie selbst hatte noch nicht einmal gewußt, wie sie überhaupt hieß, diese Tante, in der Dunkelheit des Schlafzimmers hörte er sie sagen,

»Bist du eifersüchtig auf Jacques? Ist es das, Robert«,

Er sagte: »Nein.« Überwand sich. Sagte, »Natürlich nicht. Ich habe nur Angst davor, dich zu verlieren«,

Während er sie nicht festhielt, er dachte an Natalie. Die offensichtlich immer noch in seiner Wohnung wohnte. Die seit je zu der Geschichte gehörte, mit ihrer Brandwunde, die nun wieder aus der Versenkung aufgetaucht war mit kurzangebundener Telefonstimme, Sina legte den Arm um ihn. Er machte Liebe mit ihr, wie man im Gehen einen Hamburger ißt.

Später weinte sie. Er stellte sich schlafend oder schlief vielleicht wirklich, sie wäre am liebsten aufgestanden. Wäre am liebsten in das Zimmer ihrer Krankheit, ihrer Genesung zurückgekehrt: zu Jacques und Maurice, die dort die dünnen Reste der Nacht verbrachten, sie blieb aber liegen. Weinte leise, allein: voll Grauen vor einem gesichtslosen Mann um die dreißig. Mittelgroß, mit einem Baseballschläger. Frei, zu Sina zurückzukommen, wann immer er wollte.

X

Sie saßen wieder auf dem Deck. Saßen auf denselben Stühlen wie in der Nacht, Sina sah verweint aus, übernächtigt. Fütterte Maurice mit Eigelb, aß selber nichts, Robert trank Kaffee, sah übers Meer.

Robert, der vernünftige Langweiler. Mit seinen unerbetenen Ratschlägen, Sina würde nicht zur Polizei gehen. Hatte seinen Vorschlag noch nicht einmal erwogen. Würde die Gangster ungeschoren davonkommen lassen: und nur aus Rücksicht auf den anderen, Jacques schälte Sina eine floridianische Orange.

Goß ihr Tee ein, Saft. Redete an gegen die Stille, kramte in Erinnerungen. Schlenderte mit ihr durch Weißtdu-noch-Orte: zu denen Robert der Zutritt verwehrt war,

»Das Aquarium in Homosassa. Im See, unter der Wasseroberfläche, du hast gesagt, am liebsten würdest du da drin wohnen«,

Tief in der rieselnden Stille des Sees. Zwischen tanzenden Fischschwärmen, seemeilenweit weg von Roberts Haus auf Cape Cod: Und war es vielleicht das, was sie wirklich wollte? Ihre Fischhaut überstreifen, dann wegtauchen: Aber natürlich gab es gar keine Fischhaut.

Robert begann den Tisch abzuräumen, natürlich gab es kein Schwanenkleid, keinen Ritter und auch keine Prinzessin, es gab nur Roberts Einbildungen. Es gab nur Sina Fischer und Robert Brauer: eine Frau, einen alternden Architekten, der Tisch war nun abgeräumt. In der Morgensonne warfen die Geländerschatten schwarze Muster aufs Deck.

Später gingen sie hinab zum Strand. Robert entschuldigte sich. Schob Müdigkeit vor, streifte dann ziellos durch leere Zimmer. Zwang sich, nicht auf das Deck hinauszutreten, um zu ihnen hinunterzublicken: zu Sina und dem anderen, nebeneinander am Wasser, Robert, das Schlußlicht.

Der Nachzügler, in Sinas und Jacques' Geschichte: der sich hinsetzte, wieder aufsprang.

Der den Fernseher anstellte, wieder abstellte, dann zwang er sich, still zu sitzen. Saß im Sessel vor dem kalten Kamin, er blickte über die langgestreckte Bucht des Provincetown Harbour. Rechnete den Zeitunterschied USA-Ostküste – München aus, umständlich, auf die Minute genau, und was, wenn er jetzt einfach nach München zurückkehrte?

In sein Büro, zu seinem eigenen Leben, er nahm den Hörer in die Hand: um den Flughafen anzurufen oder das Büro oder Natalie vielleicht, er rief Julia an.

Wußte nicht, warum. Erschrak ein wenig darüber, daß er ihre Nummer noch immer auswendig wußte, sie war im Laden. Schwieg eine Weile, nachdem er seinen Namen genannt hatte. Fragte dann,

»Wo bist du. Wozu rufst du mich an«,

Er sagte: »Ich bin auf dem Cape.«

Erzählte ihr von einer Nacht im Schnee. In der er niemals bei ihr angekommen war, sie wußte längst Bescheid. Hatte in ihrer Mountain Lodge alles in der Zeitung gelesen: aber erst zwei Tage nach dem Überfall, sie hatte sofort im Krankenhaus angerufen. Zu spät, er war schon wieder fort gewesen, er sagte: »Es war ziemlich rücksichtslos von mir, daß ich mich nie mehr gemeldet habe«,

Sie lachte auf, bitter.

»Nicht rücksichtsloser als alles andere, Robert.«

Er hütete sich, etwas zu entgegnen. Ließ das Gespräch

verebben: bis sie sich brüsk verabschiedete, er rief Gabriel Phillips an.

Berichtete von Jacques' Rückkehr. Sprach nur von den Fakten, Gabriel drängte darauf, zur Polizei zu gehen. Wiederholte Roberts eigene Argumente, Robert lauschte dem Rauschen der Entfernung in der Leitung. Dem Widerhall seiner Stimme: während er seinerseits nun Argumente gegen eine Anzeige vorbrachte, Sinas Worte dabei wiederholte, wie war so etwas möglich? Gabriel fragte nach Roberts weiteren Plänen.

Fragte nach dem Haus auf dem Cape: das er sich allmählich gern einmal angesehen hätte, aber warum war Gabriel nicht schon längst hergekommen? Um seinen Freund Robert mit seiner Eisprinzessin nicht zu stören wahrscheinlich, Robert konnte es nicht fassen, daß er daran noch nie gedacht hatte.

Daß es ihm entfallen war, wem das Haus tatsächlich gehörte: Gabriel Phillips, dieses Haus war nicht Robert Brauers Haus.

War niemals sein Haus gewesen. War schon gar nicht sein magischer Turm: konnte nicht verschlossen gehalten werden, er selbst hatte es entgrenzt. Hatte die Räume zueinander, das gesamte Haus zum Meer hin geöffnet. Hatte die Farben von Wasser, Sand, Himmel ins Innere schwappen lassen, die Umgestaltung war schwieriger gewesen, als er geglaubt hatte: Aber hatte er auch nur einmal erwogen, das Projekt aufzugeben?

Bloß, weil die Arbeit daran problematisch war, Robert sprang auf. Begann auf und ab zu gehen, er hatte es erforscht, das Objekt seiner Begeisterung. Hatte es ständig vor Augen gehabt: das gezeitenschiefe, wunderbar einmalige Ding, es war ja kaum mehr als ein Schuppen gewesen. Oder zwei Schuppen: die er zu einem einzigen Gebäude hatte verschmelzen lassen müssen, ohne ihnen ihre Eigenart zu nehmen, Sina war immer noch nicht zurück.

Und vielleicht hatte er sie nun tatsächlich verjagt.

Hatte sie verscheucht, um sie zu halten. Hatte sie weggetrieben, um sie nicht zu verlieren, er eilte auf das Deck hinaus. Fürchtete halb und halb, niemanden mehr zu sehen, dort unten am Strand: Aber sie saßen noch immer da. Sina und der andere, nebeneinander am Wasser.

»Soll ich wieder gehen, Sina?«

Jacques sah Sina nicht an. Scharrte Sand zusammen, zu einer Burgruine. Zu einem Wall, einem spanischen Fort vielleicht, er sagte,

»Jetzt, wo ich dir alles erzählt habe. Wo ich gesehen habe, daß es dir gutgeht, ich will keine Probleme schaffen zwischen dir und Robert. Er ist ein prima Typ, glaube ich. Er ist immerhin Architekt, und er hat dich gerettet«,

Robert, der Ritter: Ein Mann Mitte Vierzig, etwas zu schwer. Mit Haar, das an den Schläfen schon licht wurde, Tränensäcken. Einem zu wohlgenährten Körper: den er von ihr weggedreht hatte, während sie geweint hatte in der Nacht, und quatschte sie sich jetzt Robert Brauer häßlich?

Mit wilder Freude an der Zerstörung, er war auch bloß irgendein Mann. Ein ganz normaler Mann, der erstickte hinter seiner Schweigemauer, so war Sina nun mal: Eine einzige Kränkung, und ein Mann war untendurch, sie sagte: »Bitte bleib hier, Jacques. Ich habe dir alles verziehen. Daß du mich im Wald gelassen hast, alles, ich bin so froh, daß du endlich da bist. Ich habe dir genauso verziehen wie du Maurice«,

Jacques nickte. Klopfte sich den Sand von den Fingern, seufzte.

Sagte dann: »Ihr geht eben miteinander ins Bett, Robert und du. Das ändert alles. Wenn es überhaupt was bedeutet, daß man miteinander ins Bett geht, dann ändert es sofort alles.«

Als sie zum Haus zurückkamen, stand Robert auf dem Deck. Sah ihnen entgegen, kam dann über den Sand auf sie zu. Half Sina die Stiege hinauf, wie immer, oben sah er ihr einen Moment lang ins Gesicht. Suchte etwas darin, ließ sie dann los. War unglücklich: Sie konnte es sehen, er ging an ihr vorbei in die Küche. Sie setzte sich vor den kalten Kamin.

Blieb dort sitzen, allein. Berührte einmal ihr Gesicht mit den Fingerspitzen. Hoffte inständig, daß er darin gefunden hatte, was er gesucht hatte.

»Soll ich wieder gehen, Robert?«

Jacques stand in der Küchentür. Robert stand vor dem Kühlschrank. Nahm eine Dose Cola heraus, hatte er überhaupt Durst? Oder brauchte er nur einen Grund dafür, in der Küche zu bleiben, Jacques seufzte. Sagte,

»Wozu frage ich eigentlich. Ich weiß ja genau, daß ich gehen soll. Ich weiß ganz genau, du wünschst mich zum Teufel«,

»Quatsch«, sagte Robert. Zog an dem Metallring der Dose, der Ring riß ab. Die Dose blieb zu, Robert stellte sie auf den Tisch. Dies war also das Ende des Märchens.

Was immer nun noch geschah: Dies war jedenfalls das Ende des Mythos. Der Super-Duper-Turbo-Love-Story: *Sina und Robert*, sie waren auch nur irgendein Paar. Waren nicht Tristan und Isolde. Waren nicht Lancelot und die Königin oder sonstwer, sie waren nur Hinz und Kunz. Stritten wie Hinz und Kunz. Machten einander unglücklich wie Hinz und Kunz, bestimmt weinte sie längst, dort drüben in ihrem Sessel. Bestimmt gab es nirgendwo auf der Welt noch eine Frau, die dermaßen nah ans Wasser gebaut hatte, er sah zu Jacques hinüber: der mager im Türrahmen lehnte, auf den Boden starrte, und woran genau war nun eigentlich dieser Junge schuld? Der sie zusammengebracht hatte, nun eben mithalf, sie zu trennen,

»Von mir aus bleib hier«, sagte Robert zu Jacques. »Wenn sie will, daß du bleibst, dann bleib eben hier, es ist ohnehin vorbei mit dem Traumpaar«,

Trauer und Sehnsucht stiegen in seiner Kehle hoch wie Sodawasser. Und warum stand er immer noch hier?

Warum spielte er mit dem Ring einer nicht mehr zu öffnenden Coladose, statt zu ihr zu gehen und sie in die Arme zu nehmen? Statt wenigstens gemeinsam mit ihr zu heulen, er ließ den Ring auf die Tischplatte fallen. Jacques hob die Schultern, bohrte die Fäuste in die Taschen. Sagte,

»Na ja. Vielleicht ganz gut so. Traumpaare, mit denen endet es doch meistens schlecht. Das sind doch solche wie Romeo und Julia, oder? Solche wie Courtney Love und Kurt Cobain.«

Beschwörungen, Schwüre. Versöhnungsgestotter. Umarmungen, im jalousienstreifigen Halbdunkel. Umklammerungen, immergleiche: ob aus Liebe, aus Gier. Aus Hingabe, Wut, roher Gewalt, eiskühlem Kalkül, dann später Stille. Lange Atemzüge. Noch später klickende Feuerzeuge. Ein leises Lachen,

»Du bist mein Märchenprinz, ob du nun willst oder nicht. Du bist und bleibst mein Ritter«,

Haut, die sich an Haut reibt, Küsse. Ein Räuspern in der neuerlichen Stille,

»Und Jacques? Was ist der denn, etwa auch ein Ritter«,

»Quatsch. Jacques? Ein kleiner Bruder vielleicht. Vielleicht brauche ich drei Männer. Den Ritter, den Bruder. Und den kleinen Sohn«,

Robert, und die beiden anderen. Die Robert nun zu seinen eigenen machen mußte, und war das nun die Liebe? Sich anzueignen, was man am anderen schwer ertrug: bis man so unwillkürlich für ihn Partei ergriff wie sonst nur für sich selbst, Robert hatte sich endlich entschieden.

Hatte sich gegen die Romanze entschieden und für Sina Fischer. Für diese eine bestimmte Frau: also für Mißverständnisse, Alltagskompromisse. Für Heizungsrechnungen, Käufe von Wintermänteln, für Geburtstags-Champagner und vergessene Jubiläen. Für Heiratspläne womöglich, Zwillingsgeburten. Für das Unterzeichnen von Kontovollmachten, Versicherungsportfolios, eventuell für mehr und mehr Schmerz. Auf jeden Fall für ausfallende Haare, wakkelnde Zähne. Für die Gerüche alternder Körper, für Fernsehabende und schrillende Wecker und Bügelwäsche, für abendliches Radieschenessen auf dem Balkon. Für gemeinsames Gelächter, über einen Privatwitz. Für Verschwörerblicke, über die Köpfe aller anderen hinweg, für Sommergewitter draußen vor dem Dachfenster, eilige glückliche Winterküsse bei einer zufälligen Begegnung auf der Straße, zu kurz, als daß der Schnee in ihrem Haar hätte schmelzen können, für Lug und Betrug, möglicherweise. Für zerschellende Gläser, zorniges Schweigen. Für die bittere, bittere Trauer dessen, der am Ende übrigblieb: Robert hatte sich für all das entschieden. Und hätte er die Geschichte jetzt zurückdrehen wollen?

So daß er sie nie kennengelernt, ihr dafür all ihr Leiden erspart hätte: Ja, das hätte er sofort getan. Und wäre anschließend daran verzweifelt.

»Ich kann das machen, Robert. Ich kann doch das Frühstück machen«,

Jacques. Der in der Küche auftauchte, einigermaßen verschlafen,

»Komm, laß mich doch. Ich mache prima Pfannkuchen, wirklich«,

Robert trat vom Herd zurück. Machte eine einladende Handbewegung. Übertrieb die Geste: zog sie ins Lächerliche, war das eigentlich nötig? Etwas zupfte an seinem Hosenbein: Maurice. Der fordernd zu ihm hochsah,

»Er will laufen«, sagte Jacques. »Den ganzen Tag lang will er nichts als laufen«,

So war das also: Sie lernten gleichzeitig laufen, Sina und Maurice, Sina tauchte in der Küche auf.

Sah Jacques mit dem Pfannkuchenwender am Herd, pfeifend. Robert mit Maurices Händen in den seinen. Im Entengang hinter dem Kind her torkelnd.

Später fuhren sie nach Provincetown. Gingen über die Commercial Street, im Café am Fishermen's Wharf saßen John und Jeremy. Red blaffte, juchzte. Sabberte, tanzte,

»Wo habt ihr denn gesteckt!«

»Na und ihr, wo wart ihr«,

Umarmungen. Küsse links und rechts, Stühlerücken,

»Wir wollten sowieso demnächst zu euch rüberkommen«,

»Jacques? Das ist Jacques? Doch nicht etwa *der* Jacques! Doch nicht Sinas Jacques, das ist ja ein Ding, los, kommt, erzählt«,

Jeremy sagte: »Wo ist eigentlich Susan?«

Auf dem Deck. In ihrem Stuhl in der Abendsonne, Susan, Sina und Jacques palen Erbsen. Lachen über etwas,

»Und ich sage, Tante, wieso schmeckt es eigentlich immer allen so gut bei dir? Und sie antwortet: Mein lieber Junge. Ich koche immer ein *bißchen* zu wenig«,

Das Bier ist eiskalt. Die Sonne ist noch heiß, Robert sitzt am Tisch. Er zeichnet Johns Haus. Schon seit ein paar Tagen zeichnet Robert das Obergeschoß des blaugoldenen Planeten, das für Jeremy erweitert werden soll, Red und Maurice sitzen unter dem Tisch. Belecken, betasten einander, einigermaßen hingerissen, die losen Enden der Geschichte sind alle miteinander verknüpft.

Sind ein Netz, über dem sie balancieren: Robert, Sina, Jacques und Maurice, Roberts Stift dudelt über das Papier. Ein weiterer Nachbar hat sich gestern erkundigt: Könnte Robert nicht auch sein Haus umbauen? Robert hat noch nicht zugesagt.

Kann sich nicht festlegen, die Zukunft überblicken, Robert hat keine Arbeitsgenehmigung mehr, keine Aufenthaltsgenehmigung. Sina hat keine Aufenthaltsgenehmigung: *Illegal aliens*, das ist es, was sie sind, John wird das Krankenhaus in Vermont anrufen. Wird sich mit allen entsprechenden Ämtern in Verbindung setzen, in der beginnenden Dunkelheit entzündet Jacques seine Fackeln am Strand.

Jacques the Juggler: ein Scherenschnitt vor dem roten Himmel, Robert kann es nun sehen, das richtige Leben. Denkt, daß er es vielleicht lernen wird: sicher genug zu stehen auf papierdünnem Eis, um jeden Tag wieder von vorn anzufangen mit dem richtigen Leben, selbst wenn Sina ginge. Und dann bleibt sie vielleicht.

Maurice stand. Hielt sich an Sinas Bein fest, krähte. Streckte die Arme nach Red aus: der unter dem Tisch lag, hechelnd in der Hitze, Maurice stieß sich von Sina ab.

Ballte die Fäuste, torkelte los. Ruderte mit runden Armen, blieb taumlig stehen. Stieß einen Triumphschrei aus, ein pumphosiger Krieger, Red erhob sich, unsicher wedelnd. Maurice ging auf ihn zu. Ging weiter, weiter, juchzend, allein.

Robert lehnte am Geländer des Decks. Sah hinunter zum Strand: wo Jacques für Red Stöcke warf, Jeremy und Susan spielten mit Maurice. Robert rauchte. Summte etwas, Sina stützte sich auf John. Einzelne Laute drangen zu Robert herauf: ein Lachen, ein Möwenschrei. Ein Ruf, langgezogen und unverständlich. Reds Bellen, Motorengeräusche von der Straße hinter dem Haus, im nächsten Moment konnte dies alles verschwinden.

War aber jetzt da, in diesem Moment, Sina sah zum Haus hoch. Zu Robert: dem sie lachend winkte, er verstand nicht, was sie rief. Jacques verstand aber, winkte Robert auch. Ging dann zu Sina, legte den Arm um sie, eine große Gelassenheit überkam Robert: Alles war von Belang. Jedes Sandkorn, jeder sprühende Wassertropfen, alles war unendlich bedeutungsvoll: und zugleich von vollkommener, tief befreiender Unwichtigkeit.

Sina ging den Seesteg am Fishermen's Wharf entlang. Ging bis zu seinem Ende, an Roberts Hand, ließ Robert los. Ging allein zurück. Erreichte das Land ohne Roberts Hilfe, auf der Heimfahrt waren sie sehr still. Saßen später auf dem Sonnendeck, ohne einander zu berühren: Nun würden sie nach Deutschland zurückfliegen müssen.

Nach München, in eine Wohnung voll Staub. Mit einer Kündigung im Briefkasten, Stimmen auf dem Anrufbeantworter. Zu Udo Bogner, in ein sommerheißes Büro. In die

Beletage eines Gründerzeitkastens, war Natalie noch dort? Es machte keinen Unterschied: Sie mußten einander endgültig der Welt zurückerstatten,

Dieser Mund ist mein eigener Mund. Diese Augen, die mich ansehen in der Dunkelheit, sind meine eigenen Augen. Dies sind meine Haare. Meine Haut, unter meinen Händen, mein Fleisch. Mein Atem, mein Speichel. Dieser Mund, den ich küsse, ist mein eigener Mund.

Und Jacques? Was würde aus Jacques werden? Aus dem kleinen Ganoven: der an der Brüstung lehnte, zu Boden sah. Der seine Hände knetete, bis die Fingergelenke knackten,

»Tja, Leute. Na dann. War schön mit euch, echt. Aber hey, ich denke, allmählich müssen wir weiter, ich und Maurice«,

Das Kind hatte sich auf Sinas Schoß zusammengerollt, abendmüde. Sina hielt es fest. Starrte über seinen Kopf weg hinaus aufs Meer, sah niemanden an, Robert wußte genau, was jetzt passierte. Hier trennte sich die Spreu vom Weizen, er sagte: »Unsinn.«

Genoß den Moment fast: das Gefühl der Kompetenz, er wußte, was er zu tun hatte. Ließ sich von seiner Entscheidung tragen, er sagte: »Wo willst du denn hin, Jacques? Bleib doch bei uns. Ich habe es mir genau überlegt, am besten, du bleibst bei uns«,

Jacques starrte ihn an. Sagte: »Wie meinst du das. Soll ich etwa mitkommen«,

Robert nickte. »Klar. Am besten, du kommst mit nach Europa«,

Hoffte dann doch einen winzigen Moment lang, daß Jacques ablehnen würde, Jacques stieß einen Freudenschrei aus. Sina ließ den Kopf in den Nacken zurücksinken wie nach einer großen Anspannung, dies war also der richtige Weg. Natürlich hatte Jacques keinen Cent. Robert hörte seine Mutter sagen: Man heiratet immer die Familie mit. Mußte grinsen, ein wenig schmerzlich vielleicht, später rief er in seiner Wohnung an: Aber Natalie war nicht da.

War nie da, war vielleicht ausgezogen, Sina rief Dr. Mathai an. Rief Dorothy Benning an,

»Sie hat uns eingeladen! Ich habe gesagt, ich besuche sie, sobald wir zurückkommen«,

Das Krankenhaus schickte eine Rechnung. An Sina Fischer: die nun ja wußte, wer sie war,

»Das ist kein Problem. Ich habe ja eine Versicherung. Eine Auslandsreise-Krankenversicherung, was täten wir nur ohne Versicherungen«,

Ihr Gelächter war ein bißchen hysterisch. Würde sie je darüber hinwegkommen? Im Haus leerten sich allmählich die Regale.

Die Meter und Meter gefüllter Regale, sie besorgten Taschen, zusätzliche Koffer. Besorgten Tickets, John hatte alles in die Wege geleitet: Sie konnten ausreisen.

Mußten nun sogar ausreisen, zählten die Tage herunter bis zum Tag Null: elf Tage zehn Tage neun Tage acht.

Sie sagte zu Jacques: »Ich weiß immer noch nicht, wie Freddy aussieht.«

Sagte, »Es ist doch verrückt. Wenn er ein Taxifahrer wäre, würde ich bei ihm einsteigen. Wenn er der Milchmann wäre, würde ich seine Milch trinken, nur du kannst ihn erkennen. Nur du kannst sagen: Das ist er, da drüben. Nur du kannst mich warnen, wenn er zurückkommt.«

Jacques sah sie an, von der Seite. Legte den Arm um sie, schüttelte den Kopf,

»Aber Sina. Warum sollte er denn zurückkommen, er hat doch gar keinen Grund dazu. Er weiß doch gar nicht, wo du bist, außerdem sind wir ja bald in Deutschland. In Deutschland kann er dich bestimmt nicht finden«,

Sina schwieg.

Ging jeden Tag stundenlang am Strand entlang. Ging allein, ohne stützende Hand: war monatelang nicht zum Alleinsein in der Lage gewesen. Brauchte es nun, das Alleinsein: vor dem sie panische Angst hatte, hinter jedem Busch, jeder Hausecke lauerte Freddy. Sie ging den Strand hinunter bis dahin, wo die Häuser aufhörten. Marschierte gegen die Angst an. War entschlossen zu gehen und weiterzugehen, bis die Angst aufhörte, sie trug keine Strümpfe.

War offensichtlich unempfänglich für Lebenslehren. Zog den einzig möglichen Schluß nicht: *Laufe nie ohne Strümpfe herum, ein Strumpf hätte dir vielleicht deine Zehen gerettet,* der Kinderglaube war endgültig verloren: an magische Ringe, Drachenblut. An Zauberstrümpfe, daran, gefeit sein zu können gegen das Böse, so also war das: Sie würde sich mit der Angst einrichten müssen. Würde ihr ein Apartment möblieren, es ihr gemütlich machen müssen in ihrem Kopf, was passiert war, konnte jederzeit wieder passieren. Weit Schlimmeres war mühelos denkbar, auch ohne Freddys Mitwirkung, ihr Leben war immer gefährdet gewesen.

War gestaltbar und vielleicht eben deshalb gefährdet, was würde sie mit ihrem zweiten Leben anfangen? Vorerst ging sie. Spürte den Rhythmus der Schritte wie den eines Tanzes. Ballte dann wieder die Fäuste, atmete stöhnend an gegen die erneut aufwallende Angst: Dies hier, das Gehen, konnte ihr jederzeit wieder genommen werden. Sie zwang sich, weiterzumarschieren. Sich nicht umzudrehen: nicht schreiend zurückzurennen zu Jacques und Robert, Robert stand oben auf dem Dach.

Stand auf dem Widow's Walk, sah ihr nach: einer kleinen Figur, die sich immer weiter von ihm entfernte, den Strand hinab.

Dann saß er mit Jacques auf den Stufen der Stiege. Sie saßen in der Abendsonne, Maurice grub im Sand, und wurden Robert und Jacques nun allmählich Freunde? War wenigstens die Grundvoraussetzung gegeben: daß man dem anderen die Unannehmlichkeiten verzieh, die er einem mit seiner Existenz bereitete, Jacques sagte,

»Weißt du was, Robert? Manchmal habe ich ganz schön Schiß. Ich meine, was machen wir denn zum Beispiel, wenn ich nicht dableiben darf? Ich darf doch bestimmt nicht bleiben, in Deutschland«,

Robert lehnte sich zurück. Sagte,

»Wer weiß, wie lange wir überhaupt bleiben. Ich will ja Johns Haus umbauen und das nebenan, jetzt fliegen wir erst einmal hin. Und vielleicht hat ja Gabriel eine Idee. Der ist schließlich in Deutschland geblieben«,

»Ja«, sagte Jacques.

Kaute auf einem Nagel herum. Sagte dann,

»Ich kann ja jedenfalls immer jonglieren. Man kann doch bestimmt auch jonglieren, in Deutschland«,

»Bestimmt«, sagte Robert.

Überlegte, wie er sie alle ernähren würde.

Jacques machte jeden Morgen das Frühstück. Maurice kam zu Robert und Sina ins Bett. Gurrte, sabberte. Bot sich zum Kitzeln an. Strampelte, quietschte vor Glück, wenn Robert mit ihm tobte, Robert sagte: »Du bist ein Wilder.«

Sagte, »Du kleiner Gauner, wir werden dich schon irgendwie großkriegen«,

Sprach deutsch mit dem Kind: Robert, der dritte von drei Söhnen.

Acht Tage sieben Tage sechs Tage fünf.

Am Nachmittag hatte es ein Gewitter gegeben. Die Luft roch kühl, frisch geduscht, sie hatten Feuer gemacht im Kamin. John und Red streckten die Köpfe zur Tür herein. Suchten Begleitung für ihren Abendspaziergang, Maurice rannte dem Hund entgegen. Zog Jacques hinter sich her wie an einer unsichtbaren Nabelschnur, Robert und Sina blieben allein. Saßen vor dem Feuer, sie sagte,

»Hallo, du Märchenprinz. Sag mal, hast du eigentlich gar keine Angst?«

Er sagte: »Wovor denn.«

Nahm sie in die Arme. Sagte, »Am Strand bei Orleans habe ich dich mit Kirschen gefüttert. Und im Herbst werde ich dich irgendwo mit Trauben füttern, egal wo wir gerade stecken«,

Das Feuer im Kamin brannte langsam herunter.

Irgendwann Stille im Zimmer. Knacken von Holzscheiten, Rascheln von Kleidern. Geflüster, *Geht es so für dich?* Das scharfsüße Sirren eines Moskitos, taumelig vom Geruch erhitzter Haut. Erlöschende Flammen im Kamin. Tiefe Atemzüge, in dem sich allmählich verdunkelnden Zimmer.

Fünf Tage vier Tage drei Tage zwei. Sie saßen wieder auf der Stiege, Robert und Jacques. Hatten den Grill angeschürt, den Tisch gedeckt für ihr Abschiedsfest. Warteten nun auf die Gäste. Auf Sina: die noch unter der Dusche stand, Jacques machte eine Dose Bier auf, reichte sie Robert. Die Stille war silbrig über der Bucht. Das Bier war dünn, bitter, Robert las das Etikett: *Miller light*. Dachte dann an Robert in München.

An Roberts Büro, Bogner in seinem Büro. An Natalie. An Gabriel Phillips, Emanuel Ullrich, ein Schauer lief ihm über den Rücken, in der völligen Windstille. Er hörte sich sagen: »Und wenn es nicht funktioniert? Es wird womöglich nicht funktionieren«,

Jacques warf ihm einen Blick zu. Sagte: »Warum nicht. Wie kommst du mit einmal darauf, warum sollte es nicht funktionieren«,

Richtete sich auf. Sah in Roberts Gesicht, sagte: »Meinst du vielleicht uns. Maurice und mich, ist es dir vielleicht doch nicht recht, daß wir mitkommen«,

»Unsinn«, sagte Robert. »Ihr müßt natürlich mitkommen. Wenn ihr nicht mitkommt, funktioniert es auf keinen Fall, es ist etwas anderes. Ich weiß auch nicht recht. Es hat mit Deutschland zu tun. In Deutschland ist alles anders«,

»Klar«, sagte Jacques. Streckte die Beine aus, lehnte sich wieder zurück. Sagte,

»Na und, hast du deswegen Angst? Hast du Angst, daß sie dir abhaut, in Deutschland, das ist doch Quatsch«, Jacques schüttelte den Kopf. Blinzelte in die Sonne, sagte: »Du hast ihr immerhin das Leben gerettet. Ihr habt das alles miteinander durchgestanden. Den ganzen Schmerz, ihre Krankheit. Was soll euch denn noch umwerfen«,

Robert schwieg.

Das Wasser in der Bucht war folienglatt. Die Luft roch nach Tang, nach der Weite über dem Meer. In der Ferne bellte ein Hund. Nicht Red.

Dank

Bedanken möchte ich mich bei Dr. Elisabeth Meisinger, Dr. Siegfried Meisinger und Professor Dr. Kaufner für ihre Beratung in medizinischen Fragen, bei den Architekten Bernd Hohenstein, Jeanette Bruns und vor allem Micky Müller für die lustigen und inspirierenden Gespräche über Roberts Beruf sowie bei Dr. Gert Groot Landeweer vom Upledger Institut Deutschland für die Informationen über CranioSacrale Therapie (die Massage, der sich Sina unterzieht und auf die ich durch einen Artikel von Renata Huonker-Jenny in der ZEIT aufmerksam geworden war). Doris Engelke danke ich für das einfühlsame Lektorat. Außerdem herzlichen Dank meinem Agenten Joachim Jessen, wie immer, und natürlich meiner Familie: für alles, aber besonders für eure fort- und fortwährende Geduld mit mir,

Sabine Friedrich